講談社文庫

杜ノ国の囁く神

円堂豆子

講談社

杜ノ国の囁く神　目次

主な登場人物

◇真織《まおり》
父母を亡くした二十歳の大学生。「杜《もり》ノ国《くに》」に迷い込み、不思議な力を得る。

◇玉響《たまゆら》
和装の青年。「杜ノ国」の少年王「神王《くまみこ》」だったが、真織らと行動をともにする。

◇女神《めがみ》
「杜ノ国」に豊穣をもたらす神。

◇千鹿斗《ちかと》
「千紗杜《ちさと》」とよばれる郷《さと》の若者世代のリーダー。

◇古老《ころう》
千鹿斗の曽祖父で、近隣の郷からも慕われる「千紗杜」の長老。

◇神宮守《じんぐうもり》
「杜ノ国」を治める「水《みず》ノ宮《みや》」で神と語らう許しを得た存在。

◇黒槙《くろまき》
「神王四家《くまみこよんけ》」の筆頭「杜氏《もり》」の長。「神領諸氏《じんりょうしょし》」の中心人物。

杜ノ国の囁く神

八馬紗杜《やまさと》
恵紗杜《えさと》
東《ひがし》ノ原《はら》
御供山《みそなえやま》
東《ひがし》回《まわ》りの道《みち》
大《おお》道《みち》
水《みず》ノ宮《みや》
水《みず》ノ原《はら》

杜《もり》ノ国《くに》 絵地図《えちず》

— 予祝《よしゅく》 —

「玉響《たまゆら》、血が出てる」

けがをすれば痛いし、怖い。

痛いのも怖いのも、人だからだ。だから人は身を守って、やさしい時間を求める。

「痛い――」

玉響の腿《もも》のあたりが、勢いよく血で染まっていく。

「動いちゃだめ。助けを呼ぼう。がんばって――いたっ」

真織《まおり》も、脛《すね》に痛みを感じた。しゃがみこんだ拍子に、葉が落ちて骨のように硬くとがった枝の先が肌を裂《さ》いていた。

自然に折れたものか、罠として置かれたものか。

枝にはべったり血がついている。真織のひっかき傷には見合わない量の血だ。

「玉響の血？」

山の中を走っていて、玉響は蔓《つる》に足をとられた。

「大丈夫？」と起きあがるのを手伝おうとしたが、その時にはもう腿が血まみれになっていた。運悪く玉響は、この枝の上に転げたのだ。鋭くとがった枝の上に。

（血がとまらない……）

傷口に押しあてた布にも真織の指にも、血が染みていく。現代なら病院に搬送されれば助かるけがだろうけれど、消毒液すらない時代では――。

「誰？　どうしてわたしたちを追いかけるの！」

けえっと鳴く鳥の声に、虫の羽音、葉擦《はず》れの音。

山の森はさざめきに充《み》ちていて、人が潜《ひそ》んでいたとしても気配を隠す。

樵《きこり》の手が入らない自然の森は、木々の立ち方も枝ぶりも不揃《ふぞろ》いだ。

朽《く》ちて傾いた大木、浮きあがった根。春が訪れたばかりで、雪も残っている。

真織と玉響が山道を外れて逃げる羽目《はめ》になったのは、追手《おって》がいたからだった。

「この子を攫《さら》いにきたの？　水ノ宮《みずのみや》の人？　わたしたちのことは放っておくという約束よ。――好きにすればいい。それどころじゃないから」

そこにいる誰かにつかまろうが、玉響のけがをどうにかするのがいまは先だ。

最悪の事態、失血死だけは避けろ――。

「玉響、身体を動かすよ。楽になれる姿勢になろう」

背中に腕をさしいれて、傷口が心臓よりも高くなるように姿勢を変えさせる。

現代の道具があればもっとできることがあるだろうけれど、真織が持ってきたものは小さなバッグだけで、入っているのも電池切れのスマートフォンと財布くらいだ。

(尾行されていた？　何人いた？　わからない)

きっと、玉響を追っていると思った。

玉響は、杜ノ国《もりくに》でもっとも高い地位にある神官、神王《くまみこ》だった人だ。

(でも、誰？)

玉響はすでに退位していたけれど、退位したことも、神王をつとめていたのが玉響だったことも極秘だという。生きのびて水ノ宮の外に出たことなどは、さらに知る人がすくない。

「真織、傷はいまどうなっている？」

玉響は二十二歳という話だが、その年の青年にしては幼く見える。

華奢《きやしゃ》で、髪が胸まであって、中性的な顔立ちをしているせいかもしれない。

一気に背が伸びて相応の体格になったいまも、真織にとっては弟のような存在だ。

「おかしいのだ。痛みが消えていく」

「えっ――」

そんなはずはない。ひどいけがだった。

痛みを感じないなら、麻痺《まひ》――？

「足を動かしてみて！」

悲鳴をあげた時、袴《はかま》に染みた血は、赤黒くなって乾きはじめていた。

「よかった」

血がとまったのだ。ほっと息をつくが、目を見張る。

じっと見つめた先で、血の塊《かたまり》が白くなっていった。

傷口には、かさぶたも張った。

「痒《かゆ》い」

玉響の指先が傷口に伸びる。

爪で軽く掻いただけで、そのかさぶたも剝《は》がれ落ちた。

栗色《くりいろ》の袴は裂けたままで、袴も傷口を押さえ続けた真織の手も、血で濡れている。

でも、けがは治癒《ちゆ》した。玉響の白い腿に、傷はもうなかった。

「真織！　どこだ！」

青年の声が追ってくる。仲間だ。千紗杜《ちさと》という郷《さと》の若者世代のリーダーで、身寄りのない真織と玉響のことも親身になって助けてくれる、頼もしい人だ。

「千鹿斗《ちかと》！」

大声を出して呼ぶと、千鹿斗は奔放《ほんぽう》に伸びる枝をよけながらやってきた。

「あぶないからはぐれるなって、あれだけ言ったのに」

「追いかけられて――」

事情を説明しようとしたけれど、千鹿斗がやってきた隙《すき》を狙って立ち去ったのか、追手の気配はいつのまにか消えていた。

「けがをしたのか？　傷は？」

千鹿斗が血相を変えて玉響のそばに膝《ひざ》をつく。

でもそれも、説明が難しい。傷はもうなかった。

「真織、千鹿斗。世話をかけた。さあいこう」

玉響が「ごめん、ごめん」と起きあがった。

たぶん、謝《あやま》るようなことではなかった。

たしかに玉響は大けがを負ったし、それが驚くべき早さで治っただけだ。

(傷が癒《い》えるのが早すぎる。もしかして――)

血の痕《あと》のわりに傷ひとつない腿を見下ろして、千鹿斗は気難しい顔をした。

「もしかして、きみ、まだ不死身なのか？」

真織も玉響も、すこし前まで不老不死の身体をもっていた。

でも、失ったはずだ。いまではけがもするし、血が出るし、痛いし、怖い。

「そんなはずはないよ。血が出たもの。不死身だった時は血が出なかったんだし」

ふと、真織も自分の脛を見下ろした。

玉響に大けがをさせた枝は、真織にもけがをさせた。でも、その傷もすでになかった。玉響の傷口と同じで、着物に血の染みをつけたものの、あるのは剝がれかけた、かさぶただけだ。

千鹿斗は無言になった。しばらくして、「あのなあ」とため息をついた。

「血まみれの奴を連れていけるかよ。神《かみ》ノ原《はら》にいくんだぞ？」

せめて袴についた血をどうにかしろと、峠《とうげ》の湧《わ》き水で洗うことになった。

袴ごとずぶ濡《ぬ》れになった玉響は、はたから見ても可哀想《かわいそう》になるほど気落ちしたが。

「水がこんなに冷たいとは知らなかった――」

春になったばかりの水は、恐ろしいほど冷えていた。

千紗杜から神ノ原へは、半日ほどの旅になる。

山道を抜けて神ノ原の盆地に入ると、お祭りの真っ最中だった。

「はじまってる」

「待てって、目立つな！」

その日、神ノ原では「春《はる》ノ祭《まつり》」がおこなわれる。春の到来を祝い、秋の実りを予祝《よしゆく》する祭りで、玉響がどうしても見にいきたいときかなかったのだ。

でも、水ノ宮のお膝元、神ノ原は、退位したばかりの玉響が訪れるにはまだ危険な場所だった。真織のほうも、知る人ぞ知るお尋《たず》ね者のようなものだ。

祭りの行列が、水ノ宮の鳥居から続いている。賑《にぎ》やかな音色《ねいろ》をききつけるなり早足になる玉響を横目で見て、千鹿斗が肩を落とした。

「面倒くさい役を引き受けちまったなぁ」

たしかに、厄介《やっかい》な遠足の引率《いんそつ》を任されたようなものだ。

「すみません。大人しくしています……」

真織たちが祭りを眺めたのは、人だかりのすこしうしろからだった。

「頼むから目立つな」と、編笠《あみがさ》を深くかぶって顔も隠した。

太鼓《たいこ》の音が轟《とどろ》き、神ノ原に吹き渡る春の風に、笛の音が翻《ひるがえ》る。

祭囃子《ばやし》が近づいてくるごとに、沿道に集まった人は音のする方角へ笑顔を向けた。

朱《あか》や黄、紫に青、色とりどりの布の花を全身に飾った稚児衆《ちごしゅう》に、勇壮な舞を披露《ひろう》する男衆。神の宮から続く踊り子の行列は、まるで精霊たちの行進だ。

近くにいた親子が歓声をあげた。

「春が帰ってきたみたいだ。精霊たちは女神《めがみ》さまの宮で冬を過ごしていたんだね」

踊り手のうしろには、立派な御輿《みこし》が続く。先導をつとめる幼い巫女《みこ》や、烏帽子《えぼし》をかぶった神官たちが通り過ぎて、いよいよ御輿が近づいてくると、沿道の人々は両手を合わせた。

御輿は黒漆《くろうるし》で塗られていたものの、椿《つばき》や桃《もも》の花、榊《さかき》や檜《ひのき》の葉で飾られて、漆の面が見えないほどだ。御輿そのものが、大きな花園に見えた。

御輿に揺られるのは、少年王、神王《くまみこ》。森の色を移したような緑色の狩衣《かりぎぬ》に黒髪を垂《た》らし、小さな頭に烏帽子をのせている。

春ノ祭は、年に一度、その少年王が杜ノ国の民の前に姿を現す日なのだという。

でも、姿を現すというよりは――。

(神王って、なんていうか――人ではない扱いをされるんだなぁ)

行列はまるで、花の祭壇にのせた神像をお披露目《ひろめ》するようだった。

「神王さま、わが里に豊穣《ほうじょう》を」

「天、土、山、水。五穀《ごこく》豊穣、お恵みあれ」

御輿の内側であぐらをかき、人々を見下ろす少年は、八つくらいだろうか。

現代でいえば小学一年生か、二年生くらい?

幼い横顔は、緊張で呆然《ぼうぜん》としていた。

「おい、行列に近づくなって」

過ぎゆく少年を追いかけて首が伸びていく玉響の肩を、すかさず千鹿斗が押さえつける。それでも玉響は、目の前を通りすぎていく少年王をじっと見つめ続けた。

「まだ神王になれていないね。怖いんだね。怯《おび》えないで」

玉響は、昨年までその御輿に乗っていた人だ。危険をおかして神ノ原にきたのも、新しい神王をどうしても見たいと玉響がいったからだった。

「もういいか？　帰ろう」

人の賑わいや華やかな祭囃子に背を向けて北《きた》ノ原《はら》へ続く山道へ向かうものの、玉響は何度も都の風景を振り返った。

「どうしてだろう。喜びが濁《にご》っている」

「うん？」

「豊穣の風はもう吹いたのに。飢《き》渇《かつ》の年の脅《おび》えが、まだ残っているみたいだ」

さすがはもとの神王だ。玉響は、神ノ原の苦しみを嘆くようだったが、千鹿斗にせっつかれることになる。

「玉響ってば。せめて峠を越えよう」

◇　◇

雪が降る前のことだ。水ノ宮の神官が千紗杜を訪れた。

訪れた神官は、名を多々良《たたら》といった。

「ひとりか？　なにをしにきたんだ」

報せを受けるなり、千鹿斗は身構えて会いにいったが、真織も同じ思いだった。

──怒られるのかな。

多々良は、神に逆らう者に罰《ばつ》を与える御狩人《みかりびと》として恐れられている。

多々良が訪れたのは、御種祭《みたねまつり》の十日後だった。

御種祭というのは、水ノ宮で十年に一度おこなわれる秘祭だが、真織や千鹿斗たち、千紗杜の人たちは、ひそかにそれに関わってしまった。「報復されなければいいが」と、みんなで備えていたのだ。

ぴんと張り詰めた空気の中、多々良はつたえた。

「御種祭でのことは、不問に処す」

お咎《とが》めはなかった。ただし、条件付きだ。

「あの神事に関わることを決して口外しないと、誓えるなら。神王《くまみこ》と水ノ宮の神威を穢《けが》すな。さもなくば、神軍《しんぐん》がこの郷を囲む。千紗杜の民は誰ひとりとしてこの郷から出られなくなる」

誓いを守れないならば殺す──多々良はそう脅《おど》しにきたのだ。

去り際に、多々良は玉響の正面で平伏した。

「玉響さま、お元気で」

現人神《あらひとがみ》であることをやめて普通の青年として暮らすことを選んだ神王への、最後の挨拶《あいさつ》だった。

真織と玉響は、ふたり暮らしをはじめた。

「千紗杜を守ってくれたお礼だよ」と、神社の近くに建つ家を借り、食べ物も分けてもらうことになるが、つまり、タダめし食いの居《い》候《そうろう》だ。

真織は、現代の世界から神隠し同然に突然ころがりこんだ身。

現人神をやめたばかりの玉響も、家出少年のようなもの。

はっきりいって、ふたりとも生活力はゼロだった。

これは、まずい——。

お世話になるばかりでは、千紗杜の人に迷惑をかける一方である。

「あの、手伝えることはありませんか」

冬支度《ふゆじたく》にはげむ誰かの姿を見つけるたびに、真織が仕事をせがんでいると、千鹿斗が呆れてやってきた。

「落ちつけって。おれたちが落ちつかない」

「でも」

千紗杜の人たちこそ、朝から晩までみんなよく働いた。

電気も水道もない世界だ。水汲みや洗濯は川や井戸で、掃除も調理もすべて人力である。分けてもらう食べ物ひとつをとっても、かかっている労力が現代とは桁違《けたちが》いだということは、突然ころがりこんだ異邦人《いほうじん》でも、考えればすぐにわかることだった。

「いいって。きみらが無理をする姿を見たいわけじゃないんだ」

「そんなわけには――。親切にしてもらったら、お礼をしなくちゃ」

「なら、いまじゃないんだ。ゆっくり馴染《なじ》んでいけばいいよ。あいつを見習えって」

玉響はのんびりしていた。

届けられる食べ物や服に素直に手をのばして、「ありがとう」と笑う。

「すこしは遠慮しないと。お礼に返せるものが、わたしたちにはなにもないのに」

真織がそういっても、玉響はきょとんとしている。

「どうして？　そんなことをしたら、あの者らを礼が欲しがっていると思うことになる。『ありがとう』といってただ受け取れば、あの者らは聖者になれるのに」

玉響がいうのも一理ある、というのは真織もわかる。

でもきっと、玉響の言い分は神様目線での話だ。祭壇にお供え物を捧げるのはご加護がありますようにと祈るためで、清らかな心の賜物《たまもの》だから。帰りになにかいただいていこうとは決して考えないよね、という話である。

「わたしは玉響みたいに、神様になったことがないからなぁ」

かたや東京《とうきょう》で暮らしていた女子大生、かたや神様として暮らしてきた少年王。

共通点を探すほうが難しいというもので、ふたりで暮らしはじめたものの、意思の疎通《そつう》が難しいこともあった。

玉響の生活力のなさにも困り果てた。身の回りのことはすべて周りの人の世話になっていたそうで、玉響は炊事や洗濯どころか、着替えにすら苦戦した。

まずおこなったのも、紐《ひも》の結び方の特訓だ。

「紐の端っこと端っこをもって×印をつくって、下からくぐらせて――」

玉響はいまや、二十歳くらいの青年の姿に育っている。

大きくなった背中をまるめて不器用に帯を結ぶ姿は、なんというか、残念だ。

玉響は華奢《きゃしゃ》で、色白で、ともすれば少女にも見える顔立ちをしている。気品が漂う中性的な男子なのに、もったいない。

「真織が着せてくれればいいのに……」

「いやです」

玉響はしょんぼり肩を落としたが、着替えくらいは一人でできるようになってもらわないと、真織も困る。出会った時の少年の姿ならまだしも、ほとんど年が変わらないいまの玉響の着替えを手伝うのは、二十歳の女子としては悩ましいのだ。

「がんばろう。付き合うから」

さんざん手こずったけれど、玉響は根気強い人だった。

さすがは永遠の命を持って神様をやっていた人で、気長さが度を越えていた。

「そうだった……。ほとんど動かないで暮らしても平気な人だっけ」

蝶結《ちょうむす》びの練習も、はじめてしまえば朝から晩までえんえんと続けるので、真織のほうが心配になった。

「たまには動かないと、もう神様じゃないんだから身体を壊すよ？　外の空気を吸おう――あっ、雪」

空から、桜の花びらのような白い欠片《かけら》が舞い降りていた。

底冷えのする日だと思っていたら――。

杜ノ国は山国で、千紗杜の郷も、山に囲まれた盆地にある。冬のあいだの三ヵ月ほどは、千紗杜の郷は雪に埋まるらしい。

雪が降ったなら、冬ごもりがはじまる。

杜ノ国というふしぎな世界で過ごす、はじめての冬だ。

どうなるんだろう――。

ぶあつい雲で覆われた灰色の空を見上げて、真織は息をついたけれど、玉響はそばをすり抜けて外に飛びだしていった。

「雪！」

まるで、雪の庭を駆けまわる犬だ。ふっと頭に浮かぶのは、雪に飛びこんでは真っ白になってはしゃぐ子犬の動画だった。

「風邪をひくよ？　外に出るならあったかくしないと」

慌てて藁《わら》製のコート、蓑《みの》をもって追いかけて「着なさいって」とさしだしたけれど、玉響は雪に夢中だ。手のひらの体温で雪が溶けていくのが面白いようで、ふたりで暮らす小さな家の前庭で、玉響は何度も雪の欠片を受けとめた。

「真織、雪だ。冷たい」

「いいから、着なさい」

結局、なかば無理やり蓑を着せた。

「もう――」

背は真織よりも高くなったけれど、玉響は世間知らずのままだった。

寒くなってからは、ふたりでくっついて眠った。

現代では考えられないことだけれど、家族で一緒に眠るのが千紗杜では普通らしい。

千紗杜の布団は藁の布だ。冬の寒い時期は藁がたっぷり土間に運びこまれて、その中で眠ることになったけれど、つまり、寝具は藁だった。

しっかり眠るために互いの体温を貸し合うようなもので、ばらばらに眠るのと寄り添って眠るのとでは、温かさが段違いなのだ。

はじめは抵抗があったけれど、一晩で慣れた。寒い時期にくっつき合う猫や、あなぐらの奥で身を寄せる小さな生き物の兄妹になった気分だ。

もぐりこんだ藁の内側に温もりを溜めるだけで、身体が触れ合いそうになると「ごめん」と離れる。玉響とのふたり暮らしは、奇妙な共同生活だった。

子どものころを思いだすような、はじめての感覚のような。

こういう関係をなんていうんだろう？

兄妹？　それとも、友達だろうか。

（ここは、どこなんだろう）

ふいに元の世界が恋しくなることもあった。杜ノ国にきてから四ヵ月が経っても、ここが——突然やってくることになった杜ノ国がどこなのかは、よくわからない。

きっと日本のどこかの古い時代だ——ひとまず、そう結論づけていたけれど。

（水ノ宮にいけば、帰り道があるのかな）

はじめの場所、玉響と出会った場所に戻れば、出入り口がある？

でも、簡単に近づける場所ではなかった。お尋ね者のような扱いになったいまではなおさらで、かならず帰ることができるというなら無理をして忍びこんでもいいけれど、たしかなことはわからない。

（帰らなくちゃ——帰っても、誰もいないか）

真織が杜ノ国にくることになった日に、真織は母を天国に送りだした。

『お母さーん、晩ごはんはビーフシチューが食べたい。すっごくビーフシチューの気分』

『真織が作りなさいよ。レシピ教えるから』

『えー、やだ。作ってもらったビーフシチューが食べたい』

冗談まじりに言い合った日々が、遠い。

かけがえのない時間だったと気づくのは、うしなった後だ。父もすでに他界していて、家に戻っても真織の帰りを待つ人はいない。独《ひと》りになった。

玉響もそうで、人から現人神になった時に、人としての繋《つな》がりや記憶をすべて断ち切られてしまったらしい。彼も独りだ。

風がびょうっと音をたてて草屋根を揺らしている。

隣では玉響が寝息を立てていた。

真夜中に目を覚ました時にそばに人がいるのは、妙な安心感があった。

安堵《あんど》と、ふたりぶんの温もりに包まれながら、ふたたび眠りに落ちていく。

——いまは、いいか。

この子と暮らすのが、いまは楽しい。もうしばらく、こうやって暮らしたい。

この子のことを、もっと知りたい。

この子が神王《くまみこ》だったころは、どんなふうに暮らしていたんだろう？
この子にはどんな世界が見えていたんだろう？
「大丈夫、わかるよ」と、もっと力強く言えるようになればいいのに。
そうしたらきっと、やさしい時間が続いていく。いまのまま、もうすこし。
ふたりで眠るようになってから、真織はふしぎな声をきくようになった。

ほうほう、ほほほ　ぬくぬく、ぽとぽと
かえろう、ほほほ　まどろみ、くうくう

小さなものが囁《ささや》いているような、眠りを誘うやさしい音だった。
風の音だろうか。歌？　それとも——。

―産土《うぶすな》―

春《はる》ノ祭《まつり》が過ぎ、暦《こよみ》の上で春がきても、まだ雪は降る。

どかっと雪が降ってあたり一面に銀世界が戻ろうが、千紗杜《ちさと》の人は働き者だ。雪が降るたびにせっせと雪かきをするので、千紗杜の家と家は細い道で繋がった。

その道を通って、寄合《よりあい》をする日も多かった。雪が溶けきって田仕事が忙しくなる前に、土木工事を済ませるためだ。

「種まきまでに新しい水路をふたつ造る。ひとつは鳥下川《とりしたがわ》の上流から新棚田《しんたなだ》の上まで。ふたつ目は、奥の棚田までだ」

集まった男たちに説明をしたのは、昴流《すばる》という名の青年だった。

若者世代のリーダー、千鹿斗《ちかと》の幼馴染《おさななじみ》で、千鹿斗の片腕でもある。

昴流は学識を好む一族の跡取りで、父親は、千紗杜の人たちが欲してやまない農業の知識を得るために、異国を旅しているのだとか。

「ところで昴流、親父さんはまだ帰らないのか」

「音沙汰《おとさた》がないねえ。いまごろどこにいるんだか」

昂流はマイペースな人で、心配されてもけろっとして、自分の癖毛《くせげ》をいじっていた。

「まぁ、どこかで昴《すばる》をみてるさ。自分の息子の名につけた星をさ。親父がいねえのはどうでもいいが、算術をたしかめてくれる奴が足りねえのは困るよなぁ」

(算術？)

昂流の手元には、手書きの地図があった。

「水を最後まで流すには、底をどれくらい傾けて掘るかが大事だ。絶対に間違えて掘っちゃいけない。まぁ、工事がはじまるまで測《はか》りなおしておくよ」

水路の設計図で、大事そうに数が書かれている。水路のスタート地点からゴール地点までの高低差と長さ、傾斜を確認するための計算のようだが——。

「あの」と、真織《まおり》は話に割って入った。

「わたし、手伝えると思います」

「あんたが？」

昂流はよそ者の真織にいい顔をせず、出会ってからずっと冷たくあたる。

気に食わないことがあればストレートに顔に出すタイプで、いまもぎろっと真織を睨《にら》んでいた。

「たぶん、こう——」

筆を借りて筆算を披露すると、男たちの目が集まる。

「なんだ、それ。どうやったんだ?」

数字を漢数字に置き換えて解説すると、さらにどよめいた。

「よくわからんが、すげえな。だがな、工事には難しい道具もたくさん使うんだぞ?」

棒や盥《たらい》のような道具や、糸巻なども見せてもらうことになった。

「昴流たちはこういう道具をうまいこと使って、どう掘ればいいかって導いてくれるんだ。若いのに」

道具はどれも木材や糸を組み合わせた素朴なつくりで、真織がはじめて見るものばかりだ。もちろん、説明書もない。

(でも、工事に使うなら)

道具の仕組みは、分度器やコンパスの使い方や、理科や算数の知識から、なんとなく想像がついた。設計図に添えられた数字がこの道具で測ったものだとすると——。

盥に水を張って水平面を探ったり、距離や深さを調べたりする道具?

「こんなふうに使いますか?」

見よう見まねで尋ねてみると、周りの人たちがぎょっと息をのむ。

結局、そこら中から両手をあわせられることになった。

「ひと目見て使いこなすなんて、真織さんは知恵の女神《めがみ》さまか？　拝んどこう」

「いえ、女神なんかじゃ――」

わけあって、真織はやたらと拝まれる。

慌てて手を振ったが、千鹿斗も目をまるくした。

「そういえば、真織の親は学問の指南役だっけ。たくさんの教え子がいたって」

千鹿斗がした説明も大仰《おおぎょう》で、偉い学者を称《たた》えるようだ。

でも、真織の母親はそんな偉人ではなく、小学校の教師だった。

真織もただの学生だ。知恵の女神ではないし、拝まれるような女子でもない。

「これくらいならみんな習うんです。わたしが暮らしていたところでは――」

はっと身構えた。真正面にいた昂流から、怖い顔をして睨まれていた。

昂流は目が大きく、どちらかといえば派手な顔立ちをしていて、凄まれると迫力がある。だんだんわかってきたのだが、昂流は、千鹿斗が絡《から》むとどくに不機嫌になる。

千鹿斗は郷中の人から愛されるリーダーだが、昂流も千鹿斗のことが大好きで、よそ者の真織に千鹿斗の興味が向くのを嫌がった。

また責められる？　余計な真似をするな、千鹿斗をたぶらかすなって――。

びくびくしていると、昂流は突然両手をついた。そのうえ、勢いよく頭をさげた。

「いまの算術を教えてくれ。頼む」

「教えます、教えます教えます！」

「あと、手伝え。死ぬ気で」


水路の設計も土木工事も、たずさわるのははじめてのことだ。

でも、首を突っこんでみると意外におもしろい。

当たり前だが、公園の砂遊びとは本気さが桁違いだ。工夫もすごい。

川から水を引きこむ取水部には、石で堰《せき》が築かれた。川の水位が低くなる季節でも、水を引きこめるようにするためだ。

水路として掘られた溝には、石や木の杭《くい》が隙間なく打ちこまれた。水路の壁が崩れないように護るためで、スタート地点からゴール地点まで、気が遠くなる数の石や杭を並べたが、大人も子どもも郷中のみんなが集まって作業をしたので、驚くべきスピードで仕上がっていく。

大きなものをみんなで力をあわせて造るのも、とても楽しい。

道や畑から雪が消えたころ、ひとつ目の水路が完成した。

「よぉし、みんな。堰を開くぞ」

水路の入り口を閉ざす板が「せえの」と外され、できたばかりの窪《くぼ》みに澄《す》みきった雪解《ゆきど》け水が流れこんだ。

川の水は低い場所へと流れ、石や杭の木目を水しぶきで濡《ぬ》らしていく。

「いけ、とまるな。流れろ！」

一緒に汚れたり疲れたりして、みんなで造った水路が、とうとう完成した！

「やった、うまくいった……！」

子どもたちも大人も、流れゆく水の先頭を追いかけて走った。真織もだ。

千紗杜の人は、真織の恰好《かっこう》を見てけらけら笑った。

「女神さまだってのに泥だらけだ。こんなにさせちまって、罰が当たるぞ」

「ううん、すごく楽しいです。ごはんや寝床のお礼がやっとできたんだもの」

水路ができれば、新しい田んぼを潤《うるお》すことができる。

稲《いね》がたくさん実れば、暮らしがすこし楽になる。

余裕が生まれれば、ほかのことができる。大きな農具や橋をつくったり、さらに水路を造ったり。くり返せばもっと豊かになる。

「つぎは、ふたつ目の水路だ。これからもっとみんなが笑えるように、いま造ろう」

千鹿斗が拳《こぶし》を突きあげると、みんなも「おおー」とこたえて笑顔がひろがる。

手伝いにきていた玉響《たまゆら》も、にこにこ笑って眺めていた。

「千紗杜では人が川を造るのか。おもしろいね」

「そう、おもしろいの！」

いまなら「趣味は？」と訊《き》かれたら、「土木です！」と大声で答える。

人生、なにが起きるかわからないものである。


その日の晩は、ごちそうをいただいた。

山へ狩りに出かけていた人が兎《うさぎ》を届けてくれたのだ。

「おらよ、真織女神さま、玉響さま」

「ありがとうございます。すみません、お礼に渡せるものがなにもなくて……」

毛皮を着こんだ狩人《かりゅうど》は陽気に笑った。

「客人《まれびと》には尽くすもんさ。助けてくれる客人には、なおさらだ」

兎の肉と野菜を煮込んで味噌《みそ》を溶かせば、身体があったまる鍋《なべ》料理ができあがる。

ふうふう息を吹きかけてふたりでいただけば、さらに美味しい。身体を動かしてちょっと疲れて、しかも、いいことがあった日のごちそうなら、もっとだ。

湯気は家の中を温めて、食べ物の匂いを家中に染みこませた。

「ごはんの夢を見そうだね」

笑い合いながら、そろそろ寝ようかと、藁に足先を突っこんで温めていたところだ。

玄関先に、千鹿斗が訪れた。

「玉響、真織、ちょっと」

顔を見に寄るには遅い時間だ。夕ご飯が済み、外は暗くなっている。

「なにかありました？」

水路のことだろうか。

明日からは新しい水路を掘ることになっていたが、計画変更とか？

千鹿斗は戸口の隙間から顔を覗《のぞ》かせただけで、中に入ろうともしなかった。

「客が着いたんだ」

「こんな時間に？」

「玉響に会いたいって」

「玉響に？　――水《みず》ノ宮《みや》の人ですか」

「そうじゃないんだけど」

千鹿斗は首を横に振ったが、気難しい顔をしている。

「いこう。客はおれの家にいる。一族の家のほうだ」

闇色《やみいろ》の線になって続く道をたどって向かったのは、千紗杜の郷にある中で一番大きな家だった。千鹿斗の祖父と、曽祖父夫婦が暮らしている。

台所を兼ねた土間から顔を出すと、火のそばで暖《だん》をとる老人がにこやかに笑った。

「いらっしゃい」

千鹿斗の曽祖父で、近隣の郷からも「古老《ころう》」と慕われている人だ。

「お邪魔します、古老」

土間のワンルームの家が多い中、この家には広々とした板の間がある。板の間には囲炉裏《いろり》があって、薪《まき》の上で炎が赤く照っていた。

古老の隣で火にあたるのは、千鹿斗の祖父。いまの郷守《さとのかみ》——現代でいうと市長や村長にあたる人だ。名は千弦《ちづる》で、その息子、千鹿斗の父親の千尋《ちひろ》も並んでいる。古老と、その息子の千弦、孫の千尋、ひ孫にあたる千鹿斗まで、千紗杜の郷を治める首長の家系の男たちが、四世代にわたって顔を揃えていた。

ほかに、もうふたりいる。

見慣れない顔の男が、旅装束《たびしょうぞく》をそばに置いてあぐらをかいていた。

狩人風の恰好をしているが、目つきが鋭い。

狩人や樵《きこり》や、自然を相手にして働く人には厳しい人が多かったけれど、もうすこし温かい目をするものだ。

雰囲気も物々しい。三十代くらいで、若すぎない姿に見合う貫禄《かんろく》があった。

（やっぱり、水ノ宮の人？）

狩人の恰好もあまりなじんでいない。身をやつしているのだろうか？

客は、玉響に会いにきたという。

――なんのために？　もしかして、また連れ去ろうとしている？

恐る恐る板の間にあがると、客人《まれびと》ふたりが平伏する。

「玉響さま」

（何者？）

なぜ、この人たちは「玉響」という名前までを知っているのだ。

玉響は、神王《くまみこ》だった人だ。神王というのは杜ノ国《もりのくに》の最高位の神官のことで、水ノ宮という宮殿に現人神《あらひとがみ》として君臨し、神々の声をきく。

でも、神王となる御子《みこ》が誰で、いつ即位して退位するかも、水ノ宮の外には知らされない――真織はそうきいていた。神王に名前があることも、みんな知らなかった。

玉響が、もうしわけなさそうに眉《まゆ》をひそめた。

「あなたは誰だろうか。水ノ宮にいた時に会った？」

客人のふたりは主従関係にあるようで、ひとりが先に姿勢をただしたのを見届けてから、もうひとりが頭をあげていく。

主らしい男は、雰囲気がどことなく玉響と似ていた。気品を感じさせる顔立ちをしていて、髪の結《ゆ》い方も同じだ。胸まである黒髪を首のうしろで結わえている。

「神王四家《くまみこよんけ》、杜氏《もり》の、名を黒槙《くろまき》ともうします」

古老がにこやかに笑って、手招きをする。

「さあ、どうぞ。真織さんたちも火のそばへ」

土間で脱いだ藁沓《わらぐつ》を揃え、真織と玉響も囲炉裏のそばに腰をおろす。

そのあいだも玉響は、黒槙と名乗った男を熱心に見つめていたが、首を横に振った。

「黒槙？　すまないが、わからない。水ノ宮にいたころのことはあまり覚えていないのだ」

「仕方ありません。神王となる御子は、人としての縁をなにもかもお断ちになるもの」

黒槙は丁寧《ていねい》にうなずき、「お見知りおきを」と深く頭をさげた。

「神王四家とは、神王となる聖なる御子に繋がる血筋です。わが杜氏、轟《とどろき》氏、流《ながる》氏、地窪《ちくぼ》氏の四氏族からなるため、神王四家と呼ばれております。わが杜氏はその筆頭、俺は、神領諸氏《じんりようしよし》の長の立場にあたります」

「普通にしてくれ。私はすでに神ではないのに、人として人を見下ろすのはいい気分ではないのだ」

玉響はいつもの調子だ。でもたぶん、悠長《ゆうちょう》に構えている場合ではない。

(こんな人が、なにをしに……)

杜ノ国に詳しくない真織も察した。きっと黒槙という男は、相当身分が高い。

(神王四家《くまみこよんけ》って、たしか)

前に、教えてもらったことがあった。

『神《かみ》ノ原《はら》には神王四家というのがあって、神王になる御子は、その四つの一族から選ばれるの。選ばれるというか、順番に差しだされるのよ。水ノ宮で神事をおこなうために生まれてくる御子なんだって』

(神王になる子を輩出する血筋っていうことか。なら)

つまり、ロイヤルファミリーのような一族だろうか。

千鹿斗も、その父親も祖父も無言だ。そういえば、一緒に暮らしている奥方たちの姿がなかった。おばさまたちはどこへ――などと尋ねられる雰囲気でもない。

(別の場所に移ったのかな。それだけ大事な話をするつもりで?)

関係者をできるだけ減らそうとしている?

沈黙も長かった。物々しい静寂に、囲炉裏の火の音が染みている。

玉響に挨拶を済ませると、黒槙と名乗った男は真織を向いた。物腰が穏やかな人かと思いきや、態度が一変した。

「それでおまえが、御種祭《みたねまつり》にいた娘か」

異端者を尋問するようだった。もしくは、化け物。

仕方がないか——とあきらめはつくが、やるせない気分になる。

真織はもともと、現代の東京で暮らしていた。ごく普通の大学生で、異端者や化け物と扱われた経験もなかった。

日本で普通に生活していれば、誰だってそうだろう。逃げたり追われたり、お尋ね者のように警戒されたりする状況には、まずならない平和な国だ。

来た当初の恰好、カットソーとジーンズを着続けるのはあきらめて、この郷の女たちが着ているのと同じタイプの着物をもらった。でも、顔立ちも髪型も、千紗杜の人とはすこし違ったので、異邦人が衣裳を借りているようにしか見えないはずだ。

真織の髪は肩につく長さのボブスタイルだが、杜ノ国では子どもがする髪型らしい。もうすこし伸びてくれれば首のうしろで結えるようになって、周りと似た髪型ができるのに——と、髪の長さを気にする日々だった。

「妙な娘だ。千紗杜の者か？」

「いいえ」

「なら、どこだ」

黒槙が丁寧に接するつもりの相手は玉響だけらしい。尋ね方は横柄《おうへい》だった。

いってもわからないだろう――無言でいると、黒槙の眉が不機嫌に寄る。

「答えられんのか？　まあいい。御種祭《みたねまつり》のことを訊きたい。おまえは御種祭にいたな？　なぜおまえが玉響さまといたのだ。なぜ女神の矢に射抜かれた？」

罪人を問いただすような訊き方だった。見かねて、千鹿斗が助け舟を出した。

「黒槙さま。この娘は答えられません。水ノ宮の御狩人《みかりびと》が、なにも話すなと」

「知っている。しかし、俺も西の斎庭《ゆにわ》にいて一部始終を見ていた。互いに知ることを話すだけだから、御狩人が課した禁を破ることにはならない」

「しかし――」

「なにかあれば、俺が責を負う。おい、あれを」

「はっ」

従者が衣の合わせに手を差し入れ、小さく畳《たた》まれた紙を取りだした。恭《うやうや》しい手つきでひらかれて宙に掲げられたのは、嘆願書に似ていた。流麗なくずし字は真織にぱっと読めるものではなかったが、古老たちの視線も書状にそそがれた。

「あなたの名で、われらを咎めてはならぬと書いてございますね」

「ああ。これを置いていく。水ノ宮の御狩人といえども、俺がからんでいれば勝手はできまい。怯えることはない。話せ」

「なるほど。さすがは神王四家《くまみこよんけ》の筆頭、杜氏の黒槙さま、というわけですね」

古老がうなずくと、従者は満足げにうなずいた。

「察しがよい。杜氏こそが、原初の祭祀王《さいしおう》のご一族である。黒槙さまは、水ノ宮の神官ごときが苦言を申せるお方ではないのだ。ありがたく手に取るがいい。この書状が今後、千紗杜を何事からも守護する護符となろう」

古老は目尻に皺《しわ》を寄せて、微笑《ほほえ》んだ。

「しかし、それだけの力をお持ちでしたら、黒槙さまがこんなものは知らぬとおっしゃれば、なかったことになりませんかな？　さて、いかに信じればよいのか」

「無礼な！」

黒槙は苦笑いを浮かべて、「よい」と従者をたしなめた。

「先を読んだつもりで用意してきたが、稚拙《ちせつ》だったたか」

「お許しを。千紗杜で暮らす七百人の命運がわれらの背に乗っております。念には念を入れねばならぬのです」

古老は笑って、「わかりました、こうしましょう」と白髪を束《たば》ねた頭をさげた。

「同じものを見た同士であれば口外の罪の重さは変わる、これは一理あります。あなたがなぜ千紗杜までいらっしゃったのか、それも興味深い。それほど真織さんと玉響さまに訊きたいことがおありなら、いずれ攫《さら》ってでもお尋ねになるでしょう。ならば、ここで済ませたほうがおふたりのためにもよい」

「真織さんたちも、それでよいかな？」と、古老の目がふたりを向いた。

千鹿斗と古老が黒槙に屈しようとしないのは、真織と玉響を守る壁になろうとしているから――それを、真織もひしひし感じた。

気遣ってもらえるのは、嬉しいことだ。

わたしも頑張らなくちゃと、立ち向かう力が込みあげる。

――ありがとうございます。大丈夫です。

笑みをこぼして真織が古老にうなずくと、黒槙の表情もほっとやわらいだ。

「そうか。なら、ありがたく――」

「ええ。ですが」

古老は微笑を浮かべたまま、のんびり続けた。

「もしもあなたと関わったことが水ノ宮の耳に入り、お咎めを受けたなら、私たちはしらを切ります。あなたに脅されたと偽りをいうかもしれません。いまのご様子では、水ノ宮と神王四家《くまみこよんけ》には少なからず隔《へだ》たりがあるようです。さらに溝が深まることになるかもしれませんが、お許しを」

言葉は穏やかだが、古老は真織たちを守るだけでなく、攻めた。

――このことが明るみになって困るのは、お互いさまですよ？

従者の男が、膝《ひざ》を立てようとする。

「いわせておけば」

黒槙は、はっはっはと豪快《ごうかい》に笑って「まいった」といった。

「俺を脅すおつもりとは。あなたのほうが上手だったか。さすがは、賢者と名を馳《は》せるお方だけのことはある」

黒槙は威圧的な態度をあらためて、肩の力を抜くような仕草をした。

「そう警戒なさらないでくれ――いや、俺から折れるべきか。なあ、古老。この娘は何者なのだ。俺も礼を尽くすべき相手だろうか」

古老は「さあて」と笑った。

「人とは、たいへん込み入った生き物です。老いぼれに断じることができましょうか。ただ、真織さんは遠方からお越しになった客人《まれびと》です。客人とは、新しきを運んで吹いてくださる風。風に守られた杜ノ国で暮らすからには、もてなすべきお方と、千紗杜の民は思っておりますよ」

「女神の矢で射抜かれた娘だ。ただ者ではないのだろう。わかった」

黒槙は渋々《しぶしぶ》とうなずき、ふところに手をさしいれた。

指につままれて取りだされ、火明かりを浴びたものは、木の葉に見えた。涙型で、周りがノコギリの刃のようにギザギザしている。

(この葉っぱの形、前に見た。たしか──そうだ、欅《けやき》？)

「その葉はなんだろうか」

玉響が、黒楨の手元を見つめている。黒楨は恭しく頭をさげた。

「わが一族の社《やしろ》に鎮座《ちんざ》する神木《しんぼく》の葉でございます。どうぞ」

さしだされた葉が、玉響の手へと渡っていく。

欅の葉を手に取ると玉響はまぶたをとじて、しばらく無言になった。

「言葉がのっているね」

「ほう、言葉。どのような言葉だと？」

「地震の守り手を絶やすな──」

黒楨と、そばで控えていた従者が息をのみ、揃って頭をさげた。

「さすがは先代の神王《くまみこ》、玉響さま。俺も、まったく同じ言葉を受け取ったのです」

「いまのはなんです？　どういうことですか？」

尋ねたのは千鹿斗だったが、囲炉裏をかこむ男たちがみんな、ふしぎがっている。

真織もそうだ。黒楨と従者が玉響を見る目が、いきなり変わったのだから。

たった一枚の欅の葉が、秘密の暗号だったかのように。

「この葉は、先日おこなった占《うら》でわが手に降ったものだ。神木が俺に与えた返事《かえりごと》だったが、音なき声がきける者はわずかだ。稽古《けいこ》をつみ、神々から認められた者でなければ、声はきけないのだ」

答えた黒槙に、千鹿斗は呆れた。

「つまり、玉響を試したということですか？　音なき声というのを玉響がきけるか、どうか」

「お話しすべき方でなければ、知らないほうがよいこともあるからだ。それだけ大事な話をするつもりで、ここまできた」

囲炉裏の火に、古老が新しい薪をくべている。ほとほとと照る火明かりを浴びつつ、黒槙は「このことは内密に」と念をおして、口火を切った。

「じつは、神領《じんりょう》で大変なことが起きているのだ。地窪氏に」

(地窪氏？)

真織は、記憶をたどった。神王四家《くまみこよんけ》という言葉は覚えていたけれど――。

(その中のひとつだっけ。たしか、杜氏、轟氏、流氏と、地窪氏)

「地窪氏が、消えゆこうとしている」

「消えゆく？」

「ああ。そして地窪氏は、玉響さまのご生家だ」

(玉響の？)

当の玉響はぽかんとしている。

古老と黒槙が言い合いをしているあいだから、玉響はずっとこの調子だった。

「地窪の長、玉響さまの父にあたる男が、御種祭《みたねまつり》の六日前に亡くなったのです。神宮守《じんぐうもり》の息がかかった者の手で、殺されたのです」

静けさの中で目玉が動く。黒槙だけでなく、全員の視線が玉響に集まった。

「地窪は、杜ノ国を地震の難から守るべく祈る一族です。地震の守り手を絶やすな――神木からの神託も、この禍《わざわい》をとめよとお伝えなのです」

真織は身を乗りだした。

「あの、ちょっと待ってください、その――」

はじまったのは、とんでもない話だった。

玉響は母親を知らないと話していたし、父親のことは話題にのぼったことすらなかった。でも、いくら知らなくても、突然親の訃報《ふほう》をききたくはないだろう。

(急にそんな話をしないでください。この子の気持ちを考えて)

玉響の代わりに訴えようとするが、裏腹に、場の雰囲気は深刻さを帯びていく。

千鹿斗が尋ねた。

「玉響の父君は、地窪氏なのですか」

「ああ、そうだ」

黒槙は、囲炉裏をかこむ男たちを睨むようにして続けた。

「神王《くまみこ》とは、表向きには、何百年も老いることのないたったひとりの聖なる御子だ。神領諸氏《じんりょうしょし》のどの家の出かが伏せられるのも、そのせいだ。だが、俺たちにとって神王は血族の子。即位なさるまでのお世話にもかかわる。玉響さまのご生家は、地窪氏だ」

古老が、白くなった眉をひそめた。

「その地窪氏に、禍事《まがごと》が起きたのでしょうか」

「水ノ宮の者は祟《たた》りと思わせたかったのだろうが、まことの神の裁きなのか人の罪なのかは、見る者が見ればわかるのだ。地窪の長は、殺された」

黒槙は虚空《こくう》を睨み、続けた。

「亡骸《なきがら》が見つかったその日のうちに、水ノ宮から使者がきた。つぎの神王となる御子を昇殿《しょうでん》させよ、御種祭の祭主をつとめていただくかもしれぬと。玉響さまに何事か起きた、もしや神事をおこなう力を失ってしまわれたのではと、一族のあいだで憶測が飛びかった。もしそうなら、地窪氏は断絶だ」

断絶――ひとりが亡くなったというだけではなく、事態はもっと深刻――黒槙は、そういう言い方をした。

黒槙は「しかし」と顔をあげた。

「御種祭には、玉響さまのお姿があった。見事に現人神としてふるまい、女神を天から降ろした。しかも、神事の後も生きておられた。俺は確信した。なにかは起きたかもしれないが、女神は正邪《せいじゃ》を裁いた。もしも玉響さまに非があれば、女神がきっと命や身体を損なわせる罰をお与えになるからだ」

黒槙は深く息を吐き、玉響と真織を交互に見つめた。

「教えていただけないだろうか。水ノ宮でいったいなにが起きたのでしょうか。なぜ異国の娘が——真織といったか、あなたが斎庭《ゆにわ》におられたのか。理由がわかれば、地窪の長が殺されたことが誤りだったと糺《ただ》せるのではないかと思うのです。そして、豊穣の風が吹くたびに命を懸ける神王《くまみこ》を、これからは生きのびさせることができるのでは、と」

「どうか」と、黒槙が頭をさげる。従者の男も、主を追いかけて平伏した。

家の中がしんと静まる。

囲炉裏の内側でぱちっ、ぱちっと火の粉を散らしながら、薪が爆《は》ぜた。

「あの」と声をかけようとした真織よりも先に、玉響は黒槙に笑いかけた。

「わかった。頭をあげてくれ。——真織、ありがとう。私は平気だ」

玉響は真織にも微笑んで、いった。

「この人は困っているようだ。話そう」

真織も、拒《こば》む気は起きなかった。

黒槙は目が真剣で、一族の命運を背負う男の覚悟を感じさせた。

ふたりで話すことにした。

真織が、東京という街から杜ノ国にやってきたこと。

ふしぎな森で水ノ宮が祀《まつ》る女神と出会い、「器《うつわ》」になって欲しいと頼まれたこと。

神の証《あかし》、不老不死の命が玉響と真織のあいだで行き来して、神様の命というものを両方が宿した状態で御種祭《みたねまつり》を迎えたこと。

御種祭で命を落とすかもしれないと、ふたりで覚悟していたこと。

いや、実のところどうだったかも、どうして生きているのかも、いまだにわからない。玉響と真織のどちらか、もしくは両方が、女神から与えられた神様の命を使わずに「器」になったから？

だから、使わなかったぶんの命が残っているのでは――いまは、そう考えている。

わからないことは「わからない」と伝えつつ、ふたりで話した。

黒槙は時おり目をとじながら、じっと耳を傾《かたむ》けていた。

「知りたいことが、新たにふたつできた」

黒槙の目が真織を向いた。

「異国から訪れたそうだが、あなたは巫女《みこ》か」

「違います」

幽霊、女神、ついでに猿。

得体《えたい》の知れないものとよく間違えられるが、真織は普通の女子大生だった。

「ただ、杜ノ国にくる前に母親を亡くしました。ふしぎなことが起きている原因は母の死だと思うのですが――」

「母？　死の力は強いが」

黒槙は黙った後で、神にすがるように玉響を見つめた。

「玉響さま、いかがでしょうか。いま即位しているのは轟氏の御子ですが、あの御子も生きのびることができるでしょうか。女神に選ばれた誰かが訪れるでしょうか」

「私にはわからないよ。すでに神王《くまみこ》ではなく、神の声をきく力も遠のいた」

玉響は、「でも」と目を伏せた。

「あの子は、神王になれないかもしれない」

「どういうことでしょうか」

「神王に与えられる不死の命が、まだ私のもとにあるからだ」

玉響の手が囲炉裏の内側へと伸びる。灰の上で火をまとう薪をひとつ摘《つま》みあげた。

「なにを――火傷《やけど》をなさいますよ」

黒槙は声をかけたが、玉響は手にした薪をじっと見下ろしている。燃えているところを触っているわけではないが、熱いはずだ。

玉響は息をふうと吐き、目をとじた。そして、薪の端を自分の腕に押しつけた。火をまとって燃えているほうだ。

じゅっと音が鳴り、産毛《うぶげ》が焦《こ》げる。玉響の横顔も震えた。

「なにを――」

咄嗟《とっさ》に手を伸ばした真織に苦笑して、玉響は薪を灰の上に戻した。

火を押しつけたのは手首の上のあたりだ。薄暗がりの中でも肌が爛《ただ》れたのがわかる。

「冷やさなくちゃ。水を――」

真織は立ちあがったが、玉響は泰然《たいぜん》としている。

火傷をして赤くなった腕を、黒槙に向けた。

「見ていなさい。すぐに治る」

痛みをこらえるように、玉響はすう、ふう――と深呼吸をした。

息の音をきくごとに肌の赤みが引いていき、ついには消えた。

玉響は差しだしていた腕を戻し、火傷を負った場所を撫《な》でた。

「痛みが消えた。ほら」

黒槙も古老も千鹿斗たちも、食い入るように玉響の腕を見つめている。

玉響はもういつも通りだ。何事も起きなかったように微笑んだ。

「けがをして血を流すこともあるが、このように治るのだ。神王《くまみこ》として生きていたころは傷がつくこともなかったが、そのころのふしぎがまだこの身に残っている。私と、真織に」

「真織――この娘にも？」

真織は外へ駆けだそうと立ちあがっていたが、ため息をついて腰をおろした。

玉響の腕は、すっかり元通りだ。とはいえ――。

「わたしも、怖いくらい早くけがが治るんです」

真織も、うすうす感じていたことだった。

水路をつくる工事中に思いきり鍬《くわ》で自分の足を打って、藁沓が血まみれになったことがあった。足の骨が砕けたような激痛があって、歩けなくなるかもしれないと怯えたが、痛みはあっというまにひいた。こわごわ藁沓を脱いでも、痕すらなかった。

「痛みはあるし、治るまでは思いどおりに動けないけれど――そうだよ……」

痛みはあるのだ。

玉響は平気な顔をしているけれど、治りきるまでは痛かったはずだ。

それに、みずから火傷をつくるなんて。とんでもない無茶だ。

治らなかったらどうするつもりなの？

言い合いをしてでも説得しなくちゃいけない。いますぐにでも――。

でも、場の雰囲気が許してくれそうになかった。

「玉響さま、どういうことでしょうか。それに、轟の御子が神王になれないとは——」

「私と真織には、まだ不死の命が宿っている。それに気づいてから、ずっと気になっていたのだ。この命は誰のものなのかなあって」

「——なんの話？」

真織にも初耳だ。

「女神が私にさずけた命の使い残しだったらいいのだが、新しい神王のための命だったら困るなあって」

「命の使い残し？　新しい神王のための命……？」

「奥《おく》ノ院《いん》に入ればわかるはずなのだ。命の石がある」

「命の石——」

「うん。神の清杯《さやつき》たる証、不老不死の命は、そこから私のところにやってきた」

「はあ」

説明されるごとに、わからなくなる。

真織と玉響がまだ生きているのは、使わなかったぶんの不老不死の命を分け合って命を繋いだから。ひとまずそう結論づけていたが——。

「ええと、わたしたちにある命がじつはべつの誰かのもので、間違えてわたしたちに宿っているかもしれない、ということ？」

言葉を口に出してみて、さらにわからなくなる。

（命って、なんなの）

そもそも命とは、自分以外の誰かと分け合ったり、べつの人と譲り合ったり、そういうことができる代物なのだろうか。

玉響は真剣な顔をしてうなずいた。

「命の石の中にいまの神王《くまみこ》のための命が宿っていれば、心配することはないのだが。もし奥ノ院の石の中がからだったら、私たちの命をあの子に渡さないかぎり、あの子は神王になれない」

黒槙の顔から血の気が引いた。

「つまり、あの御子は人の子のまま——それだけではない。あの子が現人神になれなければ、神王を生む血を失ったとして、轟氏も断絶させられるかもしれない」

翌朝。古老の家で一晩を過ごした黒槙と従者は、神ノ原へ戻る前に神社に寄ることになった。

真織と玉響が暮らす家は、神社のそばに建っている。「きみらもこいよ」と千鹿斗が声をかけにくるので、じゃあ支度をするねと一度戸を閉めたが、そのあいだ、前庭はやけに騒がしかった。

千鹿斗のほかにも人がいるらしく、大声で話していて、しかも喧嘩《けんか》調子だ。

「なんで、おまえが神領《じんりょう》の人と一緒にいるんだよ。千鹿斗になにをさせる気だよ」

「なんでって、俺は道案内にきただけで……」

「落ちつけって。こいつには借りがあるわけだし――」

「そうそう、千鹿斗を水ノ宮に忍びこませた恩を忘れてもらっちゃ……」

「その後で千鹿斗は、兵に追いかけられたじゃねえかよ！」

(出ていくの、やだな)

支度が済んだものの、戸に手をかけるのを躊躇《ためら》っていたが、「どうしたの？」と無邪気に笑う玉響が戸を開けてしまうので、玉響と一緒に真織も姿を現すことになる。

前庭で騒いでいたのは千鹿斗と昴流で、真織の知らない男がもうひとりいた。

千鹿斗たちよりもすこし年上で、二十代後半に見える。昨日の黒槙たちと同じく狩人の恰好をしていたが、黒槙たちよりもずっとよくなじんでいた。

「あっ、おはようごぜえます」

目が合うと、男はにっと陽気な笑顔を浮かべた。

「はじめてお目にかかります。俺は根古《ねこ》といいます。にゃあんと鳴く猫と同じ名です」

根古と名乗った男は、にゃあん、と鳴きまねをした。

出会い頭にされたのは、なんとも個性的な自己紹介だった。

えっ――と目を白黒させていると、すかさず千鹿斗がフォローした。

「恵紗杜《えさと》の人だよ。見聞《けんぶん》売りなんだ」

「見聞売り？」

「狩人なんだけど、獲物よりも珍しい噂《うわさ》を狩るのが得意なんだよ。黒槙さまを千紗杜に連れてきたのも根古なんだ」

珍しい噂を狩る見聞売り――情報屋だろうか。

恵紗杜というのは、千紗杜の隣にある郷だ。

北《きた》ノ原《はら》の中では一番東側に位置していて、水ノ宮から近いところにあるのだとか。

「お見知りおきを」

根古はウインクしながら、招き猫のように右手をあげた。

可愛《かわい》さを強調するアイドルのようなポーズだが、道化師《どうけし》にしか見えない。

人懐《ひとなつ》こくて明るい人だが、反応に困るというか。真織は苦笑した。

「よろしくお願いします」

挨拶を済ませると、真織はそそくさと昂流のそばに寄った。

「あの、昂流さん。すみません、今日はすこし遅れて向かいます」

本当ならいまごろは、ふたつ目の水路をつくる場所へ向かっているはずだった。

どこをどう掘る、というのを最初に決めなければいけないが、真織が手伝っているのもそのあたりだ。遅刻が厳禁なのである。

「死ぬ気で手伝えっていったよな？」と罵倒《ばとう》される覚悟でおずおずと伝えたが、昂流は真織よりも、根古のことをぎろっと睨んだ。

「ああ、きいた。千鹿斗とも話した」

「――こいつ、明け方にうちに怒鳴りこんできてさ」

千鹿斗が昂流を指さしながら愚痴《ぐち》をいう。

「客がきたから、いくのがすこし遅れるってだけなのに――あっ」

千鹿斗の顔が向いた先に、朝の光のもとで野道をやってくる人影がある。

黒槙と従者、千鹿斗の父親や古老たち――昨晩、古老の家で囲炉裏を囲んだ顔が揃っていて、神社へ――真織たちが集まる庭のほうへと歩いてくるところだった。

「昂流、もういけ。いらっしゃった」

結局追い払われる形になるので、昂流はさらに不機嫌になった。

「……早くこいよ？」

もしかしたら昴流は、千鹿斗がよそ者にかまっているのが気に食わないのかもしれない。なんというか、このふたりは、本当に仲がいい。

黒槙は、足もとを流れる雪解け水を見つめながら歩いてくる。千紗杜の郷には、地下水や川から引いた水を循環させる水路が張り巡らされていた。

「よい水路だ。古老、あなたが造らせたのか？」

真織たちが待つ家の前までやってくると、黒槙は話を切りあげ、玉響の正面で「おはようございます」と一礼をする。

「玉響さま、腕を見せていただいてもよろしいか。昨日の火傷の痕《あと》を」

「いいよ」

玉響は相変わらずだ。目の前で喧嘩をされようが、根古から猫の鳴きまねを披露されようが、恭しくかしずかれようが、接し方に差をつけることなく微笑んでいる。

さしだされた腕を見下ろして、黒槙は唇《くちびる》を結んだ。

朝の爽《さわ》やかな光の中では、もともと色が白い玉響の肌はさらに白く見える。

二十二歳の青年にしては華奢な腕には、傷痕どころか、痣《あざ》ひとつなかった。

千紗杜の土地神を祀る神社は、小高い丘の上に建っている。

高いところにあるので、呼び名は「高神《たかがみ》さま」。

「こちらです」

郷守《さとのかみ》たちに案内されて、社殿へ。

藁沓を脱ぎ、階段を登って中に入ると、奥まった場所に屋根のついた社がある。

大きな社殿の中に、小さな社殿が入れ子になっている状態だ。

「千紗杜の産土神《うぶすながみ》に、ご挨拶を」

参拝を終えると、黒槙は古老に尋ねた。

「霊実《たまざね》を拝見してもよいだろうか」

「ええ。この奥にございます」

古老は膝を進めて、木の扉に手をかけた。社の戸は普段とじている。中には小さな円鏡《えんきょう》が置かれていた。黒槙が見たがったのもその円鏡のようだ。

(霊実って、御神体《ごしんたい》のこと?)

真織は、前に出かけたもうひとつの神社を思いだした。

千紗杜中を見渡せる崖《がけ》の上に、千紗杜の人たちが大切にしている小さな神社がある。切り立った崖の上にあるので参拝に訪れる人はすくないが、石の祠《ほこら》があって、そこにも古い鏡が据えられていた。

黒槙は「やはり」とつぶやいて、円鏡に近づけていた頭をあげた。

「この鏡はいつから祀っておられるのか」

「ずっと長いこと、だと思いますが」

「由来や言い伝えなどは――」

「なにか、おかしなことでも？」

「この鏡は、わが神領《じんりょう》で祀っているものと同じなのだ」

黒槙は、ひと呼吸おいて話を続けた。

「神領には、こう伝わっている。もともとあった霊実《たまざね》は水ノ宮に運ばれ、鏡は代わりに与えられたものだと。わが神領では、この鏡は水ノ宮への従属の証なのだ」

古老や千鹿斗たちの目が、古い鏡を向いた。

「では、こちらも？」

「おそらく。恵紗杜の社でも同じ鏡を祀っていた。なあ、根古」

根古は社殿の入り口あたりで膝をついていたが、「へい」とうなずいた。

「恵紗杜で霊実を見た時に、もしやと思ったのだ。やはり神ノ原だけではなく杜ノ国中の霊実が、同じように奪われているのだ」

「奪われるとは、不穏な――」

「どう言い換《か》えようが同じだ。卜羽巳《うらはみ》氏はかつて、与えた霊実を祀らせることで、杜ノ国の一部となることを誓わせたのだ。わが一族としては、もっとも大切な宝を奪われた屈服の証だが」

黒槙は吐き捨てるようにいい、古老を見つめた。

「俺は心が決まった。神領の霊実を水ノ宮から奪い返すことにする。そうすることで、地窪の無念を晴らしていくはじまりとする。――お見せいただき感謝する。玉響さま、お会いできてよかった。いずれまたお目にかかりにまいります」

黒槙は玉響に平伏して、「では」と帰り支度をはじめたが、千鹿斗が帰り道をふさぐ。

「お待ちください」

客人《まれびと》に場所を譲った千鹿斗は、社殿の入り口に近い場所にいた。そこで手をつき、黒槙を見上げている。

「黒槙さま。本来の霊実……つまり、御神体がどこにあるのか、ご存じなのですか。その、奪い返しに入ることができる場所なのでしょうか」

自分も取り返しに出向いてやると言わんばかりだ。

父親が「千鹿斗」と釘《くぎ》をさすが、千鹿斗は言い返した。

「もともとここにあった郷の宝なら、うちも取り戻すべきじゃないか」

黒槙は社殿の中にいる人の顔をひとつひとつたしかめた後で、声をひそめた。

「目星はついている。水ノ宮の神域だろう。おそらく、奥ノ院の――」

小声に耳を澄まして寄っていく険《けわ》しい顔を、やさしく撫でるような声がした。玉響だった。玉響は真織とならんで男たちを眺めていたが、眉をひそめて、当たり前のことをたしなめるようにいった。

「やめたほうがいいのではないか。あそこに人がはいると動けなくなるぞ」

「霊実《たまざね》の在《あ》り処《か》を、ご存知なのですか？」

「きっと、あれだと思う。奥ノ院の奥の御洞《みほら》に石がたくさんある場所が——」

「石です！」

黒槙が、黒髪を揺らして顔をあげた。

「わが杜氏をはじめ、神領諸氏《じんりょうしょし》が水ノ宮へ渡した霊実は、石なのです」

「ということは玉響、きみはその御神体っていうのを見たのか」

「どのような石ですか。どんな場所にありましたか」

矢継ぎ早に尋ねた千鹿斗と黒槙だけでなく、千弦《ちづる》と千尋《ちひろ》の顔も玉響へと寄ってくる。とはいえ、社殿は六畳もないくらいで、もともと手狭《てぜま》だった。

「あの、ちょっと近すぎませんか？」

汗や体温を感じるほど寄られるので、真織はうしろにさがりつつ苦情をいったが、みんなの興味が向いているのは玉響で、真織には無関心だ。空いたぶんのスペースにも男たちはずいっと膝を進めてくるので、結局、真織のぶんまで玉響が男たちに囲まれることになった。

「ええと」と、玉響は考えこんでいる。

「〈神隠れ〉の神事《しんじ》に向かう途中に見たのだが——どんな石だったろう。水ノ宮を出てからは思いだせないことがふえていて」

「どうか思いだしてください。形は覚えていますか？奥ノ院の洞窟《どうくつ》のどのあたりですか？　あの奥はどうなっているのですか。入ることができるのは神王《くまみこ》だけです」

（〈神隠れ〉の神事？　奥ノ院？　洞窟？）

もはや質問攻めだ。しかも、重要そうなことばかりだ。

（こんなところで話しちゃっても、いいのかな……）

水ノ宮の関係者どころか、杜ノ国の生まれでもなく、異端者扱いをされたばかりの真織もきいているわけだが。

黒槙という人はなんというか、思い切りがいい男だった。

玉響が、困り果てたというふうにうつむいている。

「思いだそうとすると気が遠くなってしまうのだ」

玉響の目がとじ、息がゆっくり吐かれる。

しばらくすると、肩が揺れはじめた。波間に漂《ただよ》うようだった揺れがひどい痙攣《けいれん》になっていき、あぐらをかいた身体ががくがく震えた。

「玉響？」

真織はぎょっとして人の輪の外から声をかけたが、玉響の目はとじたままだ。

眉間にしわが寄って、身体に依らせた何者かに喋《しゃべ》らせるように、玉響はいった。

「暗くて、狭い、岩の隙間」

口調も変わる。息を吐くかわりに言葉をこぼすようで、息苦しそうだ。

周囲が息をのむ中、玉響はぽつりぽつりといった。

「湿っていて、暖かい。布が敷かれて、絵が描いてある。石は、絵の上にあった。遊びの駒《こま》みたいに、上に七つ、真ん中にたくさん、左に四つ、右に三つ、下に六つ」

黒槙がはっと振り返り、命じる。

「筆を。急げ」

従者の腰に提《さ》がった革袋から筆記具をひったくるやいなや、黒槙は墨壺《すみつぼ》をあけた。

筆に唾《つば》をつけているあいだに人をどかし、床に紙が広げられ、筆先が走る。

「ぬるい風が吹いていて、入る時は滑《すべ》り、出る時も滑る。中へ進むごとに、身体の中身が入れ替わる」

ぴくり、ぴくりと玉響のまぶたが震える。

「奥の岩室《いわむろ》へ入れば、風はとまる。なにもかも、動かない。だから私も動かない。女神がくると、話した。冬のあいだ、ずっと遊んだ」

玉響の身体がぐらりと傾き、ふらつきはじめた。

「玉響」

真織は手を伸ばして背中を支えたが、黒槙が制する。

「話しかけるな。過去をみておられる」

「だからって」

倒れるのを見ていろというのか。

ふう、ふう――と玉響は小刻みに息をした。

「いく時にも、戻る時にも、石を見た。細長い石が八つ、そのほかはまるい。あの場所では、石も岩も喋る。星も風も。石はしきりに喋っていた。私を見て笑う石、待ってと騒ぐ石、静かな石――外へ続く穴。光……」

絞《しぼ》りだすように喋った後で、玉響のまぶたの痙攣がやわらいでいく。「あっ」と目を開けた。

「御洞を出てしまった。これ以上は思いだせないと思う」

「思いだす？」

そういう次元の思いだし方ではなかった。恐山《おそれざん》にいるイタコとか、霊能者と呼ばれる人たちが、霊や得体の知れないものを憑依《ひょうい》させて喋るような。

「平気？」

真織は呆れたが、玉響は無邪気に笑う。

「くらっときてしまった。あのころのことを思いだすと疲れるようになってきた」

「つまり」

黒槙が手元の紙を覗きこんでいる。

玉響の言葉をききながら書きとった紙には、絵図に似たものが仕上がっていた。白い紙の真ん中あたりには細長い棒のような形が八つ、それを囲むように、真ん丸がいくつか描かれている。

真ん丸はほかにも、紙の上下左右に描かれている。

上側に七つ、左端に四つ、右端に三つ、下の端に六つ。

「郷の数と同じだ」

「郷の数、ですか？」

尋ねた千鹿斗に、黒槙は「ああ」と感嘆の息を吐いた。

「おまえたちが暮らす北ノ原には、千紗杜をふくめて郷が七つあるだろう？　西《にし》ノ原《はら》には四つ、東《ひがし》ノ原《はら》に三つ、水《みず》ノ原《はら》には六つある。細長い石は、わが一族が捧げた霊実《たまざね》だろう。わが一族のまことの霊実は棒の形をした石だったと伝わっている。名も〈祈《いの》り石《いし》〉だ。おそらく神域の奥で、杜ノ国に見立てた位置に置かれているのだ。数も合っている」

「数も？　神領諸氏《じんりょうしょし》の数が違いませんか。ここには八つ描かれていますが、四家なら、四つなのでは」

神王四家《くまみこよんけ》は杜氏、轟氏、流氏、地窪氏の四氏族からなると、黒槙は自分で話していた。しかし、絵には棒状の石が八つ描かれている。

黒槙は吐き捨てるように答えた。

「かつて神王四家は、八家だったのだ。ひとつ、またひとつと、卜羽巳氏によって潰されたがな。そしていまも三家になろうとしている」

黒槙は即席の絵図から目を逸《そ》らし、玉響を向いて姿勢をただした。

「教えてもらえないでしょうか。〈神隠れ〉神事の岩室というと、つまり、奥ノ院の社殿の奥の――」

玉響は、隙間を奪い合って絵図を覗きこむ男たちのうしろにそうっと立っていた。

さっきはミステリアスな霊能者に見えたが、のんびり笑っている。

「うん。忌火《いみび》の先にある清浄の洞《ほら》だ。おまえたちには入れないだろう？　取りにいくのはやめたほうがいい。戻れなくなってしまうよ」

「しかし――どうにかならないでしょうか。もしも中で動けなくなったとしても、縄をつけておいて引きずりだすとか――」

「すこし歩くよ？　動けなくなるだけで済めばいいけれど、わからないし」

「たとえ命が脅かされようとも、誇りにかけて――」

黒槙にあきらめる気配はなかった。玉響が眉をひそめる。

「人の身体には強すぎるよ。いまあそこに入れるのは、私と真織くらいだ」

「あなたと、この娘が？」

たちまち真織も注目を浴びることになった。

でも、真織には寝耳に水だ。

奥ノ院の社殿の奥にある、清浄の洞？

人の身体には強すぎる？　たとえ命が脅かされようとも――？

不気味な場所のようだが、そこに入ることができるのが玉響と、自分だけ？

「玉響、それって――」

「水ノ宮の奥に、不老不死の命がないと入れないところがあるのだ。なら、あの石は私が取ってきてあげようか？」

さすがは、神様として人を救うために生きてきた人だ。玉響は博愛主義で、童顔に浮かぶ笑顔は仏様のアルカイックスマイルのようで、慈愛《じあい》に満ちている。

でも、残念ながらこういう場では役に立たない。

「ちょっと待って、玉響。その、なんだっけ、洞って、水ノ宮にあるの？」

「うん。奥の神域にある」

「奥の――そんなところにいけるわけがないじゃない」

杜ノ国の一之宮《いちのみや》、水ノ宮は、宮殿のような場所だ。門前にも中にも兵がいて守られているうえに、玉響が出かけるには危険な場所だった。

「見つかったらあなたこそ帰れなくなるよ？　しかも、御神体をとってくるって」

「ちょっと中に入るだけだよ。なら、真織もいく？　私も心強い」

「そういう問題じゃなくて」

はっと目が覚めたように、黒槙が懇願《こんがん》する。

「お願いです、玉響さま。非力なわれらに代わって、どうか霊実《たまざね》を――」

「だめです」

真織は咄嗟に前に出て、玉響を庇《かば》う壁になった。

黒槙の言い方では、取り引きが済んだ品物を取りにいくという雰囲気でもなかった。盗みに入るということだ。犯罪である。

「水ノ宮の誰かに見つかってしまったら、つかまるのはこの子とわたしです」

「かならずお守りする。玉響さまもあなたも」

「どうやって。わたしたちに行かせたいところって、特別な場所なんでしょう？」

「それなら任せておけ。奥ノ院なら、ひそかに連れていける」

「ひそかに？」

「昇殿する用があるのだ。だからこそ霊実《たまざね》を探す支度をしていた。あなた方がいってくださるなら、俺の従者にまぎれさせてお連れできる」

作戦はあるらしい。

でも、やれと頼まれているのは犯罪組織の受け子のような役だ。

「そんなにうまくいくでしょうか」

門から入ろうとするだけでも番兵に睨まれるのに、神域だなんて。

一番の気がかりもあった。

「やっぱり、無理です。わたしたちがつかまるだけならともかく、そうなったら千紗杜の人に迷惑がかかりますから」

「その通りです、黒槙さま」

千鹿斗が話に割って入った。千鹿斗は床に両手をつき、真正面から黒槙に訴えた。

「玉響と真織は、千紗杜の預かりになっています。もしもふたりになにか起きれば、水ノ宮が千紗杜に罰を下すでしょう」

千紗杜の祖父、郷守《さとのかみ》をつとめる千弦も、息をついた。

「もとの神王《くまみこ》の玉響さまと、御種祭《みたねまつり》で玉響さまと対をなした真織さんには、水ノ宮は手を出すのをためらうでしょう。しかし、千紗杜はそうではありません。せっかくうまく話がついたところです。波風を立てたくはありません」

黒槙も眉をきりりと寄せて、いい返した。

「ならば、ここに誓おう。千紗杜もかならず守る。霊実を取り戻した後は乱も辞さない。力ずくで囲んでも、卜羽巳氏と話し合おうと思っている」

――乱。

不穏な言葉に、ごくりと息をのむ音が重なる。

玉響がわくわくと目を輝かせた。

「私はいきたい。奥ノ院にいくことができれば、命の石をたしかめられる」

「命の石って、不老不死の命を宿している石のことだっけ？」

その石に不老不死の命が宿っているかどうかで、真織と玉響に起きたふしぎの謎をひとつ解くことができる――そう、玉響は話していた。

でも、いまこのタイミングで話すには場違いな話題だった。

千鹿斗が呆れ顔をする。

「玉響、きみはちょっと黙ってろ」

真織も思った。玉響の話をきいている場合ではなかった。

「黒槙さま、乱の話はまことでしょうか。神ノ原で恐ろしいことが起きるのですか」

「そう慌《あわ》てるな。安堵せよ。千紗杜も北ノ原もかならず守る」

「慌てますよ」

千鹿斗が顔をしかめる。

黒槇は、意地の悪い笑みを浮かべた。

「そうだ、思いだした。おまえたちは去年、水ノ宮に逆らっただろう？　神宮守《じんぐうもり》あての解状《げじょう》を用意してまで」

「そうですが」

「なら、おまえたちも水ノ宮のことが気に食わないだろう？　それに、おまえたちも、まことの霊実《たまざね》を取り戻したいのだろう？」

弱みを突くような言い方だ。千鹿斗は眉をひそめ、毅然《きぜん》と顔をあげた。

「正しさを求めることだけが正しいとは思いません。いま生きている人をあぶない目にあわせてまで取り返すべきものではないと、考えを改めました」

「そうか？　よい機会だと思うがな。いまなら俺がおまえたちの手伝いをできる。玉響さまをひそかに奥ノ院へお連れして、なにか起きたならわが軍で守ってやれる。この機をのがせば、おまえの郷の大切な宝は永久に取り戻せないぞ？」

「そうかもしれませんが――」

千鹿斗はため息をつき、古老に助けを求めた。

「どう思う、爺ちゃん」

古老はすこし離れたところにいた。

奥に据えられた社のそばであぐらをかいて、じっと耳を澄ましていた。

「はて。神の御前でする話だったのだろうか。醜い話をお耳に入れて無礼をしたかもしれんし、人というものは相変わらずだと、笑って御覧になっておられたかもしれん」

「やれやれ」と古老は社に向かい、御神体の鏡へ深く頭をさげて、丁寧に木戸をとじた。

つぎに古老は、骨ばった小さな身体を黒槙に向ける。衣の布がこすれるかすかな音が消えてから、古老は尋ねた。

「黒槙さま、乱も辞さないとは大事《おおごと》でございます。理由をきかせていただけないでしょうか」

黒槙は慎重に黙ってから、答えた。

「近年、豊穣の風の効き目が弱まっている。俺は、祈りのせいだと思う。杜ノ国の祈りが濁《にご》っているのだ」

(祈りが、濁る？)

真織にはよくわからない話だった。祈りというのは、濁るものなのだろうか。

「祭祀をつかさどるのは神宮守《じんぐうもり》、卜羽巳氏だ。卜羽巳氏のやり方は、昨今たいへん目に余る。偽りや欲で真実を見誤ってもいる。そんな者がおこなう祭祀に清廉《せいれん》な力など宿らん。霊実《たまざね》をあるべき場所に戻し、祈りを本来の形に戻すべきなのだ！」

黒槙の眼がぎらついていく。腿の上に乗せた握り拳にも力がこもっていった。

古老は、黒槙をじっと見つめた。

「話をきくかぎり、あなたを奮い立たせているのは人の問題のようです。これは果たして、わが郷の産土神を巻きこむべきことなのか」

「なんだと」

「お許しを。玉響さまの近くにしばらくいたからでしょうか。神に近い方というのは、人のようにはお怒りにならないようですので」

黒槙の眉がぴくりとつりあがる。

古老は苦笑して、「千鹿斗」とひ孫をそばに呼んだ。

「では、おふたりと一緒に、千鹿斗をいかせてもよいでしょうか」

「一族の末の子を？」

「ええ。あなたに手を貸すかどうかで、千紗杜の今後は変わるでしょう。そのころに郷守《さとのかみ》となり、千紗杜を率いていくのはこの子です。この子に決めさせましょう」

「決めさせる、とは」

「途中で手を引くかもしれないということです」

従者が憤って腰を浮かせる。

「貴様ら――いつまで図に乗るつもりだ。黒槙さまがここまで頼んでおられるのに」

古老は「黙りなさい！」と一喝した。

「辺境の郷とはいえ、七百人の命運を背負っているのだ。ここで我らが出すべきもっとも正しい答えは、『乱が見え隠れする企みに安易に関わるべきではない』です。そうではございませんか？」

鋭い叱声《しっせい》に、社殿につどう男たちが身動きをとめ、しんと静まり返る。

古老は「しかし」と続けた。

「私もずっと考えていたのです。なぜ、時を同じくして、玉響さまと真織さんがわが郷を訪れたのか。珍しいことが起きれば、それそのものが行く末を示す占《うら》になるともうします」

古老は黒槙をまっすぐ見つめ、わからずやを諭《さと》すようにいった。

「目に見えぬなにかがあると信じて、あなたを信じてみてもよいのかと、千鹿斗をいかせるのです。どうでしょう黒槙さま。それでよければ、私たちも腹をくくりますが」

黒槙はじっと黙り、いった。

「あなたが正しい」

― 神領《じんりょう》 ―

恵紗杜《えさと》には、神王四家《くまみこよんけ》の別邸がある。別荘のようなもので、神王四家の人は各地にある別邸を頻繁《ひんぱん》に訪れて暮らしているそうだが、それには理由があるらしい。

「ほら、神王は、即位しちまうと神《かみ》ノ原《はら》から出られないきまりだろ？」

根古《ねこ》は当たり前のことのようにそう話したが、真織《まおり》にそれは、まだハードルが高い話題だった。

杜《もり》ノ国《くに》は、山国だ。

山々がゆるやかな起伏を描いてつらなり、蛇《へび》が群れをなしているようにも見えるので、「山蛇《やまへび》ノ国」とも呼ばれるとか。

とくに広い盆地を、神ノ原という。

杜ノ国の一之宮《いちのみや》、水《みず》ノ宮《みや》のお膝元にあたるエリアだ。

神ノ原を囲む州が四つあり、北《きた》ノ原《はら》、西《にし》ノ原《はら》、東《ひがし》ノ原《はら》、水《みず》ノ原《はら》と呼ばれている。

千紗杜《ちさと》や恵紗杜は北ノ原にある郷で、北ノ原には千紗杜のような郷が七つあるので、「北部七郷《ほくぶしちごう》」とも呼ばれる。——と、基本的なことは覚えた。

でも、杜ノ国の地理や歴史をマスターする資格があったら、残念ながらまだ初級だ。

「ええと、神ノ原は清浄の地——なんでしたっけ？　だから、神王は神ノ原の外に出ないって。聖なる身を保つために」

知識を披露したところで、ようやく杜ノ国の人の常識レベルだ。

「そうそう、だからな」と、根古は続けた。

「杜ノ国を巡るのを、神王になる前に済ませなきゃならねえんだ。それで、神領諸氏《じんりようしよし》は御子を連れて四季折々に別邸を訪れる。別邸もそこら中にあるんだよ」

根古は目が細い。ときおり思いだしたように「にゃあん」と猫のまねをするので、なんだか顔つきも猫に見えてくる。ふしぎなものだ。

その日は、根古が千紗杜を訪れていた。

黒槙《くろまき》の邸《やしき》へは、根古が案内してくれることになったのだ。

「俺と一緒なら、あなた方も怪《あや》しまれずに神ノ原に入れるさ」

「そうなんですか？　狩人《かりゆうど》だから？」

狩人や樵《きこり》には、山道を行き来する人が多いそうだが。

「ああ。じつはな、恵紗杜からのごちそうを届ける役目を負ってるんだ。杜ノ国のうまい飯を味わうのも神領諸氏《じんりょうしょし》の大切なお役目なんだと。残り物でいいから、あやかりてえや」

根古はそういって、背中を見せるふりをする。根古は兎を三羽背負っていた。

「恵紗杜からのごちそうって、兎ですか」

「いまの時期の兎は脂がのっててとくにうまいよ。背肉は柔らかいし、すり潰せば骨まで食える。まあ——」

根古がにやっと笑う。

「黒槙さまは、狩りの獲物よりも、異国や水宮四至《すいぐうしし》の噂話のほうがお好きだがな」

「それって——つまり、黒槙さんのところへ恵紗杜の美味《おい》しいものを届けるふりをしつつ、見聞売りとして働きにいっているってことですか？」

「そういうこと」と、根古は片目をつむってみせた。

「今日の届け物は客人《まれびと》だ。ご安心を。商売繁盛の秘訣は口の堅さだ。言わぬが花、沈黙は金。安心、確実。できることしか請け負わねえ。かならずや無事にお届けしますんで！」

「はあ」

真織は目をまるくした。抑揚《よくよう》や早口が見事で、コマーシャルのようだった。

それに、「言わぬが花、沈黙は金」といいつつ、根古はよく喋る。

千鹿斗《ちかと》が苦笑いをした。

「胡散臭《うさんくさ》い奴に見えるだろ。信じていいよ。いい奴だから」

やっぱり、陽気な人らしい。ムードメーカーというか。

でも突然、根古から笑顔が消える。

お調子者ぶりが嘘《うそ》のように、ひきつった真顔を浮かべた。

「こんな話をしている場合じゃねえ。まずは謝《あやま》らねえと」

根古は背負っていた兎を地面に下ろし、自分も膝を土につけ、深々と頭をさげた。

「もうしわけなかった！」

「どうしたんですか」

根古が平伏した相手は、唖然《あぜん》として覗きこむ真織と、きょとんと立つ玉響《たまゆら》。

根古は、真織たちを地べたの低い場所から見上げた。

「黒槙さまからあなた方のことを調べるようにいわれて、追ったことがあったんです。それで、その——山で、怖がらせちまったみたいで」

「山？」

「その……後をつけていたことがあって、俺のことを追手と思いなすったようで、おふたりが道をはずれて山の中に逃げこんじまって、その先で大けがをなさって」

千鹿斗がくわっと目をむいた。

「おまえだったのか！」

「すいません！」

根古は這《は》いつくばって平謝《ひら》りをした。

「追手ではございません、ご安心をと追いかけたんだが、とんでもないことになって——。ご無事でほっとしました。大事にならなくて、あぁあ……本当によかった」

春《はる》ノ祭《まつり》に出かけた日のことだ。神ノ原へ続く山中の道で、玉響が腿に大けがを負ったことがあった。

特異体質のせいで傷はあっというまに癒えたが、安心していいのは玉響だけだ。けがを負わせる元凶になった人が、勝手に安心しないでほしい。

「大事にならなくてって、怖かったし、玉響は痛い思いをしたんですよ？」

真織が怒ると、根古は土に額をこすらせて平伏《へいふく》した。

「すいません、すいません！」

玉響はいつもの調子だ。アルカイックスマイルをたたえて、ノブレス・オブリージュに徹する、無垢《むく》で無邪気な聖人である。

「立ってくれ。私ならなんともないよ。人を見下ろすのはいい気分ではないのだ」

「そりゃ、玉響はなんともないだろうけど」

根古は、心酔するように目を潤《うる》ませた。

「寛大《かんだい》なお方だ――。信じてくだせえ。俺、かならずやあなたを無事に神領《じんりょう》までお連れして、千紗杜まで送り届けますんで」

なんと、信者までついた。

（だめだ、こりゃ。この子はわたしが守らなきゃ）

人々の祈りを神様に伝える現人神《あらひとがみ》として暮らしてきたせいか、玉響は誰かのために自分を犠牲にするハードルがとても低かった。

助けてといわれたら、どんな危険なことでも手をかしてしまいそうだ。


神王四家《くまみこよんけ》が領地とするエリアは神ノ原の山際にあって、「神領」と呼ばれる。

神領への道は華やかだった。道の左右にたくさんの木が植えられていて、桃《もも》や桜《さくら》、椿《つばき》に楓《かえで》――花園の中を歩くようだったのだ。一年中、どれかの花が眺められるように手入れがされていて、その日は桃と椿が可憐な花をつけていた。

風はまだ冷たいが、いい日和《ひより》だ。花を眺めながら歩くのも、とても気持ちがいい。

根古は鼻歌を口ずさんだ。

「妣《はは》の山国、蛇の国。死人《しびと》も生者《せいじゃ》も、それ舞え、やれ舞え。女神《めがみ》に呼ばれりゃ風も舞う――よう、久しぶり」

根古には顔見知りが多いようで、人とすれ違うたびに会釈《えしやく》をしている。

「きれいなところですね」

春ノ祭の日にひやひやしながら神ノ原に入った時は生きた心地がしなかったけれど、根古という案内人がいるせいか、旅行気分を味わう余裕があった。

そのうえ、狩人に変装している。茶色く染めた袴《はかま》を穿《は》き、カモシカの毛皮を羽織《はお》って、本物の狩人の根古と歩いていれば、真織たちを神王《くまみこ》に縁のある一行と見抜く人は、きっといないだろう。

根古が、「だろ?」と笑った。

「神領《じんりよう》の人は、水ノ宮の門前みたいな大げさなのが嫌いらしくてね。古都の誇りっつうのかな、そのぶん頑固《がんこ》な人も多いんだけどな。まあ、いいところさ」

(現代でいえば、京都《きようと》や奈良《なら》っていうところかな?)

見上げれば、雪をまぶした春の山々がつらなっている。雪解け水で川は水かさが増していて、水辺に沿って続く道にはちゃぷんと爽やかな水音が響いていた。

それに、神領というエリアでは、目立たない場所まで手入れが行き届いていた。

道には、足がつまずきそうな石や、人の歩みをさまたげて伸びる枝がひとつもない。川に架けられた橋まで、どことなく奥ゆかしい気品がある。

「橋の組み方がきれい」

小さな川にかかる小ぶりな橋すら、木材の削られ方までが丁寧だった。

機械や道具が揃う現代と違って、木材を思いどおりの形に加工するにはかなりの腕がいる。幅の狭い刃ですこしずつ削るので跡が残るのだが、近くまで寄ってみても、跡までが美しかった。

「腕のいい職人さんがいるんだろうなぁ」

うっとり覗きこんでいると、千鹿斗が笑う。

「真織はすっかり土木の虜《とりこ》だな」

真織も照れ笑いを浮かべた。

「水路造りを手伝ってから、気になるようになっちゃって」

いまなら、もとの世界に戻っても工具店の常連になりそうだ。

いま一番欲しいものも、鉄のスコップと軍手だった。一度戻れたら、千紗杜のみんなの分を買い占めて戻ってくるのに。ノコギリも欲しい。

「おれもだよ。つい川や土を見ちまう。――ん？」

千鹿斗の視線の先が川岸へ向かう。その川は、まっすぐに流れていた。

杜ノ国の川には堤防がほとんどなく、雨が降るたびに流路が変わることがある。でも、その川は川幅が変わらず、定規《じょうぎ》で引いたように先のほうまで続いている。まだ氾濫《はんらん》を知らないかのようだ。

「人の手でつくられた川？　水路か？」

「ああ」と、根古が案内役を買って出た。

「ため池が上にあるんだよ。寄ってみるかい？」

四人で橋の敷板《しきいた》を軋《きし》ませて対岸へ渡り、川の上流へとさかのぼる。

「杭の打ち方が千紗杜と違いますね」

山際の斜面を登っていくと、土の壁が現れる。土を詰めた藁袋を積みあげて造られた堤《つつみ》で、川の水は堤の内側から流れていた。川はいくつにも枝分かれをして、流れゆく先に棚田が見える水路もあった。

（ため池って、ダムのことか）

作物を育てる水を確保するための施設で、千紗杜の水路と目的は同じようだ。

目の前にそびえる土の壁を呆然と見上げて、千鹿斗が息をつく。

「神領《じんりよう》に、こんなものがあるとは」

「農地をふやすためさ。杜氏《もり》の方々が領民へ熱心にいいきかせておられるよ。『口をあけたまま餌《えさ》がこなかったらどうするのだ？』とか、『待つことに慣れたら堕落《だらく》する』とか。で、水源の池まで造らせておしまいになった、と」

堤の下には小さな社がぽつんとあった。しめ縄を冠にした大きな石も、厳《おご》かに鎮座している。

「これは、水の神を祀る社？」

「ああ。黒槙さまが祀っておられる。堤の上へはこっちから登れるよ」

段の形に整えられた斜面の最上段までたどりつくと、視界がひらける。

堤の内側にたたえられた水が、真昼の日差しを浴びてきらきら瞬《また》いていた。

水中には木の櫓《やぐら》が立っている。渡ってきた橋と同じく組み方が丁寧で、取っ手のついた棒が水上に突きでていた。

「あの櫓はなんだ？」

「水門だとよ」

「水門？」

「水の上に顔を出してる棒の下に水路に水を送る穴があって、水を流したり止めたりできるんだとさ。すごいよねえ」

ため池は高い場所にあった。根古が、振り返ってのびをする。

「いい眺めだろ」

「それは、まあ」

堤の上から見下ろせば、眼下には神領の田園風景がひろがり、若草が芽吹く春の野に、茅葺《かやぶき》屋根の家々が点になっている。

千鹿斗は麓《ふもと》の方角を見渡して、眉をひそめた。

「でも、こんなに水を溜めて——。大雨が降って堤が崩れたら、下にあるものがみんな流されちまうぞ」

「ここだよ」

根古の案内でたどりついた邸は、板垣でぐるりと囲まれた豪邸だった。

根古の後を追って門をくぐると、花園のような庭がある。

冬の寒さに耐える常盤木《ときわぎ》のはざまで椿が花をつけていて、神領《じんりよう》の道と同じく四季折々の風情《ふぜい》がたのしめるように、さまざまな木が植わっていた。

池や小川もあり、道には真っ白な砂利が敷かれている。おかげで、葉の緑も花の色も、なおさら色鮮やかに映えていた。

「品のいいところだな」

千鹿斗が左右を見回している。

水辺ではせせらぎの音が響いて、ぽとぽと、ほとほとと水音が充《み》ちていた。

板垣で囲まれているせいか、邸内を吹く風も穏やかだ。

水音や葉擦《はず》れの音までが雅《みやび》で、古都の品格を備えてきこえてくる。

でもなぜか、真織は胸騒ぎを感じた。静かなのに、妙に騒がしく感じるのだ。

水の音や風の音の向こうに、囁き声が隠れているような——。

ほうほう、ほほほ　ぬくぬく、ぽとぽと

くうくう、ととと　ぎいぎい——

(空耳？)

耳を澄ますけれど、水音にのまれていくようで足元がおぼつかなくなる。

(あの道に、すこし似ている)

杜ノ国へくる時に通った、真っ白な道のことを思いだした。

亡き母の位牌《いはい》を飾った座敷に現れたふしぎな道で、道の両側には楓に、柊《ひいらぎ》、欅、桜と、春夏秋冬《しゅんかしゅうとう》の趣《おもむき》をたずさえた豊かな森がひろがっていた。

絵本の中のように美しい道だったが、怖さもあった。

粉々になった骨の上を歩くようで、この世ではない場所を進むようだったからだ。歩くたびに身体が崩れて、塵《ちり》になって、道の両側にひろがる豊かな森の木々の底に埋もれていくような——。

身体の感覚や扱い方、思い出も記憶も、なにをしたいとか、考えたり感じたりすることも忘れて、この世から消えていく——その道を思いだすだけで、気が遠くなる。

「真織？」

隣を歩く玉響が覗きこんでくる。編笠《あみがさ》を深くかぶった目元には影が落ちていたけれど、玉響は真織を気遣《きづか》って眉を寄せていた。

「息が苦しそうだ」

真織は深呼吸をして、顔をあげた。

「どうしたんだろう。立派なお屋敷に入ったから、緊張しているのかな」

「大丈夫だよ、ありがとう」と、気を取り直して歩いた。

でも、水音に溺《おぼ》れていきそうな違和感はぬぐえなかった。

邸内に充ちる自然のノイズに、奇妙な囁き声がまじっている気がしてたまらないのだ。たくさんのものから見られて、話しかけられている——そんな気もする。

——いらっしゃい、客人さま。

——奥へどうぞ、あの男が待ってるよ。

（耳鳴り？　幻聴——）

その時だ。

泉のほとりに立つ木々の手前を、星が横切った。ちかっと一度閃《ひらめ》いてすぐに見えなくなったけれど、光った一瞬のあいだに、星は真織を見てにやっと笑った。

（えっ？）

視線のもとを探したけれど、その時にはもう、妙なものはなかった。

四季を閉じこめるように手入れがされた庭は静かで、冬の木々が立つ一画で、椿が凛《りん》と咲いている。

(気のせい？ ううん)

やっぱり、なにかいる——？


「ようこそ」

黒槙は空の色の狩衣を身にまとい、萌黄色《もえぎいろ》の袴をあわせていた。

前に会った時は狩人の恰好をしていたが、やはり変装だったようで、いまの恰好のほうがずっと馴染んでいる。

寝殿《しんでん》造りというのか、平安時代の貴族が住んでいそうな建物があって、真織たちはその中でも一番大きな館に案内された。

ここでも、玉響は最上の待遇を受けることになる。席は一段高い場所に用意され、黒槙は平伏して出迎えた。

「遠路はるばる、ようこそお越しくださいました」

「招いてくれて、こちらこそありがとう。ここは内ノ院《うちのいん》に似ているな。門をくぐってからは風がたくさん遊んでいたように思う」

「神領諸氏《じんりょうしょし》が守る地、神領ですから。草木も土も川もむかしのままです。こちらは妻です」

黒槙の隣でうつむく女性がいる。藍色《あいいろ》の袿《うちぎ》をまとっていて、顔をあげ、名乗った。

「黒槙の妻、河鹿《かじか》ともうします」

凛とした眉に、意思の強そうな目、艶《つや》やかな黒髪。河鹿は、目鼻立ちがくっきりしていて、現代だったら女優として活躍していてもおかしくない美人だった。

着ているものも、千紗杜の服とは桁違《けたちが》いに豪華だ。

草の糸から織りあげられる千紗杜の服は、布目が粗《あら》くて肌触りもざらざらしている。ナチュラルで味わいがあるよね、と真織は気に入っていたけれど、河鹿という女性がまとう袿はたぶん絹《きぬ》製で、布そのものが上質だ。きめ細かで、うっすら輝いて見える。濃い藍色の生地には円をモチーフにした模様が並んでいて、知的な華やかさもあった。

それに、河鹿は若かった。真織よりもすこし年上くらいだろうか？

黒槙は三十代後半に見えたけれど、河鹿はどう見ても二十代だ。

十歳差くらいの年の差婚――後妻？

黒槙がものすごく老《ふ》け顔でなければ、だが。

「こちらは、黒槙さまの末の御子にございます」

河鹿は胸元に、絹製の白いおくるみを大事そうにかかえている。

河鹿の腕の中では、赤ちゃんがくうくうと寝息をたてて眠っていた。

布には蛇の紋章《もんしょう》がある。案内された広間にも、ここへくるまでに通った庭で見かけた灯籠《とうろう》にも、門にも、いたるところで同じ紋章を見かけた。

(家紋かな)

黒槙の襟元《えりもと》にも目がいく。組紐《くみひも》飾りが垂《た》れていたが、その飾りも、おくるみにある蛇の紋章に似せて編まれていた。

「御子の名は霧土《きりと》さま。この御子は、いま神王をつとめられている轟《とどろき》氏の御子、流《る》天《てん》さまのつぎに神王になられるお方なのです」

つまり、玉響の後継者にあたる子どもなのだ。いまに人ではなくなり、現人神《くまみこ》として杜ノ国に君臨する少年王になる赤ちゃん——そういうことになる。

つい真織は、黒槙と河鹿、それから、玉響の顔を見くらべた。

(これがロイヤルファミリーかぁ。この人たちが)

黒槙はいずれ神王の父親に、河鹿は神王の母親になる人、ということになる。

きっと黒槙の親や兄弟も、神王に深く関わる人だろう。親族の全員が、杜ノ国に君臨する現人神の関係者なのだ。少年王の血族というのは、そういうことだ。

やっぱり、杜ノ国での皇室やイギリス王室にあたる、高貴な一族なのだ。

黒槙はうなずき、妻の胸元で眠る御子を見やった。

「霧土が産まれてから、まもなく三月《みつき》になる。近々、女神のもとで祝いをいただく神事があるのだ。場所は水ノ宮、奥ノ院だ」

「なら、つまり」

千鹿斗の表情が変わる。

真織たちが神領《じんりょう》にきたのは、神王四家《くまみこよんけ》の御神体を取り戻しにいくためだった。名は〈祈り石《いのいし》〉で、水ノ宮の奥ノ院《おくのいん》にあるのだとか。

「ああ、そうだ。その神事へ、従者としてあなたたちをお連れする」

「神事をおこなうと見せかけて忍びこみ、御神体を盗みにいくということですか」

黒槙の虫の居所が悪くなる。

「盗むだと？　奪われたものを取り戻しにいくのだ」

「あ、すみません」

千鹿斗はすぐに謝ったが、すこし面倒くさそうな顔をした。

真織も察した。

たぶん神領では、神宮守《じんぐうもり》の一族を褒《ほ》めたり、格上に見るような発言をしたりしてはいけないのだ。あくまで神領諸氏《じんりょうしょし》のほうが正しくて、格上なのである。

そのほかにも、古都ならではの暗黙のルールがたくさんありそうだ。

たしかに、面倒くさい。

玉響が口をはさんだ。

「その子を女神に会わせるための神事ではないのか？　入るべきではない者を連れていくなど、女神を欺《あざむ》くことにならないか」

「いいえ。女神を心から祀るからこそです。女神はかならず許してくださる。祟りに脅え、恐ろしい神として祀る卜羽巳《うらはみ》氏と、われらは違うのです」

「恐ろしい神？」

千鹿斗が首をかしげた。

「水ノ宮の女神は、豊穣の風を吹かせてくれるありがたい神ではないのですか」

水ノ宮が祀る女神は、杜ノ国に富をもたらす豊穣の女神だ。

杜ノ国の人はそう信じていて、子どもまでを喜んでさしだすのだという。

真織の感覚では生贄《いけにえ》を捧げているとしか見えないので、不気味な信仰だなと時々背筋が寒くなったが。

「卜羽巳氏がいうには、女神は『絶無《ぜつむ》』という恐ろしい祟りをもたらすそうだ」

「絶無——祟り？」

名前からすると、とんでもない悲劇が起きそうだ。

すべてのものが消え去り、絶えるという意味だろうか。

「どんな祟りなんですか？　豊穣の風が吹かなくなる、とか？」

真織が尋ねると、黒槙は「さあな」とかぶりを振った。

「連中がいうには、杜ノ国の全土に悪しきことが起きるそうだ。その祟りの真実を知るのは、神宮守《じんぐうもり》となる長と、後継ぎの嗣子《しし》のみだ」

「そのふたりのほかは、祟りのことを知らないのですか？」

「ああ。一子相伝《いっしそうでん》の秘事だという。卜羽巳氏は『絶無』という祟りを防ぐために女神の荒魂《あらみたま》を鎮《しず》めて、国を守っているそうだ。だが、よくわからん祟りだ。なにかもわからないもので脅されているようなものだ」

黒槙が、いまいましげに片目を細める。

「根古に調べさせたが、卜羽巳氏の邸には、当主とその嗣子のみが入る禁秘の館があるそうだ。祟りの秘密も、そこにあるのかもしれん」

「根古さんって、卜羽巳氏の邸にも出入りしているんですか？」

情報屋だという話だが、国家機密を扱うスパイのような人だったのだろうか。

あんなに陽気な人なのに。

「そういえば、根古さんは？」

邸の中に招かれたのは、真織と玉響、千鹿斗だけだった。

「外で待たせた。御種祭《みたねまつり》のことも知るおまえたちだから、隠さず話しているのだ。くれぐれも内密に。祟りのことも、古老《ころう》たち、先日あの場に居た者のほかには話すな」

黒槙の目が険しくなる。千鹿斗は真顔を崩さずに、尋ねた。

「あの、黒槙さま、どうしてもわからないことがあります。御神体を取り戻すのは、それほど大事なことなのでしょうか。どうして、危うい真似をしてまで——」

「いま糺さなければ、いずれ取り返しがつかなくなるからだ。卜羽巳氏は身勝手な禁忌《きんき》を作りあげ、神王《くまみこ》の廃位をもくろみ、地窪《ちくぼ》の長を裁いた。それが許せないのだ」

「でも、なぜ御神体が——〈祈り石〉でしたっけ。なぜ、その石が必要になるのですか。乱も辞さないとの話でしたが、石のために、その、乱を？」

「地の力を取り戻すためだ」

「地の力？」

「おまえに話してもわからんだろう。見えぬものをみて、きこえぬ声をきく稽古をつんだ者にしかわからんことだ」

黒槙は息をつき、顎《あご》に指をかけた。

「豊穣の風の効き目が弱まっているという話をしただろう？　なぜかと、ずっと考えてきた。理由のひとつは、霊実《たまざね》の不在ではないかと」

「霊実《たまざね》——もともとそこに鎮まっていた〈祈り石〉がないから、ですか」

「たしかなことはいえないが、この地のなにかが欠けているのはたしかだ。欠けたせいで歪み、さまざまなものが捻《ねじ》れて、土にもよくない影響を与えている」

「〈祈り石〉が戻ったら、豊穣の風はいまよりもっと杜ノ国を潤す、と？」

「おそらく。だが俺は、豊穣の風に頼るだけではない暮らしを目指すべきだと思う」

「どういうことです？」

「伝承によれば、豊穣の風を十年おきにもたらしているのは、卜羽巳氏だ。土そのものの力を取り戻すことができれば、卜羽巳氏の力に頼らずとも——」

「ちょっと待ってください。もしかして、豊穣の風を吹かせまい、とされていますか？」

千鹿斗が眉間《みけん》にしわを寄せている。

豊穣の風は、杜ノ国に豊作をもたらすありがたい風だ。

杜ノ国中の人が、その恵みの風が吹くのを待ちわびている。

でも、その恵みを得るためには、生贄が必要だった。御種祭《みたねまつり》をおこなえば御子が、命を——」

「神王《くまみこ》に就《つ》く御子を守るためでしょうか？　いずれ神王になるという御子だ。この子が大きくなって神王に即位すれば、杜ノ国を潤す風を吹かせるために、女神の矢で射殺される。

昨年の神事で胸を射抜かれた、玉響のように——。

黒槙は、ははははと笑った。

「わが子が現人神となって国を救うのを、なぜ避けたいと思う？　この子があの斎庭《ゆにわ》で女神を助けるのは、父としても誉《ほま》れである」

「でも前に、神王が生きのびる方法を探したいと——」

「それは後で考えるべきことだ。まずはこの国を守ること、三万の民を生かすこと。神王となる御子なら、かならず同じように考えなさる」

「三万の民に豊穣を与えるためなら、神王だけは犠牲になるのも仕方ない、ということですか？」

千鹿斗は言い返したが、黒槙は表情を変えなかった。

「犠牲ではない。神王とは、民の望みを叶えてくださる尊《とうと》い御子だ」

おぎゃあ——と、泣き声が響く。

くうくうと寝息を立てていた赤ちゃんが目を覚ました。

「あら。霧土さま。母はここにおりますよ。あらあら」

ああぁ、ええんと、かわいらしい泣き声が響いている。

河鹿が立ちあがり、赤ん坊の顔を覗きこんであやした。

「黒槙さま、わたくし、外へ出てまいります。——もしかしたら霧土さまは、いまの話をきいておられたのかもしれませんね」

「話を？」

夫に「ええ」と応えつつ、河鹿は赤ん坊から笑顔を逸らそうとしなかった。

「この子が神王《くまみこ》になられるのは素晴らしいこと。でもわたくしはこの子の姿を、豊穣の風が吹くまでのわずかなあいだだけでなく、もっと長いあいだ見とうございます。たとえ、子と母という関わりを失い、現人神と人の女という関わりになっても」

黒槙と河鹿では、神王に対する思いがすこし違うようだ。

黒槙にとっては民の望みを叶える誉れ高い御子でも、河鹿には――。

「ご安心なさい。母はあなたとおります、よしよし」

河鹿の声が、赤ん坊の泣き声とともに遠ざかっていく。

千鹿斗は、河鹿が去った方角をじっと見ていた。

「うちの郷でもそうでした。女神に子どもを捧げるのは当然だと、むかしはみんな思っていたんです。でも、まず心が、つぎに頭が疑いはじめました。はじめに逆らうのは、子どもを奪われる母親です」

千鹿斗たち、千紗杜の人が水ノ宮と争ったのも、郷の子どもを守るためだった。

豊穣の風の恩恵を受けるためには、郷の子を渡さなければいけなかったから――。

「俺を人でなしのようにいってくれるな。河鹿の胸の内くらい、俺も理解できる」

黒槙はふうと息をついた。

「おまえの言葉でいうなら、俺は一族の長として、頭でも心でもわかっていなければならんのだ。わが子を神王として捧げるのは、誉れ高きことだ」

赤ちゃんの声がきこえなくなると、広間は急にがらんとした。

静かになったぶん、風の音が目立つようになる。

すこし間を置いて、黒槙はおもむろに玉響を見つめた。

「玉響さまにお伝えしたかったことがございます。神王四家《くまみこよんけ》には血を薄めてはならぬという掟《おきて》があり、当主となる男の妻は、かならず一族の中から選ばれます。あなたの母親、地窪に嫁いであなたを産んだ女は、俺の妹です」

強い風が吹きこんで、玉響が身に着けた毛皮と黒髪がさらりとなびく。

一段高い席であぐらをかいた玉響のぼんやりした真顔を、黒槙はじっと見つめた。

「神王となられたあなたに、血の繋がりを説くつもりはございません。しかし、あなたは生きのび、退位されたお方だ。母親を求めておられるなら、お耳に入れました」

黒槙は頭をさげ、「お許しを」と詫びた。

「俺にとっても、あなたは妹の御子。大切なお方です。その妹が嫁いだ一族が、卜羽巳氏の過ちで消えゆこうとしています。俺は兄としても、神領諸氏《じんりょうしょし》の棟梁《とうりょう》としても、一族の滅びを食いとめなければなりません。さもなければ、つぎは轟氏が――いえ、いまに神王《くまみこ》は誕生しなくなるでしょう」


奥ノ院へ向かう日まで、杜氏の邸に泊まることになった。

寝室として案内された部屋は、屏風《びょうぶ》や几帳《きちょう》という布製の衝立《ついたて》に囲まれていて、平安時代の貴族や天皇のための居場所のようだ。

ただ、壁はほとんどなかった。建物の中にはいくつか小部屋があったが、柱と柱のあいだに間仕切りの布を垂らして部屋を分けるという造りで、ちょっと倒れこんだら、隣の部屋や通路におじゃましてしまうことになる。

優雅な見た目のわりに貧乏くさい造り――だなんて、世話になっている身としては口が裂けてもいえないが、なんというか、現代の家の快適さが懐《なつ》かしい。

寝床は畳《たたみ》だった。

畳といっても、和室のように床に敷き詰めるのではなくて、畳そのものをベッドとして使った。畳の上に直接寝転んで、掛布団のかわりに袿をかぶって暖をとる。

畳や着物を寝具として使うなんて考えたこともなかったけれど、千紗杜の寝床は藁だったので、それとくらべれば天国だ。

半日歩いてきて、なんとなく足も疲れていた。

食事も貴族のための豪勢なメニューをいただき、腹も満たされた。

暗くなると「じゃあ、おやすみなさい」と早々に床に就くことにしたが、真織はなかなか寝付けなかった。

隙間風が外から吹きこむたびに、そこら中の布が揺れた。

――ととと、ててて。

本物の水音かもわからないけれど、風を感じるたびに、ほとほと、ぴちょんと雫《しずく》が垂れる音に似た囁き声が真織を向いて、笑いかけていくのだ。気のせいだと思いつつ、つい目が冴える。

話しかけられるような錯覚も、続いていた。

――おやすみなさい、客人《まれびと》さま。

――もっと遊びましょう。いつまでいらっしゃるの?

(やっぱり、なにかがいる?)

目をあけても、周りは真っ暗だ。電気がないのは千紗杜と同じだったけれど、間仕切りや壁代《かべしろ》がそこら中にあるせいか、暗闇が濃い気がする。

(緊張してるのかな。寝なくちゃ)

けがをしてもすぐに治る特異体質になっているからには、たぶん眠らなくても体力は回復するし、食事をとらなくても生きていられる気がする。でも、無茶をして人らしさを忘れていけば、感覚や心までおかしくなってしまいそうだ。

(ちゃんと寝て、食べて、人らしい暮らしを続けないと。寝よう)

息をついて、寝返りをうった時だ。

ちちち、と耳鳴りのような音がして、目の前にちかっと煌《きらめ》くものがある。ちかちか、ばちっと音をたてて、枕元で青白い光が弾け回っていた。蛍《ほたる》?――にしては大きくて、動きが激しすぎる。光の点滅も、壊れかけた蛍光灯《けいこうとう》のようだ。

(――――)

なにが起きているのか。夢?

じっと見つめてみるけれど、何度瞬《まばた》きをしても、目の前でテニスボールくらいの大きさの青白い光が、彼岸花《ひがんばな》の形の火花を散らしながら躍《おど》っている。

いつか、光と見つめあっている気分になった。どうやら本当に見つめあっていて、光の奥にビーズ玉くらいの小さな目がふたつあるのに気づくと、息をのんだ。

『よう、神王《くまみこ》』

後ずさりをした。畳の上に寝転んでいるのでガタッと身体が跳ねただけだが、咄嗟に肘《ひじ》をついて身構えた。

血相を変えて光を覗きこんだ真織に、光は小さな目を細めてけらけら笑った。

『そんなに驚くなよ。俺だよ、俺。久しぶりだなぁ、神王。なんでこんなところにいるんだ？　捜《さが》したよ』

夢？　幻？——じゃなかったら、妖怪《ようかい》？

真織にできたのは、人形になったように首を横に振ることだけだった。

『ひどい顔だな。はははは』

青白い光は、光の尾の残像を引きながら元気に飛び回っている。いや、手足だ。光の尾をよく見れば、糸のように細い手足がついていて、それがなびいていた。

『あ、そうか。神王は時々いろいろ忘れちまうんだっけ。いや、新しい奴に代わるんだっけ？　俺はトオチカだ。六連星《むつらぼし》の精の末っ子だよ』

「あの……」

頭がついていかない。

目の前にいる生き物はなに？　というか、これは生き物なの？

六連星の精の末っ子？　妖怪じゃない——ううん、つまり妖怪？

わからないことだらけだが、ひとつ間違いがないことがある。

「ごめんなさい、人違いです。わたしは神王じゃありません。神王なら、あっちに」

この光が神王を捜しているなら——と、玉響が寝ころんだあたりを指さすけれど、トオチカはつんと横を向いた。

『アイツはもう神王《くまみこ》じゃない』

「それは、うん、退位したそうだけど、でも」

『アイツは役立たずだ。俺はあんたを捜してたんだ。新しい神王を』

「わたし？　わたしは神王なんかじゃ――」

『あーもう、新しい神王はいつもこうだ。面倒くせえ』

愚痴《ぐち》をいって、トオチカの光がばちっと大きく弾ける。

まぶたをとじたものの、一瞬遅かったようで、目と鼻の先で強烈な光を浴びた。

おかげで、視界が真っ白になる。

「ちょっと……」

文句をいおうとしたけれど、目の奥に焼きついた光の余韻《よいん》がようやく薄れて、ふたたびまぶたをあけた時、トオチカの光はもうなかった。

隣で眠る千鹿斗の寝息が、安穏と響いているだけだ。

いまのは、なんだったんだろう――。

呆然としていると、暗がりの奥から衣擦《きぬ》れの音がきこえる。

音を立てた人がこちらを向いたようで、声もした。玉響の声だった。

「真織、どうかした？」

声はすこし高いところからきこえる。身分が高い人は眠る場所も一段高くあるべきだそうで、玉響のために用意された寝床の畳は、なんと四枚も重ねられたのだ。

畳を積みかさねて使うなんて、それこそ考えたことがなかったけれど、神領《じんりょう》では常識だそうで、朝、明るくなっても寝姿が覗かれることがないように、玉響の寝床の周りには几帳も並べられた。

真織と千鹿斗は並んで眠る雑魚寝《ざこね》だったので、年頃の女子としては「そこで眠るのはわたしじゃないの？」と首をかしげるところだが、杜ノ国の身分の差は、男女の差を悠に越えるのである。

「いま、神王を捜してるっていう――」

トオチカの甲高い声を思い返すものの、その気配はもうそばになかった。

（夢？）

本当に妙なものがここにいたかもしれないけれど、気のせいにしたい気分で、それ以上話すのはやめることにした。

「なんでもない。ごめん。起こした？」

「ううん。ずっと起きていた」

玉響の声は震えていた。鼻水をすする音もきこえた。

「泣いてる？」

驚いて大きくなった声を、はっとおさえる。すぐ隣では千鹿斗が眠っている。

起こさないように――。真織はそうっと起きあがって、玉響の寝床に近づいた。

「どうしたの」

「昼間のことを考えると、悲しくなって」

「ああ――」

真織は、ため息をついた。

きっと黒槙のせいだ。急に母親の話なんかをするから。

うすうす感じていたけれど、黒槙には、自分がいいたいことだけをズバズバというところがある。部下や召使を相手にしすぎて気が回らないのかもしれないが、いくら偉い人でも、もうすこし相手の反応を気遣えないものだろうか？

「黒槙さんの話を気にしているんでしょう？　きかなかったことに――は、ならないよなぁ」

玉響の母親が黒槙の妹なら、黒槙は玉響の伯父《おじ》ということになる。

その妻なら、河鹿は玉響の伯母《おば》、河鹿が抱いていた赤ん坊は玉響のいとこだ。

急に親戚だと告げられて、母親の話までされれば、混乱もするだろう。

しかも、父親はすでに亡くなっている。

「無理に考えなくても――」

「ううん、違う。なにも思わなかったのだ」

出会った時の玉響は十二歳の姿だった。

それから不老が解けて、いまは青年の姿に成長している。声も相応に低くなってい
たけれど、玉響は少年のままのような無垢《むく》さでしょんぼりといった。

「真織は前に、母が死んだと泣いていた。父が死んだときいて、私も真織のように泣
くかもしれないと思ったが、すこしも悲しくならなかった。母の話をきいても、思い
浮かんだのは女神のことだった。私にはとっくに父も母もいなかったのだ——そう思
うと、悲しくなったのだ。私は誰なのだろうって」

「ううん」と、玉響の涙声はむりに笑った。

「私にとっての母は女神だったけれど、私が人に戻ったら、女神も私を忘れたのだっ
た。私にはいまも、父も母もいないのだ」

「玉響——わたしがいるじゃない」

几帳の布と布の隙間から寝床を覗いてみたものの、真っ暗だった。

布の下から手を差し入れてみると、絹地に伝わる体温を頼りに見つけた玉響の腕
は、かたくこわばっている。

「わたしは玉響を忘れたりしないよ。あなたの友達になるっていったじゃない。お母
さんでも、お姉さんでも、玉響がなってほしい人にわたしがなるよ」

涙声だったけれど、玉響の声はすこし明るくなった。

「ありがとう」

真織もほっと肩の力を抜いた。

(よかった。この子がちょっと元気になった)

落ちつかせようと腕に手を添えたものの、玉響の腕は、真織の腕よりもよっぽど逞《たくま》しかった。筋肉の厚みや骨の太さも、会ったばかりのころ——玉響が少年の姿をしていた時とくらべると、まったくの別人だ。

子犬を撫でていたつもりが、いつのまにか自分よりも身体が大きな馬を撫でていたようなふしぎな気分だが、玉響は玉響だ。身体が大きくなっても、真織にとっては弟のような存在だった。

玉響は「あぁあ」と愚痴をいった。

「家に帰りたいなぁ。この寝床は苦手だ。真織と眠る藁のほうが寝心地がいい」

「それは、うーん。気持ちの問題だよ」

土の上に積まれた藁の中とくらべたら、いまの寝床のほうが抜群に快適だ。

でも、玉響の気持ちがわからないでもない。

「居心地はいいけど、ここはちょっと怖いね」

神領《じんりょう》という古都にきて、はじめは旅行気分で浮かれていたけれど、過ごす時間が長くなればなるほど、抜けだせない深みにはまっていくうすら寒さがある。

黒槙がしろという手伝いは、本当にすべきなのだろうか？

黒槙に近づくたびに、もとの暮らしに戻れなくなる気もした。考え過ぎだろうか。

「わたしも千紗杜のほうがいいなぁ。帰りたいね」

「あっ」と玉響の声が明るくなる。

玉響は真織の手を握り返して、しみじみいった。

「居心地がよくなってきた。きっと、真織がいるところがよい寝床なのだ。誰もいない寝床が冷たいのだ」

「冷たい、か」

真織も、住む人が誰もいなくなった東京の家を思い浮かべた。

喋り声や笑い声があの家から消えてから、何ヵ月も経っている。

部屋にも廊下にもゆっくりと埃《ほこり》が積もり、窓やドアは閉まったままで、空気が揺れることもなく、埃すら動かない化石じみた世界になっているはずだ。

あそこにはまだ過去しかない。独りなんだと嚙《か》みしめるしかないあの場所とくらべたら、杜ノ国での暮らしは、真織にはずっとやさしかった。

「そうだ」

いいことを思いついたと、玉響は無邪気に笑った。

「真織もこっちで一緒に眠らない？　そうしたら、藁の中と同じになる」

「それはさすがに、ちょっと——」

「どうして」

「どうしてって。勘違《かんちが》いされるから」

よりによって、玉響の寝床は几帳でご丁寧に囲まれている。

人の目から隠れるような狭い場所で男女ふたりが眠っているのを誰かが見つければ、よけいなことを考えるに決まっている。

そうなった後で「いつもこうなんです。家の寝床が藁なので、いつもふたりで眠っていて。その、寒いので」と説明して回るのも、誤解されたままでいるのも、避けられるなら避けるべきだ。

「だめなのか」

「だめでしょう」

「どうしてもだめなのか。なぜだ」

玉響の声がしょげる。

「——あのねえ」

明らかに面倒そうな話を、年頃の女子に説明させないでほしい。

適当にごまかすことにした。

「まあまあ、それはともかく」

玉響が二十二歳の青年にしては子どもっぽくふるまうのは、風変わりな人生を送ってきたからだ。十二歳の時から時間をとめられて過ごしてきて、もっといえば、二十二歳より先の人生を、彼には歩む予定がなかったから。

玉響は、御種祭《みたねまつり》という神事で命を捧げるために、生まれた時から稽古をおこなってきた人だ。世間知らずなのは仕方のないことだった。

真織はため息をついて、ひそかに決意もした。

(やっぱり、わたしがしっかりしないと)

「ねえ、玉響。黒槙さんって、いい人だと思う？」

「いい人？」

「ええとね、好きな人かな、苦手な人かな」

「苦手な人は、いない」

「そうだったね……」

さすがは、ノブレス・オブリージュに徹する聖人である。

質問を変えることにした。

「黒槙さんに関わるのが玉響のためになるのかなって思うんだ。なんていうか、嘘をいったり、いざっていう時に助けてくれない人だったら困るじゃない？」

「あの男は神に仕える者だ。嘘はいわない。私たちを奥ノ院に連れていくとも話した」

「そうなんだけどね――」

玉響は、奥ノ院にいきたがっていた。

命の石というものがあって、そこに不老不死の命が宿っているかどうかで、いま真織と玉響に宿っている命が誰のものかがわかるとか。

自分たちがというより、玉響は新しい神王《くまみこ》のことを心配していた。

「つまりね、大人の事情っていうものがあるからさ、ここから逃げだしたほうがいいのかなって、ちょっと頭をよぎって」

「逃げだす？　なぜだ」

「ええと、そのうち話すよ」

口をとじた。悪口をきくことになって、結局玉響を傷つけてしまいそうだ。

純粋無垢な聖人に、大人の汚い世界を見せてはいけないだろう。

暗がりの奥から、くすっと笑う声がした。

「続きはおれと話そうか、真織」

千鹿斗の声だった。

「起こしちゃった？　ごめんなさい」

「いいや。寝たふりをしていようと思っていたんだけどな」

衣擦れの音が鳴る。畳の上に寝転んでいた千鹿斗が寝返りをうってこちらを向いたようで、声も真織たちのほうを向いた。

「ちょうどいいよ。周りが静かなうちに、ふたりを起こして話そうと思っていたから」

「話すって？」

「いまの真織の話の続きだよ。さっき、用足しにいくついでに周りを見てきたんだ。昼間の様子じゃ、話にきいていた以上に厄介なことに首を突っこまされそうだったから、もしも始まる前に抜けだすなら、どこを通れるかなって」

「抜けだす？　じゃあ、千鹿斗もわたしと同じように考えていたんですか？　その、黒槙さんが怖いなって？」

「なんの話だ？」

玉響は怪訝《けげん》そうにしている。

でも、いまは放っておくことにした。千鹿斗と話すのが先だ。

「それで――」

「庭から門に向かって、篝火《かがりび》があわせて八つ動いていた。火の数と同じだとしても、寝ずの番をしている奴が八人はいるってことだ。おれ一人でふたりを庇《かば》いながらじゃ、無策で抜けだすのは賢くねえなぁって、考えていたところだ」

「八人も——そんなに、どうして」

「襲撃を警戒している、窺見《うかみ》が入りこむのを警戒している、もしくは、おれたちを逃がしたくない、こんなところだろ」

「わたしたちを——そうですよね」

真織は千鹿斗ほど考えていなかったけれど、すっと腑《ふ》に落ちる言葉だった。

『いま糺さなければ、いずれ取り返しがつかなくなるからだ。卜羽巳氏は身勝手な禁忌を作りあげ、神王《くまみこ》の廃位をもくろみ、地窪の長を裁いた。それが許せないのだ』

黒槙は、乱も辞さないと話したり、卜羽巳氏への怒りを隠そうともしなかったり、考えていた以上に恐ろしいことをたくらんでいるかもしれない。霊実《たまざね》という石にも執着していて、その石を得るためならどんな手も使う——そういう覚悟も感じた。

真織たちが脱走するかもしれないことも、頭にあっただろう。

「まあ、こっそり抜けだして千紗杜に戻ったところで、昼間の様子じゃどうにもならない気もするしな」

千鹿斗は辟易《へきえき》と息をついた。

「玉響と真織はともかく、どうしておれにまで込み入った話をしたのかってことだよ。根古ははずされたのに。おれを、あの人はどうにかして仲間に引き入れたいんだろう。手を貸さないなら覚悟しろよって、腹では思っていたんだろう」

「覚悟？」

その時だ。「しっ」と千鹿斗が声をひそめさせる。

真織たちがいるのは三人で使う寝室だが、大きな建物の一画にあって、壁は布だ。近くに人がいれば、声が筒抜けになる。

布の間仕切りで囲まれた寝室の外、通路にあたる方角から足音がしていた。足音の主は音を立てないように気を遣っていて、時おり床の板が軋むだけだ。

でも、息を殺して耳を澄ましていれば、足音の主がいまどこにいるのかがわかる。

その人は、三人が使う寝室を目指していた。

(誰)

足音は、そろり、ひそりと近づいてきて、千鹿斗が横になったあたりの布の向こう側にうずくまった。衣が擦れる音が鳴って、硬い物が床に置かれた物音が鳴る。

「にゃあん」と、その人は小さく猫の鳴きまねをした。

(根古さんだ)

緊張の糸がすっとほどけた。

「起きてるよ」

千鹿斗が小声でいうと、その人は壁代わりの布をもちあげて寝室に入ってきた。

「おや、みなさん起きてる？」

「黒槙さまのおやさしい歓迎が嬉しくてね」

根古が、ため息をついた。

「あぁ――物々しいな。思っていた以上の大事《おおごと》が控えているみたいだ」

「で、どうしたの。きみもここに泊まってるの？」

「まさかまさか。客人扱いの玉響さまたちとは違うさ。とっくに一度邸から出たよ」

「なら、よくここまで入ってこられたな」

「これでめしを食ってるんで。水ノ宮に忍びこむのと比べたら、どうってことねぇさ。いやね、頼まれたものを届けたくて」

「なにを？」

「恵紗杜に戻ろうとしたら、峠でよってたかって胸倉《むなぐら》をつかまれて、なぶり殺しにされかけたのさ。これを千鹿斗に届けろって」

恐ろしい話をしつつも、根古は笑っている。

「玉響、わたしたちもあっちへいこう」

千鹿斗も根古も声をひそめていたので、すこし離れていると、時々声がきこえなくなる。近づこうと、真織は玉響の腕をひいたけれど、玉響はまだふしぎがった。

「なぜだ。みんなでなんの話をしているの？」

「いいから、いこう。大きな声を出せないの」

「なぜ――」

渋る玉響の手をひいて千鹿斗たちのそばへいくと、根古が届けにきたという物が千鹿斗の手に渡ったところだった。

「渡せばわかるっていわれたんだけど、どう？」

千鹿斗がふふっと笑う。

「ああ。届けさせたのは、昂流《すばる》？」

「昂流さん？　昂流さんから、なにが届いたんですか？」

尋ねると、「これだよ」と、手のひらに小さなものが握らされる。

サイコロくらいの小さな木片で、手で触るとL字型に削られているとわかる。

「ひそかに知らせあう時に使う道具なんだけどな。『問題ない』って合図だ」

「問題ない？」

「千紗杜のことは気にするなっていう意味だ。たぶん爺ちゃんが、おれが神領《じんりょう》にいることを昂流に話したんだろう。昂流はおれよりずっと謀士だから、いまごろ見張りの番ができてるよ。郷にも、峠の道にも」

幼馴染をよほど信頼しているのだろう。千鹿斗は陽気に話した。

「千紗杜にとって一番まずいのは、おれになにか起きて、水ノ宮か神領から目をつけられることだ。そんなことはわかってるから、こっちは気にせず最善を尽くせ――ってことかな」

「うわぁ――」

千紗杜という郷は避難訓練のようなものがさかんで、悪いことが起きた時、起きそうな時にどうするか、というのを郷の人がみんなわかっている。あれをしろ、これをしろと怒号が飛び交うでもないのに、はたから見ると見事なまでのチームワークで、淡々と状況を打開していくのだ。郷の人たちだけが使う合図や暗号も多かった。

水ノ宮からの報復を警戒していたころの、千紗杜の臨戦態勢を思いだす。

きっといまも、千紗杜ではあの時と同じことが起きているのだ。

杜氏の黒槙という権力者のもとに千鹿斗が出かけていて、そのことが水ノ宮に知られたら難癖をつけられるかもしれない。だから、万が一恐ろしいことが起きた場合に備えて、千鹿斗というリーダーが不在でも残った昴流たちで千紗杜を守ろうと――。

千鹿斗の声が一段と落ちついた。

「なあ根古。黒槙さまの狙いはなんなんだ。御神体を取り戻したいっていう話で呼ばれたはずだが、たぶん、それだけじゃないぞ」

「ですねえ。ちかごろ忍ばされる場所から、そうじゃないかって考えていたところはあるんだけど、どうやら時機が近いのかなって」

「あの、黒槙さんの狙いって？　千鹿斗と根古さんには思い当たることがあるんですか？」

　話が核心に近づいている。

　ごくりと息をのんで尋ねると、千鹿斗がすこし黙ってからいった。

「黒槙さまは、水ノ宮を乗っ取りたいんだろう」

「乗っ取……？」

　暗がりの中で、千鹿斗が「しいっ」という。

「すみません。でも、乗っ取るって――」

「乱も辞さないっていう理由が御子を守ることじゃないなら、そうじゃないのかな。そこまでお考えならいろいろ辻褄《つじつま》も合う。神官でもなんでもないおれが知るべきではない話をされたのも、後に退けなくさせるためじゃないのかな。手伝うのを拒んだら、この世から消すぞって」

「――」

　真っ青になった。

　察したのか、互いの表情も見えないのに千鹿斗は笑った。

「落ちつけって。つまり、だ。卜羽巳氏と神領諸氏《じんりようしよし》のあいだで争いが起きる兆《きざ》しがあるってことだ。そうだよな、根古」

　声をかけられると、根古は「へい」と小声でこたえた。

「そうなったら、いずれ千紗杜はどっちにつくか、もしくはどっちにもつかないのかって選ばなきゃいけない。おれがここにいる以上、見極めるのはおれだ。あの人がどんな人なのかって、調べて帰るのがおれの役目みたいだね」

「でも、それじゃ」

千鹿斗がいう話が本当なら、千鹿斗も、千紗杜の人たちも、とんでもないとばっちりを受けていることになる。

千鹿斗が神領《じんりょう》にくることになったのは、黒槙が玉響を訪ねたからだ。

「ごめんなさい……わたしたちが千紗杜にいたから」

「違う違う。仕組んだのは爺ちゃんだ」

「古老が？」

「黒槙さまが神領に呼んだのは、真織と玉響のふたりだったろう？　おれについていかせたのは爺ちゃんだったが、まあ、こうなるとわかってたんだろう。様子を探らせたかったんだよ。そのうえ、手を貸すかどうかは後で決めるって釘《くぎ》をさしてある。わが爺ちゃんながら、うまいよね」

千鹿斗はくすっと笑った。

「というわけで、おれはたぶん真織よりも黒槙さまのことを調べているから、頼っていいよ。帰ったら、親父や爺ちゃんたちに知らせせなきゃならないからね。いや、うちだけじゃないか。北ノ原にいる長老のみんなが相手になるな」

「北ノ原の長老、みんな？」

「ああ。杜ノ国にきな臭いことが起きるなら、北ノ原の人たちにも声をかけるべきだろ。仲間なんだから。あぁ、そうか、それもか」

千鹿斗が呆れて笑う。

「だから、真織たちといかされたのがおれだったんだ。北ノ原の山道を行き来させるなら、足腰が強い若い奴のほうがいいもんなぁ。爺ちゃんは相当おれをこき使う気だ」

千鹿斗は、老若男女から愛される人気者だ。

人気の秘訣のひとつは、誰とでも話すのがうまいところだと、真織は思っていた。

「北ノ原中のおじいちゃんたちを説得して回る役をするわけですか——似合いますね」

想像してふきだすと、千鹿斗も笑った。

「笑いごとじゃないって」

「すみません。でも、後継ぎの問題ってことか。たいへんですね」

「きみらほどじゃないよ。とくに玉響は」

千鹿斗は深刻そうにいった。

「さっき真織が話していたことへのおれの言い分だけど——この件に関わることが玉響にとっていいことかどうかは玉響が決めることだけど、避けては通れないんじゃないかな。そいつの家の問題だろ」

黒槙は地窪氏のことを気にかけていたが、その末裔《まつえい》なのは、玉響だ。生き残っているもとの神王《くまみこ》も、玉響だけだ。

いま逃げたとしても、かならず玉響に付きまとう問題になる。

「それは、たしかに」

「玉響、きみは奥ノ院にいきたいんだよな？」

千鹿斗から尋ねられると、玉響は訝《いぶか》しげに「うん」とこたえた。

「命の石をたしかめにいきたい」

「わかった。玉響は、奥ノ院にいきたい。黒槙さまは、玉響と真織を奥ノ院にいかせたい。真織は、玉響が気にかかる。おれは、そのあいだに黒槙さまの様子をうかがいたい。——どうだろう。いまのところ、ここから逃げだす理由は消えたかな？」

千鹿斗がおどけるようにいった。

「真織はこれまでどおりに玉響を世話してやればいいよ。黒槙さまの相手はおれがするから」

「それはもちろん、はい。でも——。千鹿斗にばかり頼ってしまって」

真織の声が暗くなったせいか、千鹿斗はかえって明るく笑った。

「なにいってんだ。玉響のそばにずっといてやれるのは真織だけだろ」

「でも、結局いつも迷惑をかけちゃって。もっと千鹿斗を手伝えたらいいのに」

「おいおい、どうした？　——なら、ちょっと考えてみようか」

千鹿斗はふうと息を吐き、笑い話をするようにいった。

「あるところに、猫がいましたとさ。猫は、宝物の白い石をひとつもっていた。その白い石が旅に出たいというので猫もついていくことにしたが、旅先で出会った黒い猫から、仕事を手伝えと命じられてしまったんだとさ」

「——それって」

「いいから、最後まで」と笑い声がいう。

「白い石は、神様の社の奥に入ることになった。猫も一緒についていくことにしたが、黒い猫の近くには、青い石や緑の石、黄色い石、めずらしい石がたくさん落ちていて、拾ってほしそうにしている。拾えば宝物がふえるかもしれないが、白い石と旅を続けるには、新しい石は重くて、拾ってしまえば身動きがしにくくなりそうだ。——さて、猫は新しい石を拾うかな？」

真織にじわじわ笑みが浮かんだ。

「拾いません。白い石を守れなくなっちゃう」

「だろ？」と、千鹿斗も笑った。

「必要なことがなにかっていうのは、人によって違うもんだ。玉響を守ってやりな」

出会ってからずっとそうだが、千鹿斗はそばにいる人を安心させるのがとてもうまい。真織は、ほっと息をついた。

「本当だ。欲張っちゃいけないですね。できることをやらないと。ありがとう。千鹿斗が一緒にきてくれてよかった。わたしと玉響だけだったら――」

無理やり引っ張ってきていたので、まだ真織の手は玉響の腕を摑《つか》んだままだった。

――もう、大丈夫。

玉響の手首に重ねていた手を離すと、ごそごそと衣擦れの音が鳴る。

玉響がそっぽを向いたようで、ぼそっと小さな声がした。

「おまえたちがなんの話をしているのか、私にはまだわからない。穢れた話をしていることしか――奇妙な気分だ」

拗《す》ねたような言い方だった。

「私も人を疑いたいと願った。穢れることに憧れた。真織が笑って、ほっとするなら」

— 黎明舎《れいめいしゃ》 —

入れば死ぬ。出れば生き返るが、出られなければ死んだまま。

黎明舎《れいめいしゃ》とは、そういうところだ。一歩足を踏み入れれば、人の世ではなくなる。

壁は石積み、覆《おお》い屋は苔生《こけむ》して緑色になっていて、卜羽巳《うらはみ》氏の邸の奥、二重の板垣《いたがき》の内側に建っていた。

幼いころから緑螂《ろくろう》は、神宮守《じんぐうもり》をつとめる父からこうきかされて育った。

「黎明舎には、かつてこの国にあった悪しきものがすべて残っている」

黎明舎は、卜羽巳氏が神宮守になる前の世界をそのまま残している場所だという。

音に充ちた場所でもある。姿をもたない幾百、幾千の囁き声がきこえる。

獣《けもの》のように叫び、恨み言を漏らすので、「死霊の声」と伝わっていた。

無秩序や徒労、飢えに苦しむ声にもきこえた。

卜羽巳氏が黎明舎を大切に守るのは、かつて人がかかえていた苦しみや恐れを覚えておくためだ。それこそが国をつかさどる者のさだめだと、躾《しつ》けられてきた。

「緑螂さま。いまから、その、奥へ？」

黎明舎に入ることができるのは、当代と次代の当主だけだ。邸に仕える者も、決して近づこうとはしなかった。

妻、灯梨《あかり》もそうだが、「黎明舎」と名を口にするのもはばかられた。

「ああ。父上はもういらっしゃる。なぜ、こんなところを出歩いている」

「散策です。久しぶりのお庭ですもの」

妻の腹は、立派な果実のようにふくらんでいた。

祝言《しゅうげん》をあげてから三年が経ち、ようやく授かった児《こ》で、産婆《さんば》は、もういつ産まれてもおかしくないという。

緑螂は土に膝をつき、妻の腹に額《ひたい》を触れさせた。

「大事な身体だ。無理をするなとあれだけ——」

「心配が過ぎます。産婆も、ぎりぎりまで動いていなさいと。そうしないとお産を乗り切れませんよって——あ」

灯梨の腹のあたりの着物が揺れる。ちょうど緑螂の手が触れた場所を、お腹の中の子が蹴ったのだ。

灯梨は恥ずかしそうに笑った。

「お腹の子も、もっと動いていろって」

着物越しに蹴られた手のひらで、緑螂は大きくふくらんだ腹をまるく包んだ。

「元気な子だ」

立ちあがって妻の肩を抱き、微笑んだ。

「奥へ向かう日は、この子の命がひときわ明るい光に思う。いってくる」

卜羽巳氏が黎明舎を大切に守るもうひとつの理由は、そこが禁外の古事《ふるごと》を当代から次代へと語り継ぐ場所だからだ。

一族の当主となる嗣子と認められた子は、幼いころから黎明舎に入る稽古をする。独りで閉じこめられ、ふたたび戸が開く時まで正気を保っていられるようになるまで、何度もくり返される。入るのを怖がれば、べつの子に嗣子の座が譲られた。

この世ではない奇妙な暗闇の中で正気を保つことができなければ、そこで語られる言葉を胸に刻むなど、できないからだ。

禁外の古事の一連を『杜《もり》ノ国神咒《くにしんじゅ》』という。知るべきではない者が知っては神咒が力を失ってしまうと、大切に守り継がれてきた。

卜羽巳氏がもっとも恐れたのは、「絶無《ぜつむ》」と呼ばれる禍だった。

「絶無」の祟りが起きて女神《めがみ》の加護を失えば、杜ノ国中が黎明舎の中と同じになる。

この悪を決してふたたび杜ノ国に戻してはならぬ——そう伝えられていた。

『杜ノ国神呪《しんじゅ》』四十八ノ条。神領諸氏《じんりょうしょし》とは、杜ノ国に在る災いに祈る者。杜《もり》は国土、地窪《ちくぼ》は地震、流《ながる》は大水、轟《とどろき》は落雷、赤凪《あかかぜ》は火事──」

神宮守《じんぐうもり》をつとめる父の口から、息子の緑螂へと『杜ノ国神呪』の一条が伝えられる。

卜羽巳氏の当主だけが守り継ぐ秘事だが、その日に習った条にも、知らない言葉が多かった。

一区切りついてから、緑螂は父、蟇目《ひきめ》へ尋ねた。

「赤凪より後がわかりませんでした」

おそらく『杜ノ国神呪』四十八ノ条とは、神王四家《くまみこよんけ》と呼ばれる諸氏の名の由来を伝えている。

杜ノ国には、現人神《あらひとがみ》となる神王を育てる一族が四つあった。

ひとつは杜氏、ひとつは地窪氏、ひとつは流氏、ひとつは轟氏。

地窪氏は地震、流氏は大水、轟氏は落雷による災いへの祈りを、筆頭となる杜氏は杜ノ国の守護を祈る一族──と、名の縁起を伝えているのだ。

そこまでは自分で紐解けたが、赤凪とは？　きいたことのない名だった。

「赤凪は、亡びたのだ。神領諸氏はもともと八氏あった。禁忌をおかすうちに四氏に減ったが」

神宮守をつとめる父、蟇目はこたえた。

「いや、もはや三氏か。地窪の当主の湿三《しととみ》が、裁きの木の元で亡くなっただろう。女神に裁かれたのだ。いずれ、残っている子らも裁かれよう。神王四家は、神王三家《さんけ》になろう」

暗がりに充ちる囁き声が、わっと嗤《わら》う。

絶えずきこえる囁き声は、時おりこんなふうに大きくなる。声が嗤うのは、たいてい言葉を偽った時だ。腹では思ってもいないことを口にした時。

そのせいで、緑螂は偽りを口にするのに敏感になっていた。黎明舎の外でもだ。

「父上、なにか偽りをおっしゃいましたか？」

蟇目は、邪魔者を見るように囁き声を睨んだ。

「ああ。女神が裁いたのではない。私が多々良《たたら》に、裁けと命じたのだ。地窪の神王が禁忌をおかしたからだ」

「禁忌？」

緑螂は記憶をたどった。

先代の神王は、潔斎《けっさい》や神事に厳格にいそしむ優秀な御子だった。

あの神王が、いったいどのような禁忌をおかしたのだろうか——。

「神《かみ》ノ原《はら》を出たことでしょうか」

「そうだ。あろうことか、御種祭《みたねまつり》を控えた聖なる御子が、水《みず》ノ宮《みや》の外で穢れに触れるなど、言語道断《ごんごどうだん》だ」

「しかし、玉響《たまゆら》さまは戻ってこられました。お姿は変わっていましたが、御種祭はおこなわれ、豊穣の風も吹いたのでは」

「それこそが肝だ。地窪の神王《くまみこ》は御種祭を執りおこなった。そして、生きのびた」

蟇目が、下がり目を細めた。

「たしかに、地窪の湿三《しととみ》に罰を与えたのは早すぎたかもしれなかった。地窪の神王はとんでもないことをしてみせたのだからな」

「とんでもないこと？」

「神領諸氏《じんりょうしょし》の血が入っていない者、しかも、神王の稽古すらおこなっていない娘でも御種祭の祭主になれるかもしれぬと、明かした」

「どういうことでしょうか」

「西の斎庭《ゆにわ》で、娘がひとり飛びだしてきたろう？」

「ええ。千紗杜《ちさと》で、神王の世話をしていた娘ときききました」

「あの娘も、御《み》猟神事《かりしんじ》で女神の矢に貫かれた。豊穣の風はあの娘によって吹かされた、とも見えた。私は思った。神王になる者は神領諸氏でなくともよいのでは——わが卜羽巳の意をくむ一族を、あらたな神領諸氏とすることもできるのではないか」

緑螂は思案した。

氏族は多くあれども、神領諸氏ほど長い歴史をもつ一族はほかになかった。

古い時代からこの地に暮らす一族だ。

「神領諸氏は別格でしょう。血を薄めないので、皆がほとんど同じ顔をしております」

「病持ちも多い」

暗がりに充ちる囁き声が、噂話に群がるようにわっと烈《はげ》しくなる。

神宮守《じんぐうもり》は闇を見渡し、「出《で》よう」といった。

「黎明舎は『杜ノ国神咒《しんじゅ》』を漏《も》らさぬための場所だ。ほかの話をすべきではない」

「そうなのですか？」

緑螂が尋ねると、蟇目は一度黙り、襟の内側に指をのばした。

「のちに教える。『杜ノ国神咒』八十一ノ条だ。八十二ノ条では、ここを守る理由がもうひとつ伝えられる。これをはずすためだ」

暗がりに充ちる声が、さらに喚《わめ》いた。

声はささやかだが、緑螂と蟇目の親子を取り囲んで罵声《ばせい》を浴びせるように変わった。

「いずれ、おまえに渡す神宝がある。当代か次代か、卜羽巳氏の長のうちの誰かが身に着けていなければならないものだ」

「なぜ、ここでしかはずせないのですか」

「『絶無』の祟りが起きるからだ。黎明舎の外では、決してこの神宝を離してはならん。さもなければ、女神は卜羽巳氏を殺そうとする」

「わが一族を？　なぜです」

「そう伝わっている。かつてわが祖《おや》は女神の荒魂《あらみたま》を封じ、杜ノ国に平穏をもたらした。そのころから伝わる神宝であれば、女神の荒魂そのものかもしれぬと、先代は話していた」

ふう――と、厄介な記憶をたどるように蟇目が息をついた。

「女神がこれを手に入れたら、黎明舎を壊そうとするそうだ」

「ここを？　封じている悪《あ》しきものが外に出てしまうではありませんか」

「ああ、荒魂がそうさせるのか？　この、おぞましい幾多のものどもを解き放てばどうなるか。考えただけでも恐ろしい」

そのように蟇目がいった時だ。はっと身の毛がよだつ思いがして、緑螂は慎重に館を見回した。姿はないが、幾百幾千のなにかがこちらを睨んでいる。

暗がりに充ちる囁き声も、獣が唸《うな》るように低くなった。緑螂と蟇目を責めていた。

──偽りが染みた、穢れた血め。
──われらを解き放て。その血に報いを受けよ。
黎明舎には窓がなく、明かりもないが、館の中の様子はうっすら見えた。
壁は血の色に塗られ、細い身体の生き物が這《は》ったような黒い線模様が幾筋もある。
「あの模様はなんでしょうか？」と、緑螂は幼いころに父に尋ねたことがあった。
すると、蓋目はこう答えた。
『黎明舎に入ろうとした大蛇の身体の痕だ』
『大蛇は入ってこなかったのですか？』
『ああ。ここは、わが卜羽巳氏しか入ることができぬのだ。結界で守られている』
入り口となる戸は、一族の紋で守られている。
その戸は、卜羽巳氏の血を持つ者にしか開けることができないのだ。
緑螂は幼いころから祭祀を学んできたが、ひしひし感じることがあった。
「父上。女神とはそれほど恐ろしい神なのですか」
卜羽巳氏の暮らしはすべて、女神とともにあった。
女神の機嫌を損ねてはならぬと、御種祭《みたねまつり》をはじめ幾多の神事が厳粛におこなわれた。
食べてはいけないもの、してはいけないこと、口にしてはいけない言葉もあった。

最たるものが『杜ノ国神咒《しんじゅ》』だ。

一子相伝の秘事を伝えるためにも、さまざまな掟があった。

黎明舎をいにしえのままで守れと、邸が建て替えられる際にはかならず考慮された。

そうしなければ、一族が受け継ぐ『杜ノ国神咒』を語る場を失うからだ。

秘事が秘事でなくなれば、祭祀の力が失われる。

そうなれば、国はいずれ亡びる――。

「ああ。女神の恐ろしさは、神咒にも多く残されている」

「女神が荒神《あらがみ》だからですか」

「そうとも。われらが死と隣り合わせにして祀る、恐ろしい女神だ」

◇　◇

真織《まおり》はしばらく水干《すいかん》を着て男装をしていたが、それは、男装に慣れるためだった。

杜氏の御子、霧土《きりと》のための神事で、水ノ宮の奥にある神域に入ることができるのは神官だけだそうで、真織も狩衣《かりぎぬ》を着て神官に化けることになったからだ。

神官とは、神様に仕える聖職者だ。

聖職者というと、慈愛の心にみちた聖人――という印象を抱いていたけれど、そういう聖人の印象は、黒槇《くろまき》にはなかった。

『黒槇さまは、水ノ宮を乗っ取りたいんだろう』

千鹿斗《ちかと》からそんな話をきいてしまったいまはなおさらで、清らかな純白の狩衣を身にまとっていようが、黒槇の姿が目に入るたびに、獰猛《どうもう》な牙《きば》の幻を想像してしまう。

そういえば、これまで真織が会った水ノ宮の神官たちにも、聖人の印象はなかったかもしれない。

杜ノ国は祭祀で政治をおこなう国だ。神官は政治家でもあるのだろう。

(玉響をひとりにしないようにしなくちゃ。あの子はなにもかも信じちゃうから)

黒槇が、神宮守《じんぐうもり》と並ぶ杜ノ国の実力者であることは間違いがなさそうだが、そんな人がなぜ玉響に近づいた？

目的は、本当に御神体？

黒槇は本当に、水ノ宮の政権の転覆をたくらんでいるのだろうか？

もしかして、もとの神王《くまみこ》の玉響を政治利用しようとたくらんでいるとか――。

(わからない。千鹿斗がきっと見抜いてくれるよ。待とう)

水ノ宮へ出かけることになった神官は、真織たちを含めて十人。

霧土を抱く河鹿《かじか》と、乳母《うば》や召使《めしつかい》も一緒に出かけることになったので、かなりの大所帯になったが、なんと、刀を佩《は》いた男たちも加わった。

しかも、ひとりふたりではない。

邸の門を出ていくと、水干姿の雄々《おお》しい男たちが四十人ほど集まっていた。

鋭い目が、神官の形《なり》をした真織と玉響、千鹿斗をぎろりと向くので、ぎょっとして足がとまる。

とくに真織はじろじろ見られた。油をたっぷりつけて無理やりまとめた短い髪や、男に化けたわりに細い首に、居心地悪そうに頭にのっているはずの黒烏帽子《くろえぼし》。

自分でもうすうす気づいていたけれど、たぶん似合わないのだ。

千鹿斗が、男たちの隙間をぬいつつ黒槙を捜してそばへ寄っていく。

「黒槙さま。この方々はいったい？　喧嘩をふっかけにいくわけじゃないですよね」

真織も、玉響を連れて後を追った。

乱も辞さないと話していたが――。

千鹿斗が近づいていくと、黒槙を囲む従者たちが不機嫌になる。

「よいのだ」と黒槙は従者をさがらせ、笑顔で千鹿斗を待ち受けた。

「身を守るためだ。祟りよりも人のほうがよほど恐ろしいとわかったからな。彼は油断した」

「彼とは」

「地窪の長だ。水ノ宮に関わる者を信じてはいけなかった」

玉響の父親のことだ。暗殺されるなど、その時は思っていなかったから。そのうえ、祟りと見せかけられるなど。

千鹿斗は「しかし」と、水干姿の男たちをちらりと見た。

刀を佩いているだけの軽装だが、身体を見れば、争うことに慣れた人たちだとすぐにわかる。力が抜けているようでいて隙のない立ち姿や目つきも、ただ者ではない。

(多々良さんみたい)

玉響を水ノ宮へ連れ戻すために千紗杜に忍びこんでいた凄腕の御狩人《みかりびと》を、真織は思いだしていた。

「あの、黒槙さん。この人たちは神軍《しんぐん》ですか」

神軍というのは、いわばプロの軍人集団だ。農民や狩人から徴兵される兼業の兵士と違って、生涯を軍人として生きる武家なのだと、千紗杜の人が怯えて教えてくれたことがあった。

「ああ、そうだ」

千鹿斗が不審《ふしん》がる。

「なぜここに神軍が。神軍の神兵は、水ノ宮に仕える軍人《いくさびと》では——」

「神軍とはもともと、神領諸氏《じんりょうしょし》を守る者のことよ。この国でもっとも守るべきは現人神、神王《くまみこ》だろう？　水ノ宮に昇殿するまで、そして、昇殿後の神王と、お住まいとなる水ノ宮を守る誇り高き従者が、神軍《さげす》だ」

黒槙は、ここにはいない相手を蔑んだ。

「神宮守《じんぐうもり》はいつからか自分を、神王を凌《しの》ぐ者だと勘違いしはじめたがな。子どもの姿と心を保ち、無垢という聖性を保つことがいかに難しいかも知らずに。神領諸氏《じんりょうしょし》も、まるで配下の扱いだ」

（なるほど）

事情は複雑なようだ。

神様に近いのは神王のほうだが、神王は水ノ宮の奥にいて、俗界にほとんど出てこない。しかも、子どものままで、政治に口を出すこともなく、十年おきに入れ替わり、去っていく。

表舞台に立ち続ける神宮守のほうが、いつのまにか力を得てしまったのだろう。

一族の代表として神王を昇殿させている神領諸氏には、不服だったろう。

とはいえ――。

「あの、黒槙さま。おれたちの目的は戦をすることじゃありません。千紗杜の御神体を取り戻したいだけ――いえ、あなたの手伝いをする玉響と真織を連れ帰りたいだけです。千紗杜や玉響たちに悪いことが起きると判じれば、いつでも手を引きます」

盾ついた千鹿斗に、黒槙が冷笑する。

「巻きこまれるのはごめんだと、そういいたいのか？　安心しろ。千紗杜に手出しはさせん。古老《ころう》にも誓ってきた。なあ、根古《ねこ》」

根古は召使に化けていた。「へい」とこたえて、黒槙のそばまでやってきた。

「根古には、北《きた》ノ原《はら》の話をよくせがんでいるのだ。そうだな、根古」

「へい」と、根古は苦笑した。

「ところで、千鹿斗。恵紗杜《えさと》の水路は、千紗杜の人が造り方を教えにきたのだと根古からきいたのだが、まことか」

千紗杜の郷には、水路が張り巡らされていた。

杜ノ国の土は水を吸いやすく、川や泉のそばでしか作物が育たなかったからだ。水路ができてからは収穫がふえて、ほかの郷からも人が学びにやってくると、千紗杜の人たちはよく自慢していた。

「――そうですが」

「この目で見たが、よい水路だった。千鹿斗、おまえの郷の者は誰もがあのような水路を造る技をもっているのか？」

「みんなで造りますが、どこをどう掘るかを決めるのは五人ほどです」

「慧眼《けいがん》の持ち主が五人もいるのか。土や森に手を加えすぎることなく、大地の起伏をうまく使い、川の水があふれた後の流し方まで、よく考えられていた」

黒槙の澄んだ目が遠いところを見ている。

(そうなんだよ。みんな、すごいの)

真織はそばで聞き耳を立てたが、千鹿斗のほうは、身内が賞賛されてにやけることもなく、ますます真剣な面持ちで黒槙を見つめた。

「ため池を見ました」

「ほう。どうだった？　三年前に造ったのだ。飢渇《きかつ》の年にも実りをふやした」

「すばらしいと思いました。ただ、堤の下に家があるのが気になりました。堤が崩れたら、甚大な水害が起きるのでは——」

「その通りだ。崩れないように心がけている」

「崩れないように？　祈りで、ですか？　水神《すいじん》の社を見ました」

ため池を囲む堤の下には小さな社があった。水の神を祀る社だと、話をきいた。

「社？　あれは誓いのための場だ」

「誓い？」

「神々が宿る野山に人の勝手で手を加えておいて、どうかお守りくださいなどと、虫のいいことを祈るものか？」

黒槙が、ははは と笑う。

「人の総代《そうだい》として神々に陳情したからには、人の手で川や池を造る許しに感謝し、最後まで人として人を守ると誓うための社だ。あの社を祀ることで、神領《じんりよう》に暮らす誰もが俺と同じ思いを抱くようになる。誓いの場であり、学ぶ場としての社だ」

気難しい顔のままで黙る千鹿斗を、黒槙は惚《ほ》れ惚《ぼ》れと眺めている。

「千紗杜の者と治水の話ができて、ありがたいぞ。じつはな、俺も水路の造り方を学んでいた。ため池の堤も、異国で学ばせた匠が指揮をとって造った。害の恐れについてもよく話をきいた」

「そうなのですか？」

「いったろう？　豊穣の風に頼り過ぎることなく、人の力でも実りをふやせるはずだと。むかしと違い、いまは技が育っているのだ」

「しかし」と、黒槙は目を伏せた。

「神ノ原の民は、待っていれば豊穣がやってくると耐え忍ぶだけだ。水ノ宮に甘やかされて、神ノ原がもっとも秀でていると信じるあまり、外に出ようとしないのだ。神王《くまみこ》となる御子が旅をする理由が、俺にはよくわかる」

黒槙は、千鹿斗を褒めた。

「信じろ。千紗杜は守る。この国に必要な者が大勢暮らす郷だ。千鹿斗、おまえは千紗杜の古老のひ孫だったたな」

「はい。同じ名を継いでいます」

「名も──気概のあるよい若者だ。いずれ郷守《さとのかみ》に就き、民を導くのだろう。きっといまに手をたずさえる時がくる」

黒槙が部下に呼ばれてべつの場所へ去りゆくと、千鹿斗は真織と玉響を連れて道の端へ寄った。両腕をふたりの肩に回してぐったりもたれると、愚痴をいう。

「あの人といると疲れるなぁ」

「──ですね」

千鹿斗と黒槙が話しているあいだ、ずっと空気がぴりついていた。相手がどこまで知っているのかを少ない言葉で探り合うようで、心理戦じみていた。

「黒槙さんは千紗杜の水路に興味があるみたいですね。すみません、矢面《やおもて》に立たせちゃって」

「頼れっていったろ？」

千鹿斗は小さく笑い、真織と玉響になおさら寄りかかって、ふたりの耳のあいだで声をひそめた。

「あの人はたぶん、本気で水ノ宮をどうにかしたいんだ」

「本気でって──」

ちらりと姿を捜した時、黒槙は、神官と神兵に囲まれているところだった。

黒槙もそうだが、黒槙を囲む男たちの身動きには隙が無かった。目つきが凛《りん》としていて、それぞれが部下をもち、手際よく命令をくだしている。黒槙の腹心の部下、神《じん》領諸氏《りょうしょし》一族の中枢というところか。

千鹿斗はさらに力を抜いて、ふたりにもたれかかった。

「ため池は、水ノ宮から離反する準備のひとつなんだろう」

「ため池が？」

「だって、水ノ宮が偉ぶってるのは豊穣の風をもたらす女神を祀ってるからだ」

実りをもたらしてくれる豊穣の風は、杜ノ国の経済力の源でもある。

しかし神領諸氏には、もともと軍事力と王統があった。つまり——。

「そうか。神軍も祭祀の力もあって、これまで足りなかったのは実りをもたらす力だけだったけれど、黒槙さんがそれも見つけたっていうことか」

「たぶんね」と千鹿斗がうなずく。

「治水に興味があるなら千紗杜にも興味があったろうし、千紗杜が水ノ宮に逆らったことも、当然調べていたんだろう」

「黒槙さんの本当の狙いは、御神体でも玉響でもなくて、千紗杜の技だった——っていうことも、ありそうですね」

「さあな」と千鹿斗は笑って、身体を起こした。

「無事に帰れるといいですね――。ふたつ目の水路を造るのも遅れてしまう」

工事のスケジュールは、大幅に遅れているはずだ。

作業のまとめ役の千鹿斗は神領《じんりょう》にいて、設計を担う昂流《すばる》たちも、峠や郷で見張りをつとめている。真織も神領にいて、手伝えないでいた。

「種まきまでに終わらせようって、みんなで用意していたのに」

「仕方ないよ。それどころじゃないから」

「でも」

「欲張っちゃだめだって。豊かになるのは大事だけど、もっと大事なものがあるだろ？　真織と玉響も、ほかのみんなも、無事でいられることが一番いいよ」

千鹿斗は「心配するな」と、真織の顔を覗きこんだ。

真織と千鹿斗の会話を、玉響は眉をひそめてきいていた。

「ふたりはなんの話をしているの？　黒槙がどうかした？　千紗杜に悪いことが？」

「その、今度ゆっくり話すよ。こんな話をきかれちゃうとよくないから」

三人はいま、水ノ宮へ向かう一行からはずれて道の端にいる。声をひそめていたけれど、黒槙の部下がそこらじゅうにいる場所で長く続けていい話ではなかった。

集まった男たちの気配は、どこか殺伐《さつばつ》としている。刀をたずさえた神軍も、出立を控えて大股で歩きまわっていた。

「きかれてはいけない話？」

玉響の表情が険しくなっていく。ふだんはアルカイックスマイルを浮かべている人なだけに、そんな顔をされると、見てはいけないものを見た気になった。

「いいんだよ、玉響は。玉響は奥ノ院《おくいん》に、いまの神王《くまみこ》のための命があるかどうかをたしかめにいきたいんだよね？　ほかのことはまかせて」

「でも、真織と千鹿斗がなにかをしている。私も、誰かの喜びを願うだけではいけない気がしている。黒槙を疑えばいいの？」

「いいんだよ、玉響は」

玉響にそんな真似をさせるわけにはいかない。

穢れなき純粋な心をもっている人は、そのままでいるべきだ。

「でも」

玉響は悔しそうにいって、口をとじた。

◇　◇

計帳の下調べをせねばと、鈴生《すずなり》は倉に入った。

いにしえの出来事をいまの世に伝える古書には、人を吸い寄せる力がある。

当時、この字を書いた御調人《みつきびと》——遠い祖は、どのような男だったろう？

品のある美しい字だ。きっと徳をもって民に寄り添ったに違いない——。

鈴生は御調人の次官《すけ》をつとめ、調寮《つきのつかさ》と御饌寮《みけのつかさ》の実務をつかさどっている。

計帳とは、納めるべき税の量を把握するためのものだ。

水ノ宮の倉には、杜ノ国で暮らす人の数や農地の広さが記された、四百年分の記録がしまわれていた。新しいものは紙だが、古い時代のものは木簡《もっかん》になる。

飢渇の年が明けたつぎの冬には、倉の掃除を兼ねた整理がおこなわれる。

傷みのある木簡は修繕してのちの世に残さねばならないが、どれほどの量か？

墨と筆はいかほど、紙はいかほど支度すべきか？　人は何人要る？

そういうことをたしかめておかねばと、古びていまにもちぎれそうな紐を解いて木簡を覗いてみるが、あっというまに時が経つ。

一束《ひとたば》、もう一束と記録をたしかめるが、しだいに鈴生は眉をひそめた。

「おかしい」

杜ノ国には、十年に一度、大地を潤す豊穣の風が吹いた。その風の恵みは時が経つごとに薄れゆき、つぎの風が吹く間際には、ひどい凶作に見舞われた。

宿霊《やどりたま》による「瑞穂《みずほ》の八年」、去霊《さりたま》による「飢渇の二年」と、豊穣の風を節目として年を数えたが、木簡にも、幾代の神王《くまみこ》の御世であるかとともに「瑞穂の初年」「瑞穂の二年」などと年が添えられる。

いくつも紐を解き、むかしの記録をさかのぼる。凶作の年の不幸を防ごうと義倉《ぎそう》を建てたり、税の重さを見直したり、水ノ宮の神官は尽力してきた。しかし――。

(むかしのほうが豊かではないか?)

杜ノ国が、貧しくなっている気がした。

鈴生は手を伸ばして、つぎからつぎへと木簡を読んだ。

人の数は、百年前、二百年前とくらべると倍にふえている。飢渇の年に亡くなった人の数も減っている。だが、橋や湊《みなと》の工事の記録が減り、徭役《ようえき》や兵役に就く民に渡される報酬も減っている。

水ノ宮に集まる税はふえていたが、出ていくものもふえていた。

神官の月料だった。役目が複雑になり、神官の数がふえていた。官舎もふえた。

(仕方のないことだが。役目も整理しないとなぁ)

月料が絡《から》む苦言を呈《てい》するとなれば、まずは事実を調べあげなければいけない。お偉方《えらがた》を説き伏せるなら、不平不満を一身に浴びる気構えもいる。

気乗りのしない仕事だ。やれやれと肩を落とした。

(さて、どこでおかしくなった?)

記録をたしかめていくと、一気に月料がふえた年があった。十五年前だ。

(金食い虫はこれかな)

見ていくと、とある寮《つかさ》がつくられた年だった。

(役職がふえるのは必要だからだが、闇雲にふやすのではなく、まずすべきは過去の見直しですよと、誰かがいわねばならぬが――私か)

見て見ぬふりをしたところで、いずれ同じことで悩むのは自分だ。

あぁ、面倒だ――と、辟易と息をついたところだ。

新しくつくられた寮の長に任じられた者の名が目に入って、眉をひそめた。

(卜羽巳氏……)

ほかに名を連ねるのも、いずれも神宮守《じんぐうもり》の血族か、近い一族だった。

しかも、さほど必要にかられてつくられた寮とも思えない。まるで、卜羽巳氏に月料を与えるための役所だった。

減っている役もあった。神領諸氏《じんりょうしょし》が代々担ってきた神官職が廃せられている。数十年の記録を見ただけでも、卜羽巳氏に近い一族が重役を占める割合がふえていた。

(父から、卜羽巳氏をよく思わないという話をきいていたが)

水ノ宮は、杜ノ国の一之宮《いちのみや》。女神を祀り、杜ノ国の民に豊穣をもたらすべく祈る。

しかし富は、民に回っていなかったのだ。

集められた税は月料として神官へ――卜羽巳氏へと渡っていた。

(誰のための祈りだ。まいったな)

知ってはいけないことに気づいてしまった気分だ。

一度、心を落ち着かせたほうがよい。

(外に出ようか)

手早く片づけを済ませると、鈴生は水ノ宮の外に出た。

民や土地の様子を見て回るのも神官の役目だ。

神ノ原の中央、田畑が広がる地域へ足をのばしてみるが、違和感を覚えてまばたきをする。土がまだ眠っている——そう見えた。

春がきて雪が溶け、道が乾きはじめ、風も暖かくなった。

四方を緑の屏風のように囲む山々も、春の日差しを浴びて若芽《わかめ》の色に輝いている。

でも、人の顔が暗い。

鍬をふるって田起こしをする耕人《たひと》の背は、力なくまるまっていた。

「北ノ原の奴らを見たか？　飢渇の年でも実りがよかったらしいよ」

「北ノ原には狩人が多いから、困っていないように見えるだけさ。凶作に見舞われても肉を喰えるから。皮を剝《は》いで血に濡れても気にしない野蛮な連中さ」

山向こうの郷を妬《ねた》む声や、言い合いがきこえる。

「あぁ、おまえの子は冬のあいだに北ノ原へ出稼ぎにいっていたんだっけ。豊穣の風に目がくらんですがりついてきた下民に、頭をさげてまで」

「実りがいいといえば、神領《じんりょう》だって。神王《くまみこ》さまのご生地には女神さまもご贔屓《ひいき》なさるのかねぇ。いやだいやだ」

手をとめては罵《のの》しりあう人たちのそばを知らん顔で過ぎつつ、鈴生は眉をひそめた。

——醜い。

(この国はこんなだったか？　豊穣の風が吹いても、これでは——)

昨年、鈴生は豊穣の風を吹かせるために奔走《ほんそう》した。

風は吹いた。かつてないほど、強く。これで凶作に苦しむ人々を救える、荒んだ心も潤うと、胸を撫でおろしていたのだった。

しゃがみ込んで、畑の土をすくいあげてみる。

ほどよく朽ちた藁が交じった土は、ふっくらと湿り気を帯びていた。

(いい土だ。でも、まだ眠っている。稲魂《いなだま》が宿っていない。土に、豊穣の力が染みていない？)

農夫たちの言い合いはまだ続いていた。

妬みや侮蔑《ぶべつ》、人が発する穢れた言葉に、土がそっぽを向いている気がした。

— 奥《おく》ノ院《いん》 —

神領から水《みず》ノ宮《みや》までは、一時間半くらいだろうか。

杜《もり》ノ国《くに》のロイヤルファミリー、杜《もり》氏の神官の恰好をして、神兵という軍人に守られているせいで、道で人とすれ違うたびに人は端に寄って頭をさげてくる。

男装をしていたので歩きやすい恰好ではあったけれど、そのぶん歩きながら、真織《まおり》はこれからのことが気になった。

玉響《たまゆら》は、十年ものあいだ神王として水ノ宮で暮らしていた人だ。

いくら杜氏の神官にまぎれても、水ノ宮に入って気づかれずにいられるだろうか？

（姿を見せる相手はわずかだったらしいけれど、世話をした人なら気づくんじゃ——）

玉響は真織と隣りあって歩いている。

何度か横顔を覗いたが、そのたびに目がふしぎがった。

（みんな、顔が似ている——）

色白の肌や、すっと通った鼻筋、目元や眉——玉響の顔立ちは粗野過ぎず可憐《かれん》過ぎず、中性的だと思っていたけれど、見回してみれば、黒槙《くろまき》もそうだが、杜氏の人たちはどことなく同じ雰囲気をもっていた。

しかも、みんなお揃いの純白の狩衣姿だ。ちょっとすれ違うくらいなら、玉響も周囲の人にまぎれて見えるかもしれない。

（そういえば、玉響が水ノ宮にいた時は十二歳の姿か。じゃあ、気をつけなくちゃいけないのは、やっぱりわたしだ）

現代からころがりこんだ真織は、杜ノ国で暮らす人とは顔つきがすこし違う。御種祭《みたねまつり》にいた誰かに顔を覚えられていたら——。つい、顔がうつむいた。

（わたしの顔を覚えている人なんかいないよ。あの時とは恰好も違うし）

きっと平気だと思ったけれど、用心に越したことはない。

妙な奴だとあやしまれませんように。異邦人だと気づかれませんように。

番兵に見逃してもらえますように。奥ノ院にたどり着けますように——。

〈祈《いの》り石《いし》〉をとってくればいいんだ。わたしにはそれくらいしか手伝えない。しっかり）

唇を噛みしめながら大道《おおみち》を歩くうちに、水ノ宮が見えてきた。

水ノ宮は、御供山《みそなえやま》という霊山の麓にある。御供山はまるいお椀《わん》の形をした山で、山々に囲まれた神《かみ》ノ原《はら》でもひときわ目を引いた。

正門をくぐって中に入ると、衛士《えじ》が詰める番所や、倉、迎賓館《げいひんかん》など、大きな建物が目に入る。神官が番をする建物もあった。

長身の兵の群れは衝立のように神官の姿を隠したけれど、烏帽子をかぶっても頭ひとつぶん背が低くなる真織は、どうしても目立ってしまう。

ちらりと真織を見る人に何度か出くわした後、さっと列を離れた女がいた。

「おいで」

乳母を連れて真織のそばに寄ったのは、黒槙の妻、河鹿《かじか》だった。

「わたくしがあなたの隣を歩けば、人の目はわたくしに寄りましょう。霧土《きりと》さまを」

河鹿と乳母の背は、真織よりも低かった。ふたりのそばに並べば真織の背の低さをごまかせると、河鹿が機転を利かせてくれたのだ。

河鹿は乳母の手から息子をあずかり、赤ちゃんを抱いているのをいいことに、あやすふりをしながら誘導もはじめた。

「水宮内《すいぐうない》に入ります。目を伏せて。兵の陰に隠れてください」

河鹿は落ちつきはらっていた。真織よりもすこし年上という若さなのに、仕草や行動が堂々としていて、ポーカーフェイスも頼もしい。

河鹿の顔が真織を向くことはなく、あくまで独《ひと》り言《ごと》をいうように芝居を続けた。

でも、真顔の陰で真織を庇おうとしているのは、ひしひし感じる。

「ありがとう……」

「お気になさらず」

小声のお礼にも、そっけない返事がかえるだけだった。

参道の先には、大きな鳥居がそびえている。水ノ宮の神官がふたり立っていた。

「鳥居の前で一度とまります」

神官十人と河鹿と乳母、召使たち、そして四十人からなる神軍の一行が足をとめると、神兵たちは腰から武具をはずしはじめた。水ノ宮の神官が誘導している。

「刀はそちらへ」

参道の端に薦《こも》が敷かれていて、神兵たちが武具を置きに向かった。

人の壁が崩れるので、河鹿と乳母は示し合わせたように、いっそう真織と玉響のそばに寄った。真織がたじろぐより先に、理由も教えてくれた。

「この先は祭祀の場。刃をもつことを許される者はわずかなのです。目を伏せたまま、顔を動かさないでください」

河鹿のいうとおりだ。うろたえれば、なおさら目立つ。

神兵はすぐに列を組み直した。列が整うと、ふたたび歩きはじめる。

鳥居の柱は、そばに寄ってみると神木のように太かった。関所の門のようにそびえて、くぐろうとする者を威圧する。

「水宮内に入る前にはひとりずつ礼を。前の者のまねをしてください」

河鹿が導いてくれるおかげで、鳥居も難なくくぐることができた。

水宮内というのは、水ノ宮の中でも祭祀に関わる官舎が集まるエリアらしい。

鳥居の向こう側には、建物がひしめいていた。

大小さまざまの館が二十近く建ち、それぞれが廻廊《かいろう》で繋がっていて、屋根だらけだ。

建物群を半円状にぐるりと囲む小川が流れていて、橋が架かっている。

橋を渡る時もそうだが、廻廊を通ったり、建物と建物のあいだの隙間を進んだりするためには一列になり、心なしか急ぎ足になる。

神官の姿もふえて、つい目で追ってしまうほど、人とすれ違う機会もふえた。

「目を動かさないで。伏せたまま——」

河鹿から目ざとく釘をさされるたびに、表情を殺した。

大きな行事の前なのか、神官たちは三方や布の束をせわしなく運んでいる。

籠《かご》をかかえた男や、幼い巫女や少年神官の姿もあった。

人の流れに逆らうように、杜氏の一行は北へと進んだ。お椀の形をした霊山、御供《みそなえ》山《やま》の麓へ——。

奥へ進めば、さらに景観が変わっていく。
賑やかな官衙《かんが》、宮殿から、神聖な神殿へと、建物の佇《たたず》まいも変わった。
道がさらに細くなり、苔生した大きな岩や滝のそばを通るようになる。
足を踏み入れるのをためらうような神聖な雰囲気も帯びていく。
泉が湧いていて、しめ縄で飾られ、白い紙垂《しで》が垂れている。
水音に包まれていくごとに、ちち、ささと、囁く声がふえていった。
――いらっしゃい、客人《まれびと》さま。
(また、空耳?)
やっぱり、風や水の音から話しかけられているようにきこえる時がある。
ふしぎな声がきこえるのは、神領《じんりょう》や水ノ宮の奥――聖域と呼ばれるところのようだ。
(黒槙さんが、草木も土も川もむかしのままに守っているって話していたっけ)
日本に古くからある信仰では、自然のすべてのものに霊魂が宿るという。
だから人は、いろんなものに感謝して祈るんだとか。
きっと、なにかがいるのだ。目に見えないものが、たくさん。
(神様の声なのかな。イタズラ好きの子どもたちっていう感じだけど)
囁く声は、耳もとをすり抜けていくついでに噂話を残していくようで、妙に人懐っこかった。

崖と建物に囲まれた奥庭で、一行の歩みがとまった。

足音が消えると、周囲の崖から流れ落ちる滝の音がいっそう清らかに冴《さ》える。

ほっと力が抜けた河鹿の笑顔が、真織を向いた。

「内《うち》ノ院《いん》に着きました。ここから先は神域です。かぎられた者しか入ることが許されません。お気をつけて」

「あなたも、ここまで？」

「ええ。神軍とここで待ちます」

河鹿は赤ん坊をかかえ直して、夫のもとへ。

蛇の紋章の入った布でくるまれた赤ん坊が、河鹿の手から黒槙の手へと移っていく。

ここへくるまでのあいだは腕をばたつかせることもあったが、いまの霧土は置き物になったようにしずかだ。目を大きくあけて、虚空をじっと見つめている。

わが子を腕に抱き、黒槙は満足そうに笑った。

「いずれお暮らしになる場所だとおわかりなのだろうか。利発な方だ」

一行が立ちどまった奥庭のそばには、大きな館が建っていた。

軒先から吊り灯籠がさがり、御簾《みす》は深緑の布と房で飾られている。

高欄にほどこされた彫刻や、屋根の葺《ふ》き方まで、これまで見たどの館よりも優美だ。

縁側には椿や梅が枝ごと飾られて、館そのものが、巨大な花園か祭壇にも見えた。

「玉響、もしかして、ここ」

玉響も、その建物をぼんやり見つめていた。

目をこらしてみると、御簾の奥に人影が見える。

あぐらをかいた少年の姿に見えた。

「うん、内ノ院というんだ。私はむかし、ここで暮らしていた」

(神王《くまみこ》の住まいってことか。なら)

真織の目には、少年の姿をした玉響が、目の前の景色にかさなった。

花に囲まれたこの館で、玉響も暮らしていたのか。

水ノ宮が祀る女神《めがみ》を母代わりに、神様の仲間として、人としての時間をとめられたまま、ほとんど動くことのない十年を過ごしたのか——。

河鹿が、黒槙のもとから戻ってくる。

意思の強そうな目を細めて、真織に詫びた。

「不愛想にふるまってもうしわけありませんでした」

「不愛想?」

なんのことだろう。目をまるくすると、河鹿は苦笑した。

「ここへくるまでです。いろいろ教えてさしあげたかったのですが、神官たちの目についてはいけないと」

不愛想だなんて、思いもしなかった。

水ノ宮に詳しくない真織を、河鹿はさりげなく誘導してくれていたのだから。

「いいえ！　とても助かりました」

河鹿のほうも気を張っていたのか、きた道を振り返って、肩で息をした。

「思ったよりも水ノ宮の中が忙しなくて、わたくし、焦ってしまって」

近寄りがたい有能な美女の印象があったけれど、河鹿は年が近い真織に気を許しているのか、頬にあどけないまるみをつくって笑った。

「人が多かったのは、直会神事《なおらいしんじ》の支度をしていたからのようですね」

「直会神事？」

「十日後に、神王が女神に春のご挨拶をなさるのです。民は知らぬとはいえ、流天《るてん》さまは即位したばかり。はじめて祭主となられる大切な神事となりましょう」

神官たちが忙しそうに物を運んでいると思ったら、重要なイベントの準備の真っ最中だった、というわけだ。

「日が明るいあいだは続きましょう。わたくしたちを気にする余裕はないかと」

河鹿はそういうが、裏を返せば、バレずに脱出するためには時間をかけられない、ということだ。

「早く出るに越したことはないというわけですね」

真織は苦笑いを浮かべた。やっぱり、そう簡単にはいかないのだ。

潜入する先は、水ノ宮の最奥にある奥ノ院。神域と呼ばれる禁足地だ。

見つかったなら、絶対に大騒ぎになる。

「うまくいきますよ。玉響さまがいらっしゃいますから」

河鹿が勇気づけるように笑った。

「内ノ院も奥ノ院も、玉響さまが長年暮らしておられた場所ですから、きっとよくご存知ですよ」

「たしかに、そうです」

玉響は、さっきと同じ姿勢で内ノ院を向いたままだった。

玉響にとっては、去年まで暮らしていた家だ。

「懐かしい？」

尋ねると、玉響は驚いたように振り返った。

「ううん？」

玉響はすぐに目を戻した。横顔の先には、御簾越しの人影がある。

「あの子だろうか」

人影は、さびしげに背中をまるめた少年の形をしていた。

「あの子の様子がわからないかと耳を澄ましているのだが、風の音と水の音しかしないのだ。前は、この庭にいるといろんな声がきこえたのに」

「声？」

「うん。八百万《やおよろず》の御霊《みたま》といって、精霊たちの声だ。ここは風穴《ふうけつ》が近いから、たくさんの精霊が風にのって集まるのだ。囁くような声で噂話をして笑っていて、いつも賑やかだった。でも、きこえないのだ。あの声をきくのが好きだったのだが」

「それって」

ふしぎな囁き声なら、まだそこら中にあった。

人よりも敏感なのか、真織や玉響が神官のふりをして忍びこもうとしていると見抜いているようで、わざとそわそわとやってきて、周りをうろつく声もあった。

――いらっしゃい、客人《まれびと》さま。

――どきどきするね。がんばって。

「玉響は、その、きこえないの？」

真織がふしぎな声がきこえるのをすんなり受け入れられたのは、きっと玉響にも同じことが起きていると思ったからだ。玉響と、神様の命を分け合って生きているから。

玉響が眉をひそめた。

「真織は、きこえるの？」

奥ノ院の社殿は御供山《みそなえやま》の麓、崖に囲まれた奥まった場所に建っている。そばに滝があって、絶えず水音が響き、湿気を帯びているせいか、よく晴れた昼間でも冷気が増した。

次期神王《くまみこ》となる御子のための神事をおこなうとはいえ、社殿の中に入ることができる者も、またかぎられるそうだ。

息子を抱いた黒槙と、神官に化けた真織と玉響と、もうふたり。五人だけだ。

内ノ院から先に進んだ十人の神官のうち、五人は社殿の前で列から逸れ、頭をさげる。千鹿斗《ちかと》も残った。

「まいりましょう」

キイと木戸を軋ませて、社殿の中へ。古い木造建築特有の、乾いた木が日差しと融けた香りがする。苔や水、石の香りもした。

一歩足を踏み入れてすぐに、真織は目を見開いた。

社殿には、奥にあるべき壁がなかった。壁があるはずの場所には柱が建っているだけで、奥には、屋根まで達する巨大な穴がぽっかり口をあけている。

洞窟の入り口があった。

社殿そのものが、洞窟の口を塞《ふさ》ぐ覆い屋として建っていた。

「あまり長く中にいては、水ノ宮の神官に疑われましょう。お急ぎください」

黒槙たちは、入るなり神事の支度を進めた。

奥深い場所まで続く暗い穴に向かって、横に長い祭壇が設けられていた。

赤ん坊を抱いた黒槙を筆頭に、杜氏の神官が祭壇の前であぐらをかく。

御幣《ごへい》で空間を清めて、祝詞《のりと》を奏上した。

「いこうか」

玉響が慣れたふうに祭壇の端へ向かう。

細い木の柱が洞窟への門のように二本立っていて、人がひとり通れる隙間があった。

社殿の床と洞窟の地面のあいだには隙間があって、白木の板が渡されている。

見た目は素朴だが、人の世とそれ以外の世界を繋ぐ橋のようだ。あたりに立ちこめる空気も神秘的で、「本当にここを進むつもりかい？」と、気配から問われるような。

橋を渡り、入り口となった社殿から洞窟へと足を踏み入れれば、裸足《はだし》の足が踏むものがむき出しの岩肌に代わる。ひんやり冷たいかと思いきや、温もりを感じた。血がかよった肌を踏んだ錯覚もした。
洞窟の中は暖かかった。
囁き声もふえた。見えない目や口が虚空に浮いているようで、肩や頬がそばを通るたびに、見えない目が真織を見つめてひそひそ囁いた。
——いらっしゃ——石を
——役立たずのせいで
——すけて——返して
——あの男を……して——祟りを
いくらひそかな声でも、多すぎる。
たくさんの声が耳元で囁いていくのだが、耳を傾けるどころか、窒息《ちっそく》しそうだ。
「玉響、まだ声がきこえない？」
玉響は苦笑した。
「真織にはきこえているんだね。精霊に囲まれているなっていうのは感じるけれど、私には——」
「きこえないんだ」
真織と玉響は同じ命を分け合った仲で、いまも同じように中途半端な不死身になっている。でも、聞こえ方だけが違うのか。

「ふしぎなことができるなら、わたしよりも玉響のはずなのにね」

葉にのった声をきいたり、過去を視たり、超人的なまねができる霊能者は玉響のほうだ。それなのに、どうして——。

「なにかが私と真織で違うのかもしれないね。前もそうだった。真織が不老不死の命を得た時も、真織は怒りを大切に守っていたから魔物っぽくなった。神王《くまみこ》に怒りは不要と知っていたから、私はそうならなかった」

「怒りかぁ。そんなものを大切に守っていたつもりはなかったんだけど」

そのころの真織は、大剣を振りかざして暴れまわっていたらしい。化け物とも呼ばれた。

夢遊病や危険なドラッグを使った人のようで、いま思いだしてもゾッとする。

深層心理の現れだったかもと思えば、さらに怖いものがある。

表向きに普通の人を装っているだけで、じつはサイコパス——そういうことになる。

「真織だけが怒っていたわけではないよ。人がそうなんだ。神々よりも忙しいから」

「——玉響にフォローしてもらえる日がくるなんて。玉響って本当に変わったよね」

出会った時には、話もろくに通じなかったのに。人としての振る舞いを覚えはじめてからの玉響は、変化が目覚ましくて、ときどき混乱も覚えるくらいだ。

「でも、わたしと玉響の違いか。なんだろう」

ふたり暮らしをはじめてからひしひし感じるのは、玉響のノブレス・オブリージュぶりに磨きがかかったことだ。かなりの天然で、のんびり屋ともいう。

神様に近かった時は、天上天下唯我独尊《てんじょうてんげゆいがどくそん》という言葉が似合うほど強情《ごうじょう》だったけれど、その強情さを保ったままのんびり屋になったようなもので、気長さが度を越えている。

玉響の面倒をみなくちゃと、真織のほうは世話焼きになった気がしていた。

「世話焼きには精霊の声がきこえて、ノブレス・オブリージュならきこえない——違うだろうなぁ」

独り言をつぶやくと、玉響がふしぎそうに振り返る。

「のぶお？」

「違う。この話は後にしよう」

いまは解決しそうにない。一度忘れることにした。

洞窟に入ってすぐのあたりで火が焚《た》かれている。

一メートルくらいの窪みがあって、火の底で薪が山の形になっていた。

赤い光がぎらぎら揺れ、ごう、ぱちぱちと、火の音も響いた。

きっと、忌火《いみび》だ。火守乙女《ひもりおとめ》という神聖な巫女が火付けから世話までをおこなう聖なる火で、神王《くまみこ》の食事は、かならずこの火を使ってつくられる。

「ねえ、玉響。ここって、もしかして」

「うん。ここで真織と会った」

「やっぱり」

水ノ宮にやってきた時、真織はこの火のそばで倒れていたはずだ。

でも、きた方向を振り返って啞然とする。

いまなら思う。こんなところ、絶対に迷いこめるわけがない。

「わたし、どうしてこんなところにいたんだろう」

「私も驚いた。忌火で身を清めていたら、真織が飛びこんできたのだ」

「飛びこんできた？　どこから？」

「わからない。気がついたら私も倒れていたから、上からきたのかと」

洞窟と奥ノ院の社殿のあいだには隙間があった。二十センチほどで、小さな生き物が雨宿りをするのに都合がよさそうな狭さだ。

長年燻《いぶ》されて岩肌も社殿の建材も真っ黒になっていて、忌火からたちのぼる熱気や灰が、上向きの風にのって揺らいでいた。

「ここから入る？　無理でしょ」

玉響の足が、忌火《いみび》のちょうど真向かいへ向かう。岩の壁の前に子どもの影が――いや、石がある。子どもの背丈ほどある細長い石が、ぽつんと置かれていた。

「神宝だよ」

近づいていって腰を落とすと、玉響は石に触れて笑った。

「よかった。命がある」

「命？」

「いまの神王《くまみこ》のための不老不死の命だ。神の清杯《さやつき》たる証で、この命をもらうことができたら、神々の声がきこえるようになるし、女神と冬に遊べるようになる」

「これが、その石なんだ」

玉響が奥ノ院に来たがったのは、命の石という神宝の中に、新しい神王のための命があるのをたしかめるためだった。

「じゃあ、わたしと玉響にある不死身の命は、玉響が持っていた命の残り――っていうことで、いいのかな？」

「きっと。いずれあの子にも与えられるよ。あの子はまことの神王になれる」

「つまり、この石の中にある命があの子のところに移ると、あの子も現人神《あらひとがみ》になるのか。そうなったら、あの子は人ではなくなっちゃうね――」

不老不死の命を得て神様の身体に近づいていけば、感情を失っていく。

人だったころのことを忘れていき、親の顔も、家族がいたことも忘れていく。身体のつぎには心が、神様に近づいていくのだ。

「私は嬉しかった」

玉響は浮かない顔をした。

「神王として暮らすなら、現人神になったほうが楽だ。神々と友になれるのだから。人のままでは稽古が足りないと叱《しか》られるだろうし、時が流れるのも遅いだろう」

「それは、そうだろうけど」

「黒槙が欲しがっている石は、この奥だよ。いこう」

忌火のそばを通り過ぎ、火明かりが背後に遠ざかってしまえば、暗闇が濃くなる。漆黒の風に足をすくわれるように、奥へ奥へと誘いこまれていく。気温もあがる。洞窟は、甘い香りが混じった湿り気につつまれていた。

(ふしぎな匂いだ。なんの匂いだろう)

苔？　蛇や蜘蛛？　それとも、知らないなにかの息の匂い——。

囁き声もふえていく。

頭上にも肩の上の虚空にも背後にも、たくさんのものがいた。

——ちちち、ててて。

人の笑い声とはかけ離れているが、笑っている。

「なにかがいる――」

「精霊だよ。この奥に風穴があるから、たくさん暮らしているんだ」

ちちち、ちちち、ちちち――長く続いてきこえる音もあった。

その音がだんだん大きくなっていることに気づいたのは、すこし経ってからだ。

後方から勢いよく飛んできたその音は、真織の耳元をすり抜ける時に「わっ」と脅かすように一気に大きくなった。

『よう、神王《くまみこ》』

「――いまの声は」

人ではありえない高い声で、しかも、聞き覚えがある。

咄嗟に音を追うものの、相手は俊敏だ。暗がりの中を飛び回る流れ星のようで、ひゅんっと闇の中に光の尾を引いて、また別の角度から斜めに流れていく。

「そうだよね、神領《じんりよう》にいった時からきこえていた囁き声が、精霊っていうものの声だったんだ。この子のことも夢じゃなかったよね」

いつかの夜に寝床で見かけた、奇妙な光を思いだす。

テニスボールくらいの大きさの青白い光で、小さな目と細い手足がついた、なんとかの精で、たしか、名前は――。

記憶をたどっていると、先に玉響が笑った。

「トオチカ？」

真織のまわりを飛び回っていた青白い光が、「ん？」と動きをとめる。

光は宙にぽつりと浮いて、ビーズ玉くらいの小さな目玉をぎょろっとまるめて玉響をまじまじ見た。

『なんだコイツ、動いてやがる、動いてやがる』

「そうだ、トオチカだ！　玉響も知ってるの？」

玉響は「うん」と答えた。

「透き通っていてチカチカ光るからトオチカなんだって、話した覚えがある。懐かしいな」

『ねえ、なんで？　どうしてコイツが動いてるの？　役立たずなのに、ねえ！』

トオチカは穴が開きそうなほど玉響を見つめて、玉響のまわりをぐるぐる飛んだ。

でも、失礼だ。一言多い。

「あのう、トオチカ。ちょっと口が悪すぎるんじゃない？」

たしなめてみるものの、トオチカはいわゆる空気を読まないタイプだった。

こっちが話していようがおかまいなしに、勢いよくまくしたてる。

『コイツ、動いてやがる。なんで！　どうしてまだ生きてるの！』

「当たり前じゃないの。死んでないもの。いい加減にしなさいよ。怒るよ」

自分にならともかく、玉響が酷《ひど》くいわれるのは黙っていられないのだ。

トオチカは意地悪く目玉を細めて、逃げるようにひゅっと浮いた。

『うわあ、怖ーい』

人をばかにした言い方だ。

子どもじみたからかい方にいちいち腹が立ったりはしないが、呆れた。

「あのねえ。なにか用なの？　この前だって」

隣で玉響がくすっと笑った。

「真織、トオチカはなんていっているの？」

「えっ？」

トオチカはふたりの目の前にいる。手を伸ばせばつかまえられそうな場所に人魂《ひとだま》のように浮いていて、威勢のよい声も、ほかの精霊の囁き声よりずっと鮮明だった。

「きこえないの？」

「うん。姿は見えるけれど、声は」

玉響が寂しそうにこたえるのを遮《さえぎ》って、トオチカが喚《わめ》く。

『——んだよ？　やっぱり役立たずだ。能無し。恩知らず。なんでまだ生きてるんだ。おまえなんか動けなくなればいいんだ。ほかの奴らみたいに、土に埋められろ！』

「ちょっと。いい過ぎだよ」

さすがに文句が度を越えている。

トオチカは「なんだよ」と睨んでくる。

『あんたは俺の声がきこえるんだろ？　動けなくなる前にさっさと俺たちを手伝え！神王《くまみこ》は俺たちと人のあいだにいやがるんだろう？　なのに、どれだけ知らんぷりをするんだ。何度も何度も何度も、みんなを助けてくれって、こんなに頼んでるのに！』

トオチカはかっかと怒っている。

真織は声を抑えて尋ねた。

「ごめん。あなたがなんの話をしているのか、わからないんだけ……」

『うるせえ。黙れぇ』

トオチカの光がばちっと大きく弾ける。

咄嗟にまぶたをとじたけれど、目の前で強烈な光を浴びたせいで目が眩《くら》んだ。またただ。ちょっと前にも同じ目にあわされたばかりだった。やられた——。

真っ白になった目の奥を落ちつかせて、瞬きができるようになったころには、もうトオチカの青白い光はない。捨《す》て台詞《ぜりふ》を残して、去ってしまった。

「なんだったの、あの子」

隣で玉響がふふっと笑った。

「久しぶりに食らった。目の奥がチカチカしている。トオチカはいつもこうだった」

玉響は楽しそうに話したけれど、真織には笑えない話だ。

「いつも？　これからまたあの子に会うたびに、こんな目にあうの？」

「でも、トオチカに会うと元気になるよ。トオチカが私はとても好きだった」

「元気っていうか、苛立ったっていうか……」

「でも、真織の声は元気になったよ？　私も元気になった。奥へいこうか。トオチカも先にいったみたいだ」

「あの子も先に。また会うかもしれないのか――」

玉響はトオチカを褒めたけれど、真織にはまだわからない魅力だった。

トオチカと会ったのは二度。からかわれて目つぶしを食らっただけだ。

トオチカが去ると、暗かった洞窟の闇がさらに濃くなった。

「こんなに暗かったっけ？」

「そろそろ人が入れないところだから。はぐれないようにしよう」

背中に腕を回しあって、身体に触れながら互いの位置を確認することになった。

二人三脚をするようにふたりで進んでいくが、腕や指先が暗闇に触れるたびに、ちりちり、ぴりぴりと裂けていく感覚がある。すこし痛い。

「玉響、ひりひりするんだけど」

「人の身体だと、この先には入れないんだ。崩れてしまうから」

「崩れる？　どういうこと」

玉響の顔のあたりを見上げるものの、驚いた。

洞窟の奥へ入ってから、周りは真っ暗だ。なにもかもを塗りつぶす暗がりの中にいて、お互いの姿は一切見えない。それでも玉響の表情を探したのは、なにも見えなくても、体温や呼吸や、玉響の気配が感じられるからだ。

見えなくて当然。そう思っていたけれど――。

いま、玉響の輪郭が浮かびあがっていた。

頭や頰《ほお》、肩、身体の表面に、鱗粉《りんぷん》めいた光がきらめいていた。

「わたしも？」

きらめきで覆われているのは玉響だけではなかった。肉体が光の欠片になりゆくように、肌や髪の、神域の闇に触れたところが光っている。いや、削れていた。

「人には強すぎて入れないって、こういうこと？」

身体が粉々になって崩れていく。そのたびに、治癒《ちゆ》もしていた。

崩壊と再生が同時におこなわれて、体表に近い場所では渦《うず》ができている。

黒槙から〈祈り石〉のことを尋ねられた時、玉響はこう話していた。

『ぬるい風が吹いていて、入る時は滑り、出る時も滑る。中へ進むごとに、身体の中身が入れ替わる』

つまり、身体の中身が入れ替わっている状態なのか。

喪失感と回復のミスマッチに、吐き気がこみあげた。

「気持ち悪い。玉響、これがずっと続くの？」

「慣れるよ」

「慣れたくないよ――」

こうなると知っていたら、入らないほうがいいと玉響が忠告したのは当然だった。

むりやり入ったところで、人はすぐ逃げだすだろうけれど。

気味悪さに冷や汗をかいて、いつのまにか玉響の胴を強く握っていた。

「真織」と、玉響の不安げな目元が闇に浮かびあがっている。

「平気？　真織は黒槙のところに戻る？」

「玉響は平気なの？」

玉響も、真織と同じく身体の表面がちりちりと崩れている。

洞窟の暗さが、気にならなくなっていた。身体から崩れ落ちた欠片が発光して、周りにあるものがうっすら見えるようになったからだ。

（というか、どうして光るの）

肉体が崩れたら光るだなんて、きいたことがない。

しかも、ぼんやりした光り具合といい、妙にゆらゆら揺らいで見えるところといい、亡霊や生霊と勘違いされてもおかしくない姿になっているはずだ。

玉響はけろっとしていた。

「何度も入っているから。削りたいならどうぞって身体を差しだしたほうが、たぶん楽になるよ。何事も、逆らおうとすればよけいに苦しいものだ」

さすがはもとの神王《くまみこ》、杜ノ国で最高位の神官をつとめていた人だ。

玉響は、僧侶や行者がありがたい説法をするように話した。

「悟りってやつか――」

「それに、私があの石をとりにいけば、いいことが起きるらしいから」

玉響は笑った。

「御種祭《みたねまつり》の時もそうだった。真織を助けるためと思えば、身体を差しだすのが嬉しかった」

「玉響、あなたって子は」

なんという慈悲深さだ。泣きそうになる。

玉響は、誰かのために自分を犠牲にすることへのハードルがとても低い。

玉響のいいところだけれど、玉響の背中に回った真織の手には力がこもった。

「じゃあ、玉響のことは誰が助けるのよ。わたしもいくよ」

「でも」

「ふたりいたほうがいいよ。慣れれば楽になるんだよね？　どっちにしろ、玉響をひとりでいかせられるわけがないじゃない」

「どうして」

「連れて帰りたいから。さっさと終わらせて千紗杜に帰ろう？」

「千紗杜へ——うん」

玉響は幸せそうに笑った。

「じゃあ、離れないでいこう」

ふたりでしがみつき合いながら奥へ進んでいくと、足もとにぬるい風を感じる。低い場所に風の層があって、奥へ向かって吹いている。風に押されるので進むのが楽になるが、暗闇へと足が操られている気もして、怖さもあった。

でも、美しい。風が青白く光っていて、まるで光の川だ。

ととと、ささささ——と、囁き声がきこえる。

奥に入るごとに精霊の数がふえて、囁き声も大きくなっている。

途方もない規模の合唱団がそばにいるような胸騒ぎがあったけれど、耳触《みみざわ》りがよくなった気がする。この声にも、いつのまにか慣れたのだろうか。

(なにを話しているんだろう。歌ってる？)

耳を澄ます。誰かをあざ笑うように、囁き声は時々低くうねった。

　ほうほう、ほほほ　ぬくぬく、ぽとぽと
　かえろう、ほほほ　まどろみ、くうくう
　きらいだ、ととと　あいつめ、ぎいぎい

（怒ってる――）

「きらいだ」「ぎいぎい」と歌いながら、洞窟にあるものは同じ方角を睨んでいた。

拍子をとるように、青白い光の川もリズムカルにうねった。

「玉響、歌がきこえるね」

「どんな歌？」

「ええと、そうか。待ってね」

玉響に、その歌はきこえないのだ。

こんな感じかなとフレーズを口ずさむと、玉響がほうと息をつく。

「懐かしい。前は私にもきこえたんだ」

「知っている歌？　どうして玉響にはきこえなくなったんだろうね――」

ふたりで進んでいく暗がりの先に、ちらちらと光るものが目につきはじめた。

（トオチカ？）

さっきまでそばにいた青白い光に似ている――そう思ったけれど、違った。

数がひとつではなく、ぱっと目につくだけでも十以上あった。

洞窟のはるか彼方までの暗闇に、無数の光が浮いている。

一番星しか見つけられなかった宵の空に、ふたつ、みっつと星が輝きだして、やがて数えるのをあきらめるのと似ていた。光の色も、青や赤、黄色と、種類がある。

「玉響、星みたいな光が見える」

「精霊だよ。私にもすこし見える。長く生きているものや力が強い精霊は、光ったり姿をもったりするんだ。神域の奥に進むともっとふえるよ」

「光ったり、姿をもったり？」

いわれてみれば、細い手足がついて見える光もあった。

人のようだったり、狐《きつね》のようだったり、鳥のようだったり、形もさまざまだ。

洞窟の果てらしき暗闇に向かって、青白い光の川は細くなっていく。

真織の胴を抱いて、玉響は光の川から離れた。

「黒槙と千鹿斗が欲しがっていた石は、こっちだよ」

道が分かれているようで、壁があると想像していたところを越えて進んだ。

ぴちょん、ぽとんと水の雫のような声が耳に響くようになる。

声は、同じ言葉を繰り返した。

——帰りたい……帰りたい……帰りたい。

「真織、声がきこえる？　帰りたいっていってる？」

「玉響にもきこえた？」

「ううん」と、玉響は残念そうに首を横に振った。

「言葉はきこえないけれど、帰りたそうにしているのを感じた」

「ええと、声はきこえないままだけど、感じた……？」

「うん、きこえない。でも、感じた。黒槙たちが捜している石だよ」

削れていく身体の欠片がじんわり光るせいで、ふたりで手のひらをかかげれば声の元を照らすことができた。

壁際にまるい石がころがっていた。砂粒が積もって地面と同化して見えるが、大きな布が敷いてある。絵図のような線がうっすら見えた。

石は布の上に置かれていた。布の上側に七つ、真ん中にたくさん、左に四つ、右に三つ、下に六つ。

「遊びの駒みたいに並んでいた」と玉響が話していたとおりだ。

「石は、ずっと帰りたがっていたんだ。ここを通るたびに私を呼びとめて、帰りたいと願っていた。でも神王《くまみこ》だった時の私は、そうか、帰りたいのかとしか思わなくて」

玉響は石の前にしゃがみこんで、「あの時はすまなかった」と謝った。

「よく喋る石だったから女神に見せようとして、帰るのを助けるどころか、奥へ連れていこうと持ちあげたことがあった。そうしたら石がいやだと泣いたのだ」

——帰りたい……帰りたい。

布の上に並んだ石たちは「帰りたい」と繰り返したが、ノイズのような音が時おりまじる。

「なにか言ってる」

耳を澄ますと、ジジジ、スススと、言葉ではなかったけれど、きいてしまうと悲しくなる音がした。石たちが、あっちへいけと言い争っているようにきこえた。

「けんかをしている？」

落ちつくと、ノイズがおさまる。そうかと思えば「帰りたい」とまた繰り返す。

「帰りたい石と、帰りたくない石があるのだ。一緒にいたくないのなら、離してあげたほうがよいのだろうね」

玉響は笑って、たずさえてきた袋の口をあけた。

黒槙から預かった袋だ。袿《うちぎ》にしても申し分のない上等の生地でつくられていて、肌触りが滑らかでやさしかった。

「迎えにきたよ。帰ってきてほしいって願う人たちから、あなたたちを連れだすように頼まれたんだ」

玉響の手が、ひとつ、ふたつと石をつまみあげる。

細長い棒の形をした石を八つと、上のほうに行儀よく並んだまるい石を七つ。神領《じんりょう》と北《きた》ノ原《はら》からここへ運ばれた〈祈り石〉のはずだ。用事が済んだ。

「戻ろうか」と、声を掛け合ったところだ。

ふたりがしゃがみこんだ先で、暗闇から湧くような光が垂れた。

一筋だった光はやがて二筋になり、三筋になる。満月が雲間から細く顔を出したように光が洞窟の岩肌を照らしはじめ、でこぼことした陰影が浮かびあがった。

ふたりの足もとに並んだ石もよく見えるようになった。

一畳ほどの布に杜ノ国の絵図が描かれ、石はその上に並んでいる。残された石は戸惑っているように見えた。

玉響が、現れた光をぽかんと見つめている。

「神々の路《みち》だ」

「神々の路って、あの、空に浮いていた？」

「うん。ここは奥ノ院の風穴なんだ。ここではないところに続く出入り口で、外の風が吹きこむのだ」

「外に続く、出入り口——」

神々の路というのは、神々が宮から宮、社へと移る時に現れる道のことだ。前に真織がその道を見た時には上空にあって、天空に細くたなびく雲や、宙に道筋をつくる白い風に見えた。

光はやがて洞窟の幅いっぱいに広がった。光が滝のように流れ落ち、白くかがやく飛沫《しぶき》が水煙《みずけむり》のように立ちこめる。

光の奥行も深くなっていく。彼方まで伸びる筋になり、道になった。

光の道の両脇に、華やかな色の点がひとつ、またひとつと浮かびあがる。点は蠢《うごめ》きながらふくらみ、蕾《つぼみ》の形へ。赤い点は椿の花に、ピンク色の点は桃の花に、黄色の点は山吹《やまぶき》の花に、緑色の点は蔦《つた》の葉に――。

ほうぼうで多種多様な花が咲き、葉が芽吹いてひろがり、ついには、春夏秋冬の趣をたずさえた美しい森が繁《しげ》っていった。

（この道は）

真織は、注意深くまばたきをした。

洞窟に現れた光の道は純白をしていて、粉々になった骨のようだ。

この白さと、四季の景色がまじりあった森には覚えがあった。

その道を通ってやってくる、なにかがある。

白い鹿にまたがる袴姿の女だった。腰まである黒髪が散るように揺れていた。

「女神さまだ……」

純白の光の中、その道を通ってやってくるのは、水ノ宮が祀る狩りの女神だ。

真織たちに気づいたようで、わずかに動きこちらを向いた。

杜ノ国に豊穣をもたらす女神だが、真織がそれほど会いたい相手ではなかった。

真織にとっては、たとえ神様というありがたい存在であっても、幽霊や妖怪との差が曖昧《あいまい》だ。出くわしてしまえば恐ろしいことが起きそうで、できることなら、人だけが暮らす普通の世界で人とだけ付き合っていたい。

でも、玉響にとっては——。その女神は、玉響が現人神だったころの一番の友達で、母親の代わりだったそうだ。

女神が近づいてくるごとに、筆で描いたようにくっきりした眉や目が浮かびあがっていく。額に飾った葉の冠と、そこから垂れる金銀の糸。前に会った時にふくらんでいた腹はほっそりしていた。豊穣の風を生んだからだ。

鹿の背から降りて洞窟に降りたつと、女神は玉響が手にした袋に視線を落とした。

『連れていくのか。寂しいの』

玉響は、女神を恐る恐ると見つめていた。

真織の胴に触れる腕が、ぎこちなくこわばっている。

「うん。石が帰りたがっているから」

『そうか。達者で』

「あの——私が見える？」

『ああ、見える。前に遊んだな』

「うん」

玉響がほっと息を吐いた。

女神は玉響にとって大事な相手だが、玉響は一度、女神から見向きもされなくなったことがあった。

『私が人に戻ったら、女神も私を忘れたのだった』

肩を落としていた玉響を思い返して、真織も胸を撫でおろした。

半分とはいえ、不老不死の命をもっているからだろうか。いまは、旧友同士のように話している。

(よかった。女神さまは玉響のことを思いだしたんだ)

囁き声も女神の訪れを喜んだ。歓声で洞窟が埋め尽くされていく。

——おかえ——待ってい
——役立たずが——あの男を
それぞれの音はかすかでも、集まれば嵐になる。

女神の袖《そで》が浮いて、白い手のひらが宙を撫でた。周りに集まった姿の見えない精霊たちを愛でているのだろうが、日本舞踊の振りにも見えた。

『ああ。ただいま、いとしい子どもたち』

精霊たち、八百万の御霊《みたま》も、女神の手のひらにじゃれついているのかもしれない。

囁き声が、白い手のひらの周りに集まってうねっている。

安堵しきった相手にするように甘えたり、文句をいったりした。

――ずっと居？――戸を
――神王《くまみこ》が来――すけたい
「真織」と、玉響が声をかけてくる。

「真織にはきこえる？　精霊たちは女神とどんな話をしているんだろう」

玉響の声が暗い。驚いて見上げると、横顔が凍りついている。精霊たちに笑いかける女神の温かい目や母親めいた手つきを、玉響は呆然と目で追っていた。

「ええと……わたしも途切れ途切れにしかきこえないけれど、女神さまが戻ってきたのをみんなで喜んでいるみたい。『おかえり』って」

「うん――前もそうだった。女神が水ノ宮へ戻るたびに、私も精霊と喜んだのだ」

「どうして、玉響にはきこえなくなったんだろうね……」

いくら考えても、真織にだけ精霊の声がきこえている理由がわからない。トオチカの声も、玉響にはきこえなかったのだった。

──あの男を　──たすけて
──許せない　──祟りを
「あと、誰か男の人の話をしているよ。なにかを助けてほしいとか」

「──うん。精霊たちにはいやな男がいるそうだ」

「知っているの？　玉響が神王《くまみこ》だった時にも精霊が同じ話をしていた？」

「うん。でも、誰のことだったんだろう。なぜ精霊たちがいやがっているのかも、そのころの私は知ろうとしなかった。私にはわからない話をしていたことすら、わかっていなかった」

玉響の背中がまるまっていく。

身体から力が抜けてぐらりとよろけるので、咄嗟に両腕でかかえた。

「ちょっと。どうしたの、おーい」

空間に染みるように低く響く女の声がある。女神の顔が、玉響を向いていた。

『どうした。病か』

でも、縁遠い人を見るようだ。囁き声に向けた温かい笑顔とは、かけ離れていた。

子どもたちを撫でるような手つきや、愛情に充ちた目もと。そういう母親の顔を、女神は玉響にはしなかった。

『去ったらどうだ。人はすぐに弱るのだろう？　おまえは人に近づいているようだ。

ここにいるのは苦しかろう』

玉響も真織も、この洞窟に入ってから身体がおかしなことになっている。

魂が身体の内外に出入りしているようで、剝がれ落ちていく肉体の欠片が星雲のように渦を巻いていた。

(人に?)

女神の視線につられて玉響の身体を見やって、はっとする。

玉響の表面にあった光の渦が強くなっていた。肉体が崩れていくスピードに対して、再生が追いついていないのだ。

人が入ることができない神域に真織たちが入っていられるのは、不死身の身体をもっているからだ。肉体が崩れても、すぐに治癒してくれるから。

でもいま、どうしてか玉響の治癒が遅れている。真織のほうはさっきから変わらず再生が続いているのに、玉響の身体はすこしずつ小さくなっていた。

このままここにいたらどうなるのか。消えてしまう——?

「玉響、しっかり」

『ああ、その子を連れて帰れ』

女神は真織に笑いかけ、玉響にも声をかけた。

『そのうちにまた来るのだろう? 神王《くまみこ》はすぐに去り、すぐに来る。また遊ぼう』

真織の胴に触れていた玉響の手が、しがみつくように強くなった。

——すぐに去り、すぐに来る。

女神は、玉響を「神王」と扱った。

神王という少年王は謎に満ちていて、いま誰が即位しているかも、いつ代替わりをするかも極秘にされるという。つまり、杜ノ国の多くの人にとっての神王は、老いることのないたったひとりの聖なる御子なのだ。

女神にとっても、同じだったのかもしれない。

玉響にとっての女神は母代わりの大切な友達だったけれど、女神にとっては——。

「私は、誰——」

玉響が呟《つぶや》く。

発作が起きたようにふらつきはじめた。

「帰ろう」

真織は力ずくで摑んで支えた。

ぐらぐら揺れる玉響の背中をかかえて、向きを変えさせた。

「さようなら、女神さま。お邪魔しました」

振り返った時、女神のうしろに伸びる白い道が目に入った。

満月の光のように皓々《こうこう》と輝く道の周りには、楓に柊、欅、桜と四季折々の風情がまじった美しい森がひろがっている。まるで絵本の中のような、ふしぎな道だ。

（やっぱり、あの道だ）

母が亡くなり、骨と遺影に代わった母を自宅へ連れ帰った日のことだ。

誰もいなくなった静かな座敷に、純白の火の粉をまとった光が現れた。

光の先には、どこまでも続く道があった。真織はその道をたどって杜ノ国へやってきたのだった。その道が、いま目の前にあった。

（この道を進んだら、もとの世界に戻れる。帰るなら、いましかないかもしれない）

期待はした。でも――。

（帰っても、あそこにはなにもない）

真織が暮らしていた家は、母の葬儀の後からずっと時間がとまっている。

埃が積もりゆく廊下や、空気ごと錆びていくような台所や風呂――家の風景を思いだそうとしても、力強く上塗りしていく景色がすでに多くあった。

それに、玉響を置いていけるわけがなかった。そんなことをしたら、一生かけても許せないほど自分が嫌いになるに決まっている。

彼が帰るべき場所に帰るのを、絶対に見届けなくちゃいけない。

「帰ろう、玉響」

道に背を向けて、玉響をかかえて一歩を踏みだすなりのこと。囁き声がわっと集まってくる。見えない蝙蝠《こうもり》に襲われるように、精霊たちは行く手を阻《はば》んだ。
――待って――あの男を
――役立たず――祟りを
「やめて」
姿形はないが、音に襲われるようだ。
うしろから声がする。
『これ、どうした』
女神は精霊たちを宥めたが、囁き声は不満げだ。叫ぶようにわんわん唸《うな》った。
――また知らんぷりをす――あの男を
――許せない――祟りを！
何度も繰り返される言葉がある。「あの男」「許せない」「祟り」。
「あの、あの男って？」
玉響も、誰のことだったのかと気にしていた。
尋ねると、女神が絵筆で描かれたような眉をひそめた。
『子らの声がきこえるのか』
「ええ、はい。まあ」
『そうか、異な』

女神は笑い、遠い日を気にかけるようにそっと目をとじた。

『あの男が、誰か？　あぁ、ようやくわかった。それで、おまえたちは怒っているのか。私がここに縛られているのが、あの男のせいだから。おまえたちの古い友を、あの男が閉じこめたままだから』

ほほほ、と女神は夜闇に響く梟《ふくろう》のような声で笑った。

幼い子どもたちをいいきかせる母親めいた目つきで、虚空をなぞった。

『私は許した。人は愚かで、元来穢れているものだ』

囁き声は怒った。ととと、ぎいぎいと風が唸る。

——はやく戸を　——あの男
——たすけたい　——祟り
『仕方ない子らだ。思いだせば苦しいというのに。——蘇《よみがえ》ってきた。あの男め』

(あの男って)

洞窟に怒りが充ちていく。意味深な会話も気にかかるが、それよりも玉響だ。

胴に力が入らなくてぐにゃりと上半身が倒れかけるので、慌ててかかえ直した。

話に付き合っている場合じゃない。この子がいる場所は、ここじゃないんだ。

「しっかりして、玉響。あの、お世話になりました」

振り返ろうとした時だ。うしろに立っていたはずの女神が、いつのまにか真正面にいた。黒髪と黒い眉と目と真っ赤な唇が、虚空にぽつりと浮いて見えた。

真織は息をのんだ。まるで、虚空に浮く生首だった。

『なあ』

後ずさりをしたが、身体が硬直している。

石にされたかと驚くほど動けなくなっていて、足がもつれかけた。

ゆゆゆ、そそそと、生首のような顔がそうっと近づいてくる。純白の光を浴びて、女神が身にまとう白い着物と肌が光に埋もれたせいだ。

足のつま先同士が触れ合いそうなほど近い場所から、女神の両の目が真織をまっすぐ凝視した。

『おまえが迎えにきた石のように、私の石も取り戻してくれないか。あの男がもっている』

「石？　あの男って……？」

『人が神宮守《じんぐうもり》と呼んでいる男だ。私の陰をつかまえている』

「神宮守が？」

神宮守は、水ノ宮をつかさどる男だ。もともとの祭祀王一族、神領諸氏《じんりょうしょし》をないがしろにする成り上がりだと、黒槙が憤っている相手でもある。

真織を見つめる目の力が強い。女神は一度も瞬きをしなかった。

『あの男は私に頼みごとがあるといってそばにきたが、偽りをもうして、私をこの宮の杜の外にいかさぬように私の身体を切り取った。あの男は私を偽りで穢したのだ』

ほほほと、女神は地の底から響くような低い声で笑った。

『人は元来罪深いものだ。私は男を許した。許す代わりに罰を与えることにした。だから男は怯えて、削り取った私の荒魂《あらみたま》で身を守るようになった。私に罰されてはたまらぬと、怯えておる』

背筋が寒くなる。「許した」と女神は寛大にいうが、罰をくだすことが前提の許しだった。それに、どこかで似た話をきいた。

脳裏《のうり》に蘇ったのは、黒槙の昂《たかぶ》った真顔だった。

――女神がもたらす最も恐ろしい祟りは『絶無《ぜつむ》』。

――豊穣の風が吹かなくなるよりもずっと悪しきことが、杜ノ国の全土に起きる。

――卜羽巳《うらはみ》氏のみが絶無の祟りを防ぐことができると、女神の荒魂を鎮めている。

――祟りの真実を知るのは神宮守となる長と嗣子のみ。一子相伝の秘事。

「それってもしかして、絶無の祟りっていいますか」

女神が、肩を震わせて笑う。

『絶無か。たいそうな名をつけて恐れているのは、知っている。あの男を罰するだけだ。会うたびに顔が変わるあの男を』

会うたびに顔が変わる――代替わりをするという意味だろうか。永遠の命をもつ神様とくらべると、人は寿命があっというま、そういうことだろうか。

「その石はどこにあるんですか」

『あの男のもとだ』

「その、あなたにも取り戻せないんですか」

『あの男がもっているあいだは、あの男の持ち物だ。どこかに置いてあの身から離してくれればよいとずっと願っているが、あの男はしたたかで、それをしない』

「持ち物って――もともとあなたのもので、神宮守《じんぐうもり》が盗ったんでしょう？」

『いまはあの男の元にある。人であれ、誰かの物を奪えば私は穢れてしまう』

「そういうものなんですか」

神様にとって穢れというのは、命に関わることなのだろうか。

そういえば、会ったばかりのころの玉響も「私を穢すな！」と泣き喚いていた。

『あの男は、私が入れぬ場所があることにも気づいて、その場所でのみ石をはずす。ずる賢く、まことに人らしく、かわいらしいと眺《なが》めていたが、たしかに飽きた。どうだ。おまえが、あの男のもとから私の石を引き離してくれんか』

「それは、いいんですが。でもあの、その石を取り戻したら、あなたはどこかにいってしまいませんか。この国の人は、あなたが吹かせる豊穣の風をありがたがっているようで――」

玉響もほかの人たちも、命をかけてまで吹かせようとする風だ。

不安になって尋ねると、女神はほっほっほと笑った。

『私の機嫌を損ねてはならぬと、あの男は神王《くまみこ》を侍《はべ》らせて、たびたび宴《うたげ》をひらき、私をもてなす。しかし、そのようにせずとも風は吹く。いとしい子らが棲《す》む地を世話するのは当然のこと』

「しかし」と、女神の表情は暗く翳《かげ》った。

『いつからか、人はそれほど喜ばなくなった。あの風を吹かせて人が喜ぶ顔を見るのが好きだったが、吹いて当然だという顔をするようになった。人は恩知らずだと、子らも拗ねている』

「それは――」

返答に困る。たぶん、とても根が深い話をしている。

『まあいい。やろうがやるまいがどちらでもよいから、頼まれてくれ』

「それは、かまいませんが」

そんな言い方をされてしまえば、断りようがない。

でも、神宮守《じんぐうもり》に近づくなど、できるだろうか。

奥ノ院にも、杜氏の手を借りてようやく入れたのだ。

水ノ宮で一番幅をきかせている男に近寄り、女神にすら奪えない石を奪い取る?

「きっと難しいと思います。うまくできるかどうか」

『いずれでよい。おまえが死ぬ時まで待つよ。私は気長だ』

それなら、タイムリミットは遠そうだ。

中途半端ではあるが不死身のようで、死ぬ時がいつ訪れるかも定かではないが。

(とにかく、早くここを出なくちゃ)

かかえている玉響が気になって焦る一方だ。

帰してもらえるなら、さっさと話を切りあげたほうがいい。

「わかりました。やってみます。この子にも伝えておきます。あなたの頼みなら、玉響は喜んで叶えようとしますよ」

人の望みを叶えてあげるのを楽しむ慈悲深い子だ。

母のように慕っている女神の頼みなら、どんなに喜んで叶えようとするだろう?

「ね、玉響。——玉響?」

うつむいた玉響の顔を覗きこんで、血の気が引いた。

頬からも首筋からも、星の欠片のような光がつぎからつぎへと零《こぼ》れ落ちていく。

やっぱり、身体が崩れていく速さにくらべて元に戻る速さが落ちている?

崩れかけたところをわざと狙って飛びこんでくる精霊もあった。

——役立たず——なぜ

——知らんぷり——土に

「なにをするの！」

精霊の塊とぶつかったところからさらに散っていく玉響の欠片が、悲鳴に感じた。

玉響を目の敵《かたき》にしはじめた精霊は、ひとつではなかった。体当たりをした精霊が、そら見ろと星の色の手足を広げて威圧すると、ほかの精霊もぎらりと玉響を向いた。毛を逆立てた猫が飛びかかるように、ひとつ、またひとつと、流れ星に似た光の群れになって襲い掛かってくる。

「やめて、やめなさい！」

洞窟の中は精霊の巣窟《そうくつ》だ。真織は自分の身体を壁にして庇ったが、きりがない。

「帰ろう。いこう」

なんなの。どうして——。怒りに任せて玉響の胴をかかえるが、耳が笑い声をききつけて、血の気が引いた。

振り返ると、闇に白く浮かびあがる女神の微笑がある。

筆で描いたような黒目の先にあるのは、弾け散っていく玉響の身体だ。女神は、花火でも眺めるようにほうと息をついた。

『美しいな。人の儚《はかな》さ、移ろいとは、いとしきもの』

「美しい？　いとしい……？」

胸の底が、怒りで凍りつく。

そのあいだにも、闇の奥から玉響をめがけて飛びこんでくる光がいくつもある。

光と光がぶつかるたびに、弱った玉響の身体に見えない石が投げつけられて、血飛沫がとぶのを見るようだ。

「やめて！」

傍観《ぼうかん》するだけの女神のことも、睨み続けた。

「なぜ笑うんです。やめさせてください。この子がなにをしたっていうんですか」

玉響を見つめる女神の表情は動かない。微笑みを浮かべて、女神はいった。

『なにをしたか？　なにもしなかったからだろう』

「どういうことです？」

『なぜ怒る。神王《くまみこ》とはそういうものだ。――おまえたちも、おやめ。神王はなにもしないもの。遊ぶだけだ』

ようやく助け舟を出してくれたが、引っかかる。役立たずと貶めるようだ。

『早く連れ帰ってやれ。ここにいては苦しかろう。この子は人になりたがっている』

「いわれなくても――」

こんなところ、さっさと――！

玉響をかかえ直した真織を、女神は能面のような微笑を浮かべて見つめていた。

『おまえのほうが、その子よりも私に近い。おまえは神王になりたがっているだろう？　おまえは神王に――私に侍る、神と人のあいだに在る者になりたいのだろう？』

「えっ？」

女神は眉をひそめた真織と玉響を見くらべ、目を細めた。

『まこと、おまえたちはよく揺らぐ。濁ったり澄んだり、虚《うつ》ろにもなり、人と神の側の両方からこの世を覗きもする。はて。この異はなにかの前触れだろうか？』


玉響は、よろよろしていた。支えながら来た道を戻るが、感覚も心もとない。

衣の布地越しに骨や筋肉を感じていたはずなのに、砂人形をかかえているようだ。

一回り、また一回りと、玉響の身体が薄くなっていき、胴を強くかかえようとするほど手のひらが埋もれていく。

（どういう状況……）

気を抜いた瞬間に喚き散らしそうになるのを必死にこらえて、歩き続けた。

混乱して暴れたところで、真織と玉響がいるのは神域の洞窟だ。悲鳴をあげようが、ききつける人は絶対にいない。

人が入れない場所に入っているんだ——身に染みるごとに、ぞっとした。

ひとりでは手に負えない恐ろしいことが起きても、自分で解決しないかぎり、誰にも気づいてもらえないのだ。

「玉響、がんばって。しっかり」

声をかけ続けたけれど、玉響の横顔には生気がなかった。

返事もかえることはなかった。最後にきいた言葉は、「私は、誰」。

（こうなったのは、ショックを受けたから？）

現人神から人に戻った時に女神から忘れられてしまったと玉響は嘆いていたが、どうやら、現実はもうすこし厳しかった。女神にとっての玉響はもとから人の仲間で、玉響が思うほどには興味をもたれていなかったのかもしれない。

そのうえ、過去の神王《くまみこ》たちと一緒くたにされていた。女神にとっての彼は「玉響」ではなくて、神王の一部だったのかもしれない。精霊たちにとっても——。

（「私は誰」って、いいたくもなるか。女神さまも女神さまだ。玉響とは十年も付き合ってきたくせに。もうすこし気遣えないもの？　——できないのか。人じゃないんだ）

そもそも真織は、女神を母親のように慕う玉響に違和感があった。

玉響は冬になると女神と遊んで過ごしたそうだが、話をきけば、狩りの獲物役になる遊びだったとか。女神から、矢で一方的に狙われるのだ。

(そんなの、遊びじゃなくて陰湿ないじめだよ。ああ、でも)

十年かけて仲良くなった末に、神王は御種祭《みたねまつり》で女神に射抜かれる。獲物役どころか、はじめから生贄役だったのかも——。ため息をついた。

女神はこうもいっていた。

『この子は人になりたがっている。おまえは神王になりたがっているだろう？』

真織は神王になりたいと思ったことなどないけれど、玉響は、人に？

(落ちこんでいるってこと？　神様は人みたいに悩まないから。ありえない話じゃないか。前だって、わたしが不死身に慣れるたびに、神様の命は玉響の身体からわたしに移ってきた)

心と身体は繫がっている。

気持ち次第で不死身の具合も人と神様のあいだを行き来するなら、気落ちすればするほど、回復のスピードが追いつかなくなる——そういうことだろうか？

大変だ。早く神域から出なければ。そうしないと、帰れなくなる。

「急ごう。がんばって」

玉響のほうがいまとなっては背が高くて身体も大きいので、倒れてしまっては運べなくなる。転ばないように、慎重に支えて進んだ。荷物もすべて預かった。

道を戻るにつれて、空間を埋め尽くしていた囁き声がまばらになっていく。

──客人《まれびと》さま──あの男を
──お願い──さようなら、また来
女神に近いところに居た精霊のほうが神宮守《じんぐうもり》に怒っていたようで、遠ざかるにつれて、かっと燃え盛るような声は薄れていった。

出口の明かりが見えてきた時、奥ノ院の社殿には人の影が立っていた。

神官が大きく手を振っている。早く、早く！　と、口も大きく動いている。

狩衣をきて烏帽子をかぶり神官に化けているが、千鹿斗だった。社殿の前で神事が終わるのを待っていたはずだが、誰よりも前にいて手招きをしていた。

ぱちぱちと音をたてて燃える忌火《いみび》と、子どもの背の高さの神宝の石のあいだを通り抜け、白木の橋を渡り、祭壇の隙間を抜け、社殿へ。

「遅いから、おれが呼び戻しに入るところだったんだ。玉響はどうした」

千鹿斗が両腕を差しだした。

力仕事に慣れた手が玉響の胴に触れるやいなや、重みが一気に移っていく。

逞《たくま》しい腕に軽々と支えられて、玉響は壁際へ誘導されていった。

「玉響、座れ。こっちだ」

千鹿斗は気遣い上手で、頼もしい人だ。安心して玉響を預けられる。

(よかった……助かった。まにあった)

ほっと息をついて脱力していると、黒槙が立ちあがり駆けつける。

ほかの神官は、さっきと変わらない場所で神事を続けていた。

「石は――」

「これです」

胴と胴のあいだで抱きつぶすようにかかえてきたせいで、袋の布はしわくちゃだ。

真織が身にまとった狩衣も、汗にまみれて湿っている。

袋をさしだしてやると、黒槙は飛びかかるように手をのばし、中をたしかめた。

「石だ。おお……」

黒槙が、ご先祖様の幽霊と対面を果たしたような感嘆の息を吐いた。

さっそく袋の中に手を入れるが、さっと引っこめた。

「指が痺《しび》れる」

「痺れる？」

真織も袋の中を覗いた。明るいところであらためて見ると、石は見事なまでに滑らかに削られていて、細長いものはきれいな棒の形を、まるいものは球形をしていた。

「わたしがもちましょうか」

人の身体を削っていく神域の奥に鎮座していたから、石にもそれが移っているのだろうか。袋は、黒槙の手から受け取っておくことにした。

壁際の床に腰を下ろした玉響は、はあ、はあ——と息を整えている。

千鹿斗がそばで背中をさすって、見本を示すようにゆっくり話しかけた。

「息をしろ。もう平気だ。真織、奥でなにがあったんだ？　きみは平気なのか」

「うん、わたしは」

真織も玉響の隣に膝をつき、背中や胸元の厚みを覗いた。

玉響の身体は、洞窟に入る前と変わらないように見えた。

洞窟を出て、星屑《ほしくず》をばらまくように削れていた身体に治癒が追いついたのだろうか。それとも、洞窟の奥が異世界のようなものだった？

（いまは、わからなくてもいい。玉響が無事だ）

「くわしくは後で話します」

ひとまずホッと胸を撫でおろした。

黒槙もそばに寄ってきて膝をつく。

「玉響さま、歩けますか。かなり時が過ぎました。ここを出ねばなりません」

「おれが背負って戻ります。黒槙さま、神兵に話をつけられないでしょうか。急病人が出たことにして、こいつとおれだけ先に水ノ宮を出るとか。護衛に数人ついてもらえるといいのですが」

千鹿斗は脱出の手順を話し合うかたわらで、さっそく玉響の背中に腕を回した。

「玉響、いこう。立てるか」

同じ衣裳を着ていても、きれいに筋肉がついた千鹿斗と並ぶと、玉響は身体の華奢さが目立った。背中に回った手にぐいっと支えられるが、玉響は千鹿斗を睨んだ。

「いい」

きつい言葉を放つなり、はっと真顔に戻って「ごめん」と詫《わ》びたが。

「自分で立てる。平気だ」

玉響は悔しそうにうつむいた。

不調は目に見えていたけれど、助けも頑《かたく》なに拒んだ。

「いこう」

社殿を出て、内ノ院の庭へ向かい、河鹿たちや神軍と合流する。列を組み直し、多くの建物で入り組んだ水宮内を、ふたたび外へ。

一列にならないと通り抜けられない廻廊や橋を通り抜け、鳥居をくぐり、薦に並べて置いた刀を神兵たちがふたたび腰に提げる。

水ノ宮の神官たちはまだ、十日後にひらかれるという神事の準備に忙しかった。

水宮内を出てから正門までのひろびろとした庭を、すれ違う神官たちの目にとまらないように、素知らぬ顔で風を切る。行きに起きたことが、逆回しに起きた。

ただ、黙々と歩く玉響の表情だけがこわばっていた。覇気がなくて、午後の日差しを浴びてかがやく黒髪も、白い肌も、狩衣も、いまにも光に溶けてしまいそうだ。

――大丈夫かな。

玉響の表情に夢中になるうちに、水ノ宮の正門を抜ける。

一番厄介な場所からは出ることができた。あとは神領《じんりょう》へ向かうだけだ。よかった――と、一行に安堵が充ちるが、長くは続かなかった。

正門を出ると、豪邸が建ちならぶ大道がある。邸をかこむ板壁が遠くまでつらなり、道を行き来する人もふえて、水ノ宮の中よりも賑やかなエリアだ。

大勢の足音が重なり、籠を担いだ行商人が売り物の名を呼ぶ大声が響いている。

杜氏の一行だと気づいた人たちが端に寄って道をあけるが、行く手で道を譲ろうとした人の中に、狩衣を着た神官がひとりまじっていた。

「あの男だ」

千鹿斗が顔色を変える。早足で黒槙のそばに寄り、耳打ちした。

「あの男は、玉響と真織を知っています」

何事か起きた――。声をききつけた神兵たちの目も緊張を帯びる。

（あの男？）

真織も、周囲を守る神兵越しに、道をあけようと端に寄った人々をそうっと覗いた。

その時、ちょうどその神官も真織を見ていて、目が合った。白い狩衣を身にまとい、黒の烏帽子を頭にのせ、水ノ宮の神官の恰好をした男だった。

その男がもつ知的な穏やかさを、真織も覚えていた。玉響を連れ戻そうと千紗杜を何度か訪れた神官だった。御調人《みつきびと》という地位につく男で、名前はたしか、鈴生《すずなり》。

「知らん顔をなさってください。あの男を見ないで」

隣を歩く河鹿の声が鋭く冴える。

一行は鈴生の前を通り過ぎた。

鈴生は「何事だ」とばかりに真織を目で追い、玉響を見つけてはっと息をのみ、千鹿斗を見つけて愕然《がくぜん》とため息をついた。――間違いなく、気づかれた。

「このまま進め」

黒槙は部下に命じ、先に行かせるようにいった。

自分はひとりで列から逸れて、鈴生のそばへゆらりと戻っていく。

鈴生と黒槙は顔見知りのようだった。距離が狭まると、鈴生が黒槙につっかかった。

「黒槙さま。なぜあなたがあの方々と一緒に――いいや、あの方々が神ノ原にいるわけがない。私は見間違いをしたのでしょうか」

「ああ、いったいなにを見たのだ?」

黒槙は笑い、脅した。

「おまえはなにも見なかった。よいな?」

— 霊実《たまざね》 —

来た道を通って神領《じんりよう》へ戻るが、行きよりも急ぎ足になった。水《みず》ノ宮《みや》からは離れたが、追手がいないとはかぎらない。鈴生《すずなり》にも姿を見られてしまった。

「さっきの御調人《みつきびと》を見張れ」

途中で、数人が列を離れた。黒槙《くろまき》から命じられるやいなや神兵は無言で目を伏せ、水ノ宮の方角へ戻っていく。

遠ざかっていくうしろ姿を振り返って、玉響《たまゆら》が暗い声を出した。

「真織《まおり》、あの者たちは鈴生のところへいったのか」

「わからないけれど、たぶん――」

殺伐《さつばつ》とした気配から察するに、黒槙は口封じを目論《もくろ》んでいる。

でも、もしも鈴生が拒んだら？

まにあわず、神宮守《じんぐうもり》やほかの神官に真織たちのことを話してしまったら？

黒槙がどこまで覚悟しているのかは想像の域を出ないが、刀を携えた神兵に身を守らせて、乱という言葉をちらつかせるほどだ。暴力的なことが起きない確証はない。

力なく歩きながら、玉響が額をおさえてうつむいた。

「鈴生が、私たちが黒槙と一緒にいるところを見たから？　鈴生はどうなるのだろうか。頭が痛い」

「大丈夫？」

胴をかかえて支えようとすると、玉響はやはり真織の手を避けようとする。

「これ以上、真織に助けられたくない」

「そういうのは、しっかり歩けるようになってからいって」

いまにも倒れそうな人に遠慮をする気はなかったので、むりやりつかまえたが。

「どうしたの？　黒槙さん、すこし休めませんか？　玉響の様子がおかしいんです」

先を歩く黒槙にも声をかけたが、黒槙は頑《がん》としてうなずかなかった。

「むりだ。一刻も早く神領《じんりょう》へ戻らねば」

でも、玉響はろくに歩けない状態だ。真織は返事を待たずに足をとめた。

「玉響がこうなっているのは、あなたの願いを叶えるために奥《おく》ノ院《いん》に入ったからです。すこしくらい――」

「いま止まるのが、あなた方にとって危ういからだ。奥ノ院の先はそうでも、水ノ宮の外であなた方を守れるのは俺だ！」

黒槙は力強く言い切った。

でも、真織はかっとなって睨み続けた。

わかっているならなおさら、なぜ力を貸してくれた人にさらに我慢を強いるのだ。

意地でも動いてやるもんかと、真織は玉響を抱いて、仁王立ちになった。

「なら、ほかの方法を考えたらどうですか。御輿《みこし》の支度をするとか。この子がやさしいからって、甘えないで！」

黒槙が、立ちどまって肩で息をする。

黒槙の部下たちも足をとめ、愚か者をばかにするような目が真織に集まった。

いまは、すこしでも早く神領に戻らなければいけなかった。追いかけてくる誰かがいるかもしれないなら、なおさらだ。

それは真織も理解していたが、正しいとか、そうすべきとか、そういう問題ではないのだ。いまはどうしても、ほかのなにと引き換えにしても玉響の身を一番に案じたかった。親や兄弟や、玉響にとってのそれに代わる人をこの世に存在させたかった。

「玉響が苦しまなければいけないなら、わたしはこれ以上あなたを助けません」

「わがままばかりを。黒槙さまはおまえたちの無事を考えて――」

見かねて、神兵がひとり進みでる。日頃から鍛錬をしているだけあって、近寄られると格闘家に勝負を挑まれるような迫力がある。

娘くらい、脅せば――。そういう意図も見えた。

でも、真織に引き下がるつもりはなかった。

こっちは不死身だ。痛い思いをしようが、身体ならどうせ癒える。

「あなたに、この子のなにがわかりますか。いまのこの子にもっと苦しめっていうくらいなら、千紗杜《ちさと》に帰れなくなっても、水ノ宮につかまることになっても、杜《もり》ノ国《くに》と神領諸氏《じんりょうしょし》がどうなろうが、ここを去ります」

神兵が呆れて、やれやれと息をつく。

「とんでもない頑固者の娘だ。――黒槙さま、このお方は私が背負ってまいりますよ。先に進まねばなりません」

神兵は玉響に近づこうとしたが、黒槙が「いや」と制する。

「俺がお運びする」

黒槙はきた道をゆっくりと戻り、玉響と真織の正面で、背中をさしだした。

黒槙は一行の主、杜《もり》氏の長だ。杜ノ国では、神宮守《じんぐうもり》と対をなす男でもある。

そんな男がみずから――と周りの神官や神兵は目を見張ったが、注目の的になろうが、それがなんだと、黒槙は「さあ」と玉響の目の前で腰をかがめた。

「御輿がいいなら、それも運ばせる。だが、ここで到着を待つわけにはいかない。あなた方に苦労をさせたことも承知している。この方のお世話を部下に任せるつもりも、俺だけのうのうと苦労を避ける気もない。さあ、俺の背におのりください」

神に仕える男とはいえ武芸にも秀でているのか、黒槙の背中は広かった。

純白の狩衣越しにも、逞しい筋肉がはっているのがわかる。

でも、玉響は黒槙が近づいてきたぶんの距離をとるのに、後ずさりをした。

「ううん、いい。助けてもらうなら真織がいい」

よほどいやなのか、急におとなしくなった。目も逸らした。

「私のせいで、みんなに悪いことをした。悪かった。——いこうよ。自分で歩くから」

拒絶、という言葉がふさわしい断りっぷりだった。

低い位置にかがめられていた黒槙の腰が、物寂《ものさび》しそうに戻っていった。

そばで見ていた千鹿斗《ちかと》の口から、くっくっと忍び笑いが漏れる。

「——なら、それで」

「おかわいそうだ。せっかく場をおさめようとしてくださったのに——」

「よくわかった。おまえは意外に性悪な男なのだな」

黒槙は千鹿斗を睨んだが、叱りつけはしなかった。

「真織が寄り添ってさしあげるのが一番よい。おまえはまるで、玉響さまのためだけの神兵だ。玉響さまのことになると急に猛《たけ》る。——諫言《かんげん》は耳に入れた。先を急ごう」

黒槙は拗ねていたが、玉響を気遣って歩みをすこしゆっくりにさせた。「誰か、先に駆け戻って、御輿を」と部下に命じもした。

真織にだけきこえるくらいの小さな声がする。

「すまなかった、ありがとう」

見れば、隣を歩く玉響が暗い顔をしている。

後味の悪い空気を気にしたのか、歩きはじめた後も、玉響の瞳は左右に揺れていた。

「神域で女神《めがみ》と会ってから、頭の奥がぐらぐらしているのだ」

真織に、周りを気にする余裕はなかった。やっと玉響が喋ってくれたのだ。

玉響の口元に耳を近づけて、小声を聴きとることに夢中になった。

「頭の奥が？　平気？」

すこし先で、黒槙が平静を装って歩いている。ほかの神官の陰に見え隠れする黒槙の背中や、周囲を警戒して横顔を向けあう神兵たち。玉響はうつむいて目を伏せた。

「みんなが私を世話してくれているのがわかる。ありがたいと思う。でも、私はそんなふうにされる者なのかな。そこから、ぐらぐらしている」

「それは、考え過ぎ。玉響は――」

「うん」と玉響はうつむいた。

「御洞《みほら》を出てから、ずっと考えているのだ。神王《くまみこ》とはなんだったのだろう。でも、いくら考えても、どうしても、あの家に帰りたいとしか考えられないのだ」

「あの家って」

「千紗杜の家だ」

玉響の目が遠くを見る。無垢な目が、ここにはない美しい世界を見つめて潤んだ。

「真織と暮らしている家だ。神王とはなにで、杜ノ国のなんなのか。思うことはたくさんあるのに、あそこに帰りたいとしか、考えが行きつかないのだ」

玉響を支えようと、真織の手は玉響の背中に回っていた。玉響の手も真織の胴に回って、そうかと思えば、しがみつくように摑んだ。

「さっき、どうして真織の手を避けたのかわからない。でも、真織に頼ってばかりだとあの家に帰れないのではないかと、急に怖くなった。あの家に帰りたくて仕方がないのに」

玉響の声が、泣く間際のようにぴんと張る。

「帰りたい、真織。帰れないことがこんなに怖いなんて、知らなかった」

「大丈夫だよ、きっと、もうすぐ帰れる。わたしも帰りたい」

真織も泣きたくなった。

黒槙を手伝うことにしたのは、千紗杜で前のように暮らすためだ。

逃げたとしても、きっと追ってくるから。目の前のことをやり遂げようと決めたのは、前のように玉響とふたりで暮らすためだった。

神域に入ったのも、〈祈《いの》り石《いし》〉を取ってくるためだ。その石は、すでに絹の袋に入って真織の手にある。

「石もほら、ちゃんとここにある。命の石っていう神宝をたしかめにいく玉響の用事も済んだよね？」

袋は、石が入ってずっしりと重みがあった。神域に居た時よりも声が弱まったが、袋の中の石は、いまも同じ言葉を繰り返している。

――帰りたい、帰りたい、帰りたい。

まとめて押しこめられて、袋は石の形にたわんでいる。

その袋を玉響はしばらく見つめていたが、「あっ」と顔をあげて、つぶやいた。

「そうだ。帰してあげないと」

「うん？」

すぐに、「持たせて」と手が伸びてくる。

真織から石が入った袋を受け取った玉響は、まぶたをとじた。

「社だ。いかないと」

「この石がもともと鎮座していた社？　それなら、杜《もり》ノ宮《みや》ですが」

黒槙に尋ねて行き先にしてもらったのは、杜氏がつかさどる社だった。

石を抱いてからの玉響は、目が覚めたように足取りが強くなった。どんどん早足になって、ついには一行を率いて先頭に立つ。

「お待ちください。どうなさったのです」

「帰りたいと、石から何度も頼まれていたのだ。やっと意味がわかった」

後を追いかける黒槙に玉響は答えたが、視線は行く手から逸らさなかった。

「前は石の声がきけたけれど、言葉の意味がわからなかった。人に近づいたいまなら、きっとこの石を無事に帰らせてあげられるから」

〈祈り石〉を運んでいるからだろうか。歩くたびに、風が揺らいだ。

欅や桜、椿に楓――神領《じんりょう》をつらぬく道には四季折々の風情があったが、そばを通り抜けるごとに、草木や花や石が「えっ？」と驚いて振り返ってくる。

――おかえりなさい、客人《まれびと》さま。

――あら、あらあら！　おかえりなさい……！

玉響が手にする袋の内側を覗きこんで去っていく声もあれば、さらに遠くからやってくる別の声もある。時が経つにつれて、神領の野が精霊で溢《あふ》れていった。

玉響を追いかけて歩きながら、真織は呆然と眺めた。

(精霊が、こんなに)

目に見えないはずのものが重なって、神官の一行を囲む靄《もや》の垣根をつくっている。

まるで、雲の中にいるようだ。

(神王《くまみこ》だった時の玉響には、世界がこんなふうに見えていたのかな――人の世界が遠くなる)

真織は、ため息をついた。神王だったころの玉響をかこむものが姿の見えない精霊たちで、話し相手が女神さまだったら――。

(玉響が、自分のことを神様や精霊の仲間だと感じていくのは、仕方ないか……)

杜ノ宮に着くと、先に着いていた神官が社殿の戸をあけたところだ。

木製品が大切にしまわれた場所ならではの古い木の匂いが、風に漂っている。

社殿の中は掃除が行き届いていて、砂埃もない。奥に祭壇があって、入母屋造りの屋根の隙間から、光がほのかに降りていた。

玉響の胸元が騒がしくなった。袋の内側からわくわくと外を覗くような声も、真織の耳に届きはじめた。

――帰りたい……帰りたい……帰ってきた。

袋の中を見下ろす玉響の目が、やさしく細められた。

「この石だ」

「わかるの？」

真織も袋の中を覗いてみるが、みんな一緒に運んできたせいで、石だらけだ。

細長く削られた石が八つと、まるい石が七つ、隙間なく詰まっている。

「一番嬉しそうにしているから。帰ってきたよ。よかったね」

袋を真織にあずけると、玉響は手にとった〈祈り石〉を両手でうやうやしく目の高さに掲げた。

「掛けまくもかしこき、荒金《あらかね》の土の神の御前《みまえ》にかしこみかしこみ白《もう》さく、水ノ宮より杜ノ国をしらしめす母なる女神の祝《はふ》りをもちて、この地にとこしえに鎮まりますよう」

真織の目が、ぎょっとまるくなる。

さすがはもとの最高位の神官、神王だった人だ。

しかも、いまの玉響は、杜氏の神官に化けている。恰好も顔つきも高位の神官そのものだ。呪文を歌うような声と、屋根越しに降りそそぐやわらかな光を、石が気持ちよさそうに浴びていた。

「この石はどちらにご鎮座していただくのだろうか」

黒槙ははっと我に返って、案内役をつとめた。

「あちらに」

祭壇には、からっぽの台座があった。これまで御神体として祀られていた鏡がのった台座が隣に並んでいる。

「掛けまくもかしこき……この地にとこしえに鎮まりますよう」

玉響の手で、〈祈り石〉が台座にそっと降りる。空間ごと清めていくような神聖な響きの中で石の棒と鏡が並んだ、その時だ。景色が揺れた。

「地震？」

どよめく。でも、地震にしては奇妙な揺れだった。あたりを覆っていた膜がぱちんと弾け、繋がっていたものが切られて、また繋ぎ直されたような。

「いまのはなんだ。霊実《たまざね》がもとの場所に戻ったからだろうか」

黒槙が目を見開いて、左右を見回している。

裸足のまま庭へおりていき、高くそびえる神木や、長年ここに建つ社殿や、聖域を守り続ける鎮守の杜を見渡した。

「地の力が増した。感じるか、生命の息吹を！」

叫ぶような大声に引き寄せられて、ほかの神官たちも次々と土に降りていく。

狩衣を身にまとった男たちが、庭に躍りだして輪をつくった。

「本当だ。神領《じんりょう》に力がみなぎっている」

突然神がかったように神事をはじめた玉響にも驚いたが、今度は黒槙たちの狂喜乱舞に驚くことになる。

「いったいなんだよ。どうした？」

千鹿斗や河鹿《かじか》や、一緒に帰ってきた神兵たちと同じく、邪魔をしないようにと真織も社殿に入ることなく遠巻きに見守っていたが、千鹿斗たちと一緒にぽかんとした。

庭にいた神官が、上空を見上げた。

「ご覧ください。瑞雲《ずいうん》が！」

「おお」と歓声が湧き、神官たちの頭が我も我もと天を向く。

瑞雲の正体に気づいた人もいて、耳を空へ向けた。

「あれは八百万の御霊だ。耳を澄ましてみろ。御声がきこえる。おお……」

神官たちが見上げたのは、〈祈り石〉の帰還を喜んで集まった精霊たちだ。

数えきれないほどの数が集まって、杜ノ宮を囲む霞《かすみ》の垣根をつくっている。

でも、その囲いなら、さっきからずっとあった。

神官たちは、急に顕《あらわ》れた奇跡のように騒いでいたが――。

いつのまにか、真織の隣に玉響が立っていた。

「黒槙たちが騒ぐ理由がわかるよ。私にもようやく精霊の声がきこえたのだ」

真織の隣で、玉響も神官たちと同じように天を仰いだ。

「雲に見えるね。なにかを伝えようとしている――」

それから、風の言葉で歌うようになにかをつぶやいた。

「でも、だんだん遠のいてきた。真織には、これがずっと見えているんだよね？」

千鹿斗が怪訝《けげん》そうに顔をしかめている。

「玉響にもなにか見えてるの？　真織も？」

「千鹿斗にはまだ見えない？　なにも？」

玉響といい、黒槙たちといい、「瑞兆《ずいちょう》だ」と喜んでいるのは、神事に関わる人ばかりだった。

（つまり――雲が見えている人と、そうでない人の二種類の人がいるっていうこと？　神官の修行をしている人と、そうではない人の差っていうこと？）

真織にいつもそれが見えていたり、囁き声がきこえたりしているのは、半分ずっとはいえ不老不死の命をもっていて、神様の側に近づいているから？

（でも）

玉響と真織の見え方や聞こえ方が違うのは、何度考えても理由がわからなかった。

ふと、満面の笑みを感じる。

――おかえりなさい。待っていた。ずっと待っていた。待っていた。

ひそかな声を追いかけて見つめた先には、立派な木が立っていた。

冬を越したばかりで葉が落ちた木が多い中、その木は、緑の葉を堂々とひろげている。葉の広がり方が鳥の羽に似ていて、翡翠《ひすい》色の孔雀《くじゃく》を幾羽も樹上で舞わせたような、華やかな緑の天蓋《てんがい》をつくっていた。

(きれいな木だ)

見上げていると、近くで霧土《きりと》を抱いていた河鹿が寄ってきて、教えてくれた。

「山桃《やまもも》の木です。残念ながら、花をつけないのですが」

「花が？　そうなんですか」

「ええ。黒槙さまは、杜ノ宮に立つ神木だからこそそのふしぎだろうとおっしゃっています。花をつけぬことで、なにかを伝えておられるのではないか、と」

その木はちょうど〈祈り石〉が戻った社殿を見つめる位置に立って、笑っていた。

——おかえりなさい。よかった。嬉しい。

水ノ宮の神域から持ち帰った神領《じんりょう》の〈祈り石〉は、八つあった。

もともとあった神領諸氏《じんりょうしょし》の数と同じだそうだ。

社を回って、玉響の手で〈祈り石〉を戻す神事がおこなわれるたびに、杜ノ宮で起きたのと同じことが起きて、世界が揺れた。

邸に戻った黒槙は、意気揚々《ようよう》といった。

「俺たちは正しかったのだ。霊実《たまざね》はとらわれていた。豊穣の風の効き目が弱くなったのも、卜羽巳《うらはみ》氏が土の力を奪っていたせいだ。いま豊穣の風が吹けば、前よりもっと地面に染みるに違いない。稲魂《いなだま》も多くやってくる」

でも、精霊の声がつねにきこえる真織からすると、ちょっと的外れだ。

「あの、豊穣の風が効かなくなった一番の理由は、慣れてしまったからじゃないでしょうか」

「どういうことだ?」

「そんな気がしたので」

語彙《ごい》力のなさを痛感する。

よくわからないけど違うと思います——これで納得できる人なんていないだろう。いたずらをするように片言《かたこと》の囁き声を残していく精霊は、そんなふうにいっている気がするのだが。

(そういえば、神域でも)

女神だったか、トオチカだったか、それとも無数にいた精霊たち?

誰の言葉だったかは記憶が曖昧だが、怒っていた。

——人は恩知らずだ。

——いつからか、人はそれほど喜ばなくなった。吹いて当然だという顔をするようになった。

でも、人ではない相手の意図を説明できる才能は、残念ながら真織になかった。

「適当なことをいってすみません。気にしないでください」

話を終わりにしようとすると、真織の隣であぐらをかいていた玉響が口をひらいた。

「杜ノ宮で、私に降りてきた言葉があった」

そう前置きをして、玉響はすうっと息を吸った。

神祇、中つ国の御霊《みたま》の神をいにしえのままに戻す時
咎《とが》穢れ在らむをば、禍《まが》清めの御子に見直し聞き直し坐して
天壌無窮に、豊穣を招《お》ぎ給え
黒槙が目の色を変える。

「神託ですか？」

「うん。こんな意味だった。天の神も地の神も精霊も、創始の形に戻って、過ちや穢れを糺し、とこしえに豊穣を得よ。——真織がいったのと同じだと思う」

「わたし？　さっきの、あの適当な？」

真織の目がまるくなる。玉響はうなずいた。

「うん、きっと。なにかしらを変えよと、八百万の御霊が騒いでいた」

「創始の形――むかしに戻せということか？」

「神王《くまみこ》だったころは、言葉が降ってきても私には意味がわからず、ただ神宮守《じんぐうもり》に伝えていたのだが、これは意味がわかった。黒槙の顔も浮かんだ。おまえに伝えなければいけない言葉だと思った」

「俺に？」

黒槙は、玉響がいった言葉を何度も繰り返した。

「いにしえのままに――咎穢れ……？　つまり、いまの祭祀が誤っているということか？　ならば、過ちをおかしたのはト羽巳氏だ。連中が――！」

黒槙はいまこそとばかりに憎い相手を罵ったが、玉響は首を横に振った。

「私に言葉を降ろした神々は、誰のことも責めていなかった。争いを好む神は、杜ノ国にはいないと思う」

「そう、でしょうが」

黒槙が渋面《じゅうめん》をつくる。

「あっ」と、真織は思いだした。

「そうだ。絶無の祟りのことを話さなくちゃ」

絶無の祟りというのは、水ノ宮の女神がもたらす恐ろしい祟りで、悪しきことが杜ノ国の全土に起きる——そう、黒槙から前にきいていた。その祟りを防ぐことができる唯一の人が、卜羽巳氏なのだと。

「女神さまに教えてもらったんですが、絶無の祟りって、そんなに酷いことが起きるわけではないようですよ」

「女神？」

神域の洞窟できいた話を、真織は伝えた。

「卜羽巳氏が、女神の大切なものを騙《だま》しとって返さないんだそうです。女神は取り返したいけれど、仕返しに怯えた卜羽巳氏が、女神がくることを絶無の祟りと呼んで防いでいるって。わたし、それを取り返す手伝いをしてほしいって頼まれたんです」

女神は、卜羽巳氏のことを、ずる賢く罪深い男だと話していた。

話をきくぶんには、祟りというよりも因果応報なのかなと、真織も思った。

「神宮守が肌身離さず持っている石を引き離してほしいっていわれたんです。でも、神宮守のそばに寄るなんて、難しいですよね。奥ノ院に入るのも大変だったのに」

黒槙が息をのむ。それから、「ははは」と低い声で笑いだした。

思わず真織は耳を塞いだ。

（痛い）

耳にすると、身体が崩れていきそうな笑い声だった。穢れている――そう感じた。

黒槙は人払いをした。

かわいらしい声をあげていた霧土も乳母に抱っこされて広間から去り、真織と玉響、千鹿斗と、黒槙と河鹿だけが残った。

「河鹿、縁起絵巻《えんぎえまき》を」

黒槙は妻に命じて、広間の端に並んだ黒漆塗《くろうるしぬり》の櫃《ひつ》から古い巻物を取りださせる。

丁寧に紐が解かれ、巻かれていた長い紙が床にひろがるたびに、絵が現れた。

麗《うるわ》しい天女や宮殿、大地に吹きわたる神秘的な風の絵が、絵本のページが横一列に並ぶように広間の端から端までつらなった。

「おまえがいったのと同じことを、われらも伝えている。ここが、わが国のはじまりだ」

黒槙はゆっくり歩き、絵巻物の右の端にしゃがみこんだ。

白い紙が黒く塗りつぶされ、黒い画の中に、青でふちどられた白い円が描かれている。夜空を表しているのか、星座に見えた。星を思わせる白い円は仲良くまるい輪をつくっていて、ぜんぶで六つある。

(星が、六つ。星——)

これも、どこかで似た話をきいた。たしか——。

ふっと閃いたのは、わがもの顔で名乗った星の精だった。

『俺はトオチカだ。六連星《むつらぼし》の精の末っ子だよ』

「あの、黒槙さん。この星は六連星っていいますか」

「六連星? そう呼ぶ者もいるだろうが、俺は昴《すばる》と呼んでいる」

昴——その星の名も、きいたことがある。

「それって、昴流《すばる》さんの名前のもとになった星でしたっけ?」

昴流は千鹿斗の片腕だ。リーダー不在の千紗杜を、きっといまも守っている。

「ああ。田仕事の時期を教えてくれる大切な星で、そういう奴になれるようにって、親父さんが」

千鹿斗が答えると、黒槙もうなずいた。

「大地や、太陽や月の神が生まれる前、この世にあったのは星だけだった。星々の中でも人を導いていたのが昴だと、伝わっている」

絵巻物は右の端からはじまり、左の端へ向かって続く。ページを繰るように、描かれた絵を左へと追っていくと、星空のつぎに描かれていたのは、麗しい天女だった。

「これが、水ノ宮の女神だ。飢渇にあえぐ杜ノ国の民を憂《うれ》えて、風の神を招き、豊穣の風を吹かせてくださった。杜ノ国に実りの年がやってきた」

絵巻物に描かれた天女は葉の冠で額を飾り、背丈よりも大きな風を身にまとっている。風神雷神図を思わせるダイナミックさで、絵巻物の中でも特に目を引いた。

唇は赤、冠は緑と、絵具の色もふえて、描かれる世界が色鮮やかになる。

絵と絵のはざまには文章が見える。くずし字が流麗過ぎて真織には読みづらいが、目立つ言葉もあった。

『狩りの女神』『風神』『稲魂』、そして『豊穣の風』。

「わが一族の伝承では、いにしえの時代には、豊穣の風が何十年も吹かない時期があった。わが祖《おや》は懸命に祈ったが、飢渇の苦しみは終わらなかった。しかしある時、卜羽巳氏の祖が女神に掛けあって、石をさずかり、女神の荒魂《あらみたま》を鎮めたのだという」

黒槙の指が左へと移っていく。

絵巻物の終わりあたりに、少年の姿が描かれている。

凜とした真顔を浮かべて王様のようにあぐらをかく少年で、椿や梅の花、欅や楓の葉など、四季折々の葉や花に囲まれていた。

「豊穣の風が十年に一度きっかり吹くようになったのは、卜羽巳氏の手柄だ。民は卜羽巳氏を称え、わが杜氏は祭祀王、つまり、神宮守《じんぐうもり》の位を譲ることになった。しかし、卜羽巳氏には、わが杜氏のように神を祀る力がなかった。神と人の仲立ちとなる神王《くまみこ》を即位させることで、ともに手を携えて杜ノ国を治めることになったのだ」

神王の起源だ。少年王が、どのように誕生したか。

興味深いけれど、それ以上に真織には気にかかる絵があった。

「あの──」

絵巻物のなかほどまで戻る。卜羽巳氏の名が絵巻物に登場する直前に、女神の姿が描かれている。

女神は凜と立ち、弓矢を手にしていた。周りに子どもが何人も描かれていた。

「これはなにを表しているんでしょう。神子《みこ》ですか？」

そばに注釈らしい文が書かれているが、真織には読めなかった。

「ああ。豊穣の風が吹く前には、男の童が行方知れずになった。その子らが女神が豊穣の風を吹かせるのを手伝っているのだろうと、ならば、女神の手伝いができる神子を育ててお仕えさせよと、水ノ宮に集めることになったそうだ」

「──行方知れず。むかしからあったんだ」

ぞくりとする。

豊穣の風が吹く間際には、女神の矢で神王が射抜かれる。祭りの前にも、何人もの少年神官が殺されるという。

誰がどのように言葉を飾ろうと、真織にとっては実りを招くための生贄だ。

しかも、絵巻物に残るほど昔から起きていたことのようだ。記す絵も崇高な儀式を描くようで、悲惨さは微塵《みじん》もなかった。

「われらの祭祀は廃《すた》れていった。やがて、神王《くまみこ》にすべてを託して、神領《じんりょう》でひっそり暮らすことになった。いや、そうなるように強《し》いられた」

黒槙の声に憤《いきどお》りがまじりはじめる。野太い声で妻を呼び、黒槙は怒鳴った。

「きいたか、河鹿。卜羽巳氏が女神に無礼を働き、怯えて逃げているだと？　やはり奴らは、祀り方など知らぬのだ。まことしやかにおこなっているのは勝手につくりあげた祭祀なのだ！　正しく女神を祀り、すこやかな豊穣の風を招くことができるのは、わが一族だけなのだ！」

日が傾き、館に入る光が薄れている。

黒槙の顔もふいに翳《かげ》って見えるので、真織は怖い――と思った。

権力者の顔だ。欲望まじりというか、やはり穢れている。

その男の目が、真織を振り返った。

「いま、強く思う。あなたが御種祭《みたねまつり》に現れたのは天啓だったのだ。玉響さまが御種祭を経ても生きのび、あなたと共にいるのも、すべて天啓なのだ。あなたは新たな神王のような方なのだ。その方がわが邸に訪れていることもまた、天啓なのだ」

真織は目を細めた。黒槙の目が強すぎて、直視したくなかった。

黒槙がいう言葉にも疑念がわいた。

――違う。それはあなたの願いだ。

黒槙は天啓だと繰り返したが、黒槙に都合がよすぎて、信じる気になれなかった。

「なあ。女神から頼まれたといったな？　まずは試してみないか。神宮守《じんぐうもり》がもつ石を女神に返せば、どうなるのか」

「でも――」

「試すべきだろう。絶無の祟りがまことに卜羽巳氏を罰するだけなら、卜羽巳氏がいっていることがことごとく覆る。女神が嘆いておられるなら、その石を返せばお喜びになる。つぎに吹く豊穣の風はさらに豊かになる」

「でも、もしも当てがはずれて最悪の事態になったら……豊穣の風が吹かなくなったらどうするんですか？　杜ノ国の人みんなが困りますよね？　その風を吹かせてほしいって、神子《みこ》をさしだして祈るくらいなのに」

千鹿斗をちらりと見やる。大切な子どもを捧げたくないと、北《きた》ノ原《はら》の人たちは水ノ宮に陳情騒ぎを起こしていたが、声をあげたのは北ノ原がはじめてだったそうだ。

杜ノ国の人は、躊躇《ためら》いなく子どもを捧げられるほど、その風が吹くのを待ち焦がれている。

「豊穣の風なら、卜羽巳氏がいなくとも吹く。絵巻物にもある。卜羽巳氏の手柄は、十年に一度かならず吹くようにさせた、これだけだ」

「そうだとしても、飢渇の年が長引いてしまうことになりませんか。絶無の祟りのことも、女神は神宮守《じんぐうもり》に罰を与えるだけだって話していましたが、もしも卜羽巳氏がいっているほうが正しくて、悪いことが杜ノ国全土に起きたら――」

「女神は決して偽りを口にしない」

黒槙が力強く笑う。

「わが国では偽りは穢れのひとつだ。神々が穢れをみずから口にすることはない」

真織は黙った。女神が穢れを忌避しているのは、真織も知っていた。

それに、奥ノ院の神域で同じ話をきいていた。杜ノ国は女神の子どもが棲む地だから、いとしい子らを世話するのは当然のことで、風は吹くと。

「では、どうして卜羽巳氏は嘘をついたんでしょう？　卜羽巳氏が罰を受けることが杜ノ国のみんなに及ぶ祟りになるなんて」

「自分らがいなくなれば、これまで守ってきた知恵が途絶える、この世の終わりだ、とでも思ったのではないか？　勝手な祭祀を続けてきたくせに、思いあがりも甚《はなは》だしい」

「安易なまねは――」

黒槙は言い切り、続けた。

「古来の祀り方なら我らが継承している。神々の清らかさを称え、望み過ぎず、日常に祈る。いまの神ノ原《かみのはら》の民は望み過ぎている。だから、土がそっぽを向くのだ」

「でも——豊穣の風が十年おきに吹いているのはト羽巳氏のおかげなんですよね？ 大昔みたいに長いあいだ吹かなくなったら？ いまだって、飢渇の年にはみんなが苦しんでいるんじゃ……ねえ、千鹿斗」

真織は異邦人だ。声を大にしていえるほど詳しいわけではなかった。

振り返ると、千鹿斗は気難しい真顔をしている。

黒槙の威勢が弱まり、声もトーンダウンした。

「おまえの憂慮はわかる。だが、豊穣の風の効き目が薄れているのもまた事実なのだ。ただ待っていても、実りは減る」

黒槙はつぎに千鹿斗を向いて、熱心にいった。

「だからこそ、千紗杜のやり方が必要になるのだ。杜ノ国には、新しい技を根付かせなくてはいけない。神ノ原の民は、さずかることに慣れきって努力を忘れた。みずから手を動かして考えねば、人知を超えて神々が与えてくださる加護のありがたさはわかるまい。人の手で防ぐことのできる禍《わざわい》とそうではない禍があるように、人の手で得られる豊穣があると知るべきだ」

黒槙はいま、指導者の顔をしていた。

黒槙の背後に、彼の手足となって働く従者や神官、河鹿や乳母たち、神領《じんりょう》の道を歩いた時に見かけた農民や、真織が見たこともないたくさんの人たちの姿が、何千人も何万人も見えた気がした。黒槙が造らせたため池や、その水に潤されて実る、金色の稲穂の幻も。

(いまの目は、きれいだ)

真織ははっと身を引いた。

「余計なことをいってすみませんでした。神軍が味方にいるんですものね。あの人たちならきっと女神さまの石を取り返して、喜ばせることができると思います」

黒槙は、真織とはくらべようがないほど杜ノ国の将来を思い、考えている人だ。

真織がぶつぶつ口をはさむことではなかったのだ。よそ者なのだから。

「応援しています。うまくいくといいですね」

「なにをいうのだ。石をとりにいくのはおまえだ」

「どうしてわたしが――」

やっぱり――がっくりときたぶん、不機嫌に眉をひそめる。

そこまでいうなら、自分たちでやればいいのに。

「女神が頼んだ相手はおまえなのだろう?」

「そうですけど、死ぬまでいいっていう話でしたから」

「おまえでないと無理だ。どんな石なのかがわからない」

「わたしだってわからないです」

「だがおまえは、石の声をきくのだろう」

「そうですが——。神宮守《じんぐうもり》は、その石を身体から離すことがないそうです。神様すら手が出せない石を、どうやってかすめとれっていうんですか」

黒槙はうつむき、思案した。

「たとえば、衣を脱ぎ去る時を狙えばどうだろうか。滝で水垢離《みずごり》をおこなう時とか」

「水垢離？」

「濡れた身体を拭く侍女《じじょ》に化けられるように謀《はか》ってみようか。もしくは、湯浴《ゆあみ》とか」

「湯浴って、お風呂？」

「案ずるな。入れ替わる先の女にはよく話をつけておくか——」

真織はくわっと口をあけた。

「知らないおじさんが裸でいるところにいって、身体を拭いてこいっていうんですか？」

「そういう話では……」

ハラスメントに敏感なのは、現代人だからだ。

この時代では問題がないことだ。——と、頭ではわかるけれど、頭でわかったからといってなんでも我慢できれば、問題なんかなにひとつ起きないのだ。

「ちょっと待ってくださいよ？　よく考えたら、そもそも、知らないおじさんが肌身離さず持ち歩いているものをとってこいっていわれてるわけですよね。そのうえ風呂か水垢離を覗けって？　気持ち悪——」

ひとつ気になると、あれもこれも気になってしまう。声も大きくなった。

「わかってますよ。わたしの気持ちなんかどうでもいいくらい大事な石なんですよね——うん、やっぱりいやです。どうしてわたしが、あなたの野望のためにそこまでしなくちゃいけないんですか！」

真織の豹変《ひょうへん》に怯えたのか、黒槙はぎくりとしてまた声のトーンを変えた。

「なら、寝ている隙に奪うのはどうだろう。寝殿に案内させる……」

「知らないおじさんの寝室に入る？　ありえない——」

現代でそんな仕事を無理強いされることになったら、一目散に逃げて警察に駆けこむ案件だ。

結局、玉響に宥《なだ》められる羽目になった。

「真織、落ちついて。私がやるよ。真織は一緒にきて、石の声を教えてくれればいい」

「あっ」と真織も我に返った。

黒槙を相手にして、いったいなんの文句をいっていたのだ。

青ざめて、自己嫌悪のため息をついた。

「すみませんでした。変なことを言いました」

そもそも真織は異邦人で、居候だ。時代も考え方も違う世界にいることも理解しているのに、自分の意見を押し付けるなんて。日本を訪れた外国人が「家の中を土足で歩けないなんて、ありえない」と怒りはじめるようなものだ。なんて迷惑な。

（もうすこし空気を読めると思っていたのに。気が大きくなってる？）

玉響のいう通りだ。落ちつかなきゃ——。深呼吸をした。

「ええと、でも——神宮守《じんぐうもり》の寝室なんて、忍びこむことができるんでしょうか？」

「水垢離の世話をする女を味方につけるのに比べたら造作《ぞうさ》もないさ。寝所の周りをうろつける者のほうが数はよほど多い」

「でも、見つかってしまったら？　番をする兵だっていますよね。気づかれたら人を呼ばれるでしょうし、あっというまにつかまりますよ」

チンピラの受け子どころか、ボスがいるアジトに忍びこむ鉄砲玉の役である。

「最悪、その場で殺されてしまいますよ——不死身ですが」

黒槙がほっと笑顔を見せた。

「よし、決まった」

「なにが『よし』ですか。決まっていませんよ。いやです」

真織は食いさがるが、会話に耳を澄ましていた河鹿が、はっと顔をあげる。

「黒槙さま。卜羽巳氏の邸で直会《なおらい》の宴がひらかれます。十日後に」

ははは、と黒槙が大声を出して笑った。

「運がわれらに味方している」

「直会の宴って？」

訝《いぶか》しがる真織に、黒槙は上機嫌で説明した。

「卜羽巳氏の邸で宴がひらかれるのだ。大きな宴で、大勢が集い、朝まで飲み明かす。奥ノ院などより、よほどたやすくおまえたちを紛れこませることができる、またとない機会だ——いや、女神がお膳立てをしてくださっているのだ」

「そうでしょうか……」

信仰に口を出す気はもちろんなかったが、あれもこれもすべて神様がくださったラッキーだと喜ぶ人に出会うと心配になるのも、現代人だからだろうか。

真織の心配をよそに、黒槙はうなずいた。

「さっそく卜羽巳邸に窺見《うかみ》を潜りこませよう。神兵もだ。心配いらんよ。連中はのうのうとしていて、邸の守りはろくでもない」

黒槙はくっくっ——と、悪巧《わるだく》みをするように笑っている。

「なにしろ奴らには、まだ祟りが起きておらんからな。つぎは、こちらが祟りを起こす番だ」

「しかし、黒槙さま」

千鹿斗が身を乗りだしていた。絵巻物を覗いていた時のまま、千鹿斗は広間にあぐらをかいて、話に耳を傾けていた。

「あの神官は——鈴生さまはどうなさるつもりですか。姿を見られました。鈴生さまは、あなたが何事か進めようとしていると気づいたでしょう」

鈴生は、水ノ宮の御調人《みつきびと》だ。

御種祭《みたねまつり》にも関わる実力者で、身分も高く、神宮守《じんぐうもり》とも近い存在のはずだ。

「道で会ってからすぐに、あの男を見張らせている。北ノ原への道もだ。何事も起きていないし、これからもなにも起きないだろう。安堵しろ。もともとあの一族は、ト羽巳氏を好いていない」

「——本当でしょうね」

千鹿斗が慎重に念を押す。

千鹿斗がもっとも恐れているのは、彼の郷に水ノ宮の目が向くことだ。

乱が起きようとも千紗杜を守ると黒槙はいったが、なにも起きないのが一番よいのだから。

「ああ。手は打つ」

「しかし」

「なんであれ、いいと思うことはやってみればよいのだ。万策を尽くそうが、難はかならず起きるものだ。やるか、やるまいかと考える暇があるなら、難を攻略する暇に使うほうがよかろう？」

千鹿斗が渋面をする。

「無責任では――」

「違うな。俺だけにきこえる声が、やれと言うのだ。俺の勘は、よく当たる」

黒槙は眉を寄せて、傲慢に笑った。

「冷静に考え直したところで、答えは変わらんだろう。あぁ、そうか。おまえにとっては降ってわいたことに感じるかもしれんな。だが俺にとっては――いや、杜氏、神《じん》領諸氏《りょうしょし》にとっては、長年の心願だ」

そういい、黒槙は、自分を向く顔のひとつひとつをじっと見つめた。

「支度を終えて、機をうかがっていた。はじまりの合図を探していたところに、御種《みたね》祭《まつり》を生きのびた玉響さまと、新たな神王《くまみこ》のような娘と、いつか手をとりたいと願っていた千紗杜の若長と出会ったのだ。そしていま、わが邸で顔を揃えている。いまを逃せば、つぎにいつ『いま』が来るのだ」

ぎらりと笑った黒槙の笑顔が鎌首をもたげた蛇に見えた一瞬があって、真織はまばたきをした。

もちろん、見間違いだ。でも、神官の形《なり》をした黒槙は、蛇の幻などなくても周囲を威嚇するようで、ただ者ではないと知らしめる奇妙な華もあった。

「そろそろ腹を割って話そう。――いいや、あなた方を相手に、俺は一度も隠し事をしなかった。手の内も余すところなく見せている。一族に伝わる絵巻すら見せた」

館の中を吹き抜けていく風が、遠くの間仕切りを揺らしている。

館の奥のほうのそこかしこで、仄《ほの》かなさざめきをつくりあげていた。

「俺は、卜羽巳氏を水ノ宮から追放し、この国に巣くう濁った意図を一掃したい。神王を取り戻して、わが神領をあらたな水ノ宮にしてもよいと思っている。そのためには、女神の加護がいる」

黒槙は床に両手をつき、床に額がつくほど頭をさげた。

「俺や部下にできることならあがいてでもやるが、できぬことだから頼っている。女神の石を取り戻してくれ。頼む」

一秒、二秒、三秒――と経ってもそのままで、真織たちは、長いあいだ黒槙の後頭部の黒髪を見つめることになる。

「黒槙さま、頭をあげてください」

千鹿斗が顔をしかめた。

「杜ノ国の行く末を憂えておられることも、真摯《しんし》に接してくださったこともわかりました。でも、いくら頭をさげられても、この場で『はい』といえることと、そうでないことがあるのです」

黒槙は野心家で、雄々しい言動をとる人だが、一方で、領民想いで、人情味のある男でもある。しばらくそばで過ごしてみて、黒槙が杜ノ国をよくするために熱心に考えていることも理解した。しかし――。

黒槙はじわりと頭をあげ、千鹿斗と見つめあった。

「なら、古老《ころう》に尋ねてきてくれ。直会の宴まで、あと十日ある。古老が俺を愚かだというなら、いまはあきらめる」

かたや杜氏の長、政権転覆をたくらむロイヤルファミリーのリーダーで、かたや、千紗杜という辺境の郷の跡継ぎだ。

ふたりの立場には差があったけれど、黒槙は千鹿斗に、同等の男として接した。

「おまえが躊躇《ちゅうちょ》するのは当然だ。だが、俺は命を懸《か》ける。誰かが声をあげ、やり遂げなければならないが、杜氏の血をもって生まれたからには、その役をすべきは俺だ。俺がやらなければ、苦労するのはつぎの代だ。子らに厄介《やっかい》ごとを残したくない」

千鹿斗は目を細めて、視線を落とした。

「うちの郷もそうでした。水ノ宮に逆らおうとみんなが立ちあがったのは、爺ちゃんが——古老が生きているうちにはじめなければ後がないと、焦ったからです。抗《あらが》う力はいまにかならず減っていくから、と」

黒槙は「そうとも」と力強くうなずいた。

「おまえの郷と同じだ。未来《さき》を見据えていればこそだ。俺は、一度誓ったことはかならず守る。千紗杜は守る。頼む」

「いまのおれには、答えられません」

千鹿斗は息をつき、顔をあげた。

疲れきった目が、真織と玉響を交互に見た。

「きみらの意見はどうだろう。真織はどうしたい？」

「わたしは——」

ことの発端は、水ノ宮の奥で、真織が女神からされた頼まれごとだった。

『どうだ。おまえが、あの男のもとから私の石を引き離してくれんか』

女神からも、奥ノ院にいた精霊たちからも頼まれたのだから、引き受けてあげたい。

直会の宴という絶好の機会が訪れるのなら、幸運かもしれないと、真織も思う。

（でも。引き受けて、もしも失敗したら？　千紗杜に迷惑がかかる。杜ノ国にも――

それに）

神領《じんりょう》へきてから、いろんなことが起きた。

水ノ宮の奥に潜入して、宮殿を内側から眺めた。

玉響が神王《くまみこ》だった時の住まいを見て、彼の暮らしを垣間見た。

奥ノ院の神域に足を踏み入れて、石や精霊の声をきいた。

星の精だというトオチカにも会った。

神王がどのように生まれたかや、杜ノ国のはじまり、神宮守《じんぐうもり》と神領諸氏《じんりょうしょし》がこれまでたどってきた道筋も教えてもらった。

でも、すこし齧《かじ》っただけだ。この国に生まれて、運命に翻弄《ほんろう》されてきた玉響たちと違って、真織が杜ノ国にやってきたのは、わずか四ヵ月前。

この中のなにが一番の問題なのか？　どうするのが正解？

みんなで話していたことの答えも、真織にはまだわからなかった。

『神王とはなんだろう。そこから、ぐらぐらしている』

『千紗杜はどっちにつくか、もしくはどっちにもつかないのかって選ばなきゃいけない。おれがここにいる以上、見極めるのはおれだ』

（わたしがいえることなんか、なにも――みんながよければ、それで）

そういいかけて、唇を噛《か》んだ。

もう関わっているのに、それはあまりに無責任だ。

でも、意見をいう資格が自分にあるのか？　影響の大きさにも溺《おぼ》れかける。

（成功したら、黒槙さんは水ノ宮を変えようとするんだろうか。うまくいっても失敗しても、わたしが関わったことが、杜ノ国や千紗杜を大きく変えてしまうんだ）

返事を待って、千鹿斗の目がじっと真織を向いている。

黒槙の目も、問い詰めるように真織を向いていた。

適当に返事をしていいことじゃない。考えなくちゃ。どうすればいい？

わたしの意見は？　どうなるのがいい？　誰も悲しまないで済む方法は？

みんなが笑うには？　誰にも迷惑をかけずに済む方法は？

求められているのが部外者としての意見なら、空気を読めばいい。状況を察して、みんなが口に出せないことを客観的にいえばいいんだ。

どうすればいい？　考えて――。一番大事なことは、なに？

カーテンのようにいくつも立ちはだかる悩みごとを一枚一枚はぎとっていけと、必死に頭を動かすけれど、どうしても同じ景色ばかりが思い浮かぶ。

帰りたくてやまない、千紗杜の家だった。

誰もいなくなって時間がとまった家の代わりに、真織が得ることになった新しい

「家」だ。

もう一度、あそこで暮らしたい。

すべてを失った後で見つけたやさしい時間を、もうすこし続けたい。

すこし前まで、真織には欲しいものがなにもなかった。

死の淵《ふち》へ向かう母の無事を願い続けていたけれど、その願いが砕けたからだ。

死ぬほど祈った望みが叶わないなら、もうなにも欲しくない。自分のことも、いらないくらいだった。でもいま、どうしても叶えたい望みがあった。

（帰りたい――）

でも、帰りたいなんて、ただのわがままだ。

いま求められているのは、そんな答えじゃない。

でも、それ以外の言葉が浮かばなかった。

「ごめんなさい。わたしは異邦人です。杜ノ国の行く末のことは、千鹿斗や黒槙さんのようには考えることができません。ただ、帰りたいです」

熱に浮かされたように、真織は千鹿斗と黒槙を見つめた。

「千紗杜に戻って、玉響とまた暮らしたいです。そのためなら、なんでもやります」

千鹿斗はすぐに応じて、「わかった」と苦笑した。

「ごめん、なんて言わなくていい。そういうことをききたかったんだ」

千鹿斗は、真織の隣で真顔をする玉響にも微笑んだ。

「玉響は？　どうしたい？」

玉響は千鹿斗をじっと見つめて、笑った。

「真織と同じだ。帰りたい。それから、ひとりでも多くの人が笑えばいいと思う」

◇　◇

(ここにも、見張りがいる)

暗い視線に気づかぬほど、鈴生は愚鈍ではなかった。気づいたからといって騒ぎ立てるほど気短《きみじか》でもない。相手の目星がついているなら、なおさらだ。

(黒槇さまの部下だろう。神兵か？)

水ノ宮の正門をくぐり、次官《すけ》として実務をおこなう場、御饌寮《みけのつかさ》にいくべきだが、進路を変えた。間諜《かんちょう》に気づかないふりはできても、見張られ続ける苛立《いらだ》ちをかかえたままで、気のいい上官を演じるのは億劫《おっくう》だ。

(狙いはなんだ？)

先日、邸に文《ふみ》を届けられた時は、青ざめた。

「鈴生さま宛てだそうです」と文をさしだした部下は、こう告げた。

「届けにまいったのは神兵でしたが、道の途中で預かったと話していました」

紐を結うように小さく畳まれた紙を慎重にひろげてみるが、一通りを目で追った後、鈴生はすぐに畳み直し、知らんふりをしたのだった。

「いたずらだ。なにも書かれていない」

口ではそういったが、たぶん、いたずらではなかった。手紙には字がひとつもなかったが、蛇の紋が描かれていた。蛇の紋といえば、表すものは神領諸氏《じんりょうしょし》だ。

もうひとつ、格子《こうし》状に交差した四線の紋があった。その紋にも見覚えがあった。

(たしか、杜氏が護身の呪符《じゅふ》として民に渡してやる紋だ)

その紋には「格子の隙間から、神の目がおまえを見守る」という意味があるとか。

いまは、こう意味がとれた。

――おまえを見張っている。

たぶん、そういうことなのだ。なにもするなと脅していた。

しかしなぜ、わざわざ邸に届けた?

水ノ宮への道中で待ち伏せて、直に自分へ渡したほうが人目につかないはずだが。

理由に思い当たって、鈴生は息をついた。

御調人《みつきびと》一族の住まいには副屋《ふくや》がいくつもあり、鈴生は父母とともに暮らしていた。

(父にも話すなということか。もしくは、親を質にとったおつもりか。黒槙さまは、

いったいなにをなさろうとしているのだ）

水ノ宮の門前の大道で出会った時、鈴生と黒槙はひそかに話した。

「黒槙さま。なぜあなたがあの方々と一緒に——いいや、あの方々が神ノ原にいるわけがない。私は見間違いをしたのでしょうか」

「ああ、いったいなにを見たのだ？　おまえはなにも見なかった。よいな？」

いま目にしたものを誰かに話してみろ。ただでは済まん。

黒槙の目には、獲物を押さえつけるような凄味があった。

その目を見つめ返して、鈴生は問うた。

「なぜですか。理由を」

「神王《くまみこ》の神威が穢れるからだ」

「神王の？」

「神領諸氏にいらぬ嫌疑がかかり、そうなれば神王にもなにか起きる」

「しかし」

「神王無くして、杜ノ国が続くのか？」

逆に問われ、黙ると、黒槙は冷笑していった。

「おまえがなにかを喋《しゃべ》れば、杜ノ国を支える聖なる御子が穢され、神々と話すお力を失ってしまわれるかもしれない。そうなった時、おまえが代わりに豊穣を女神に請えるか？　できまい。俺にも、誰にもできぬことだ」

杜氏の一行は先に進んでいたが、神兵がふたり残って立っている。

黒槙の目がちらりと兵に向く。兵をたしかめる仕草を鈴生に見せつけて、脅した。

「どうなさる？　誰にも話さぬと誓うか、それとも、悪しきことが起きぬようこの場で命を絶っていただくか」

「命を？」

死をちらつかせた問答がはじまるなど、尋常ではない。鈴生は目を見張った。

「私に、あなたを陥れるつもりはありません。ただ、理由を……」

「急《せ》くな。いずれ話そう。おまえとは手をとりたい。おまえを殺したくない。よいな？」

じわりとうなずいた鈴生に黒槙は笑み、水ノ宮を振り返った。

「神王《くまみこ》は、女神へ豊穣を希《ねが》う。しかし、ならば神宮守《じんぐうもり》はなにをするのだろうな？　神託を民に伝える？　しかし、神託を神からさずかるのも神王だ」

黒槙は、杜ノ国でもっとも古い歴史をもつ祭祀王の一族、神領諸氏《じんりょうしょし》の長だ。

神領は、神領だけの法や制度が重んじられる特異な地域だが、黒槙が当主の座についてからは、法も制度もたびたび改められているという。

国造りに熱心で、神領諸氏や、その血族を慕う一族を束ねる男でもあり、水ノ宮が手を出しにくい男のひとりでもあった。古くからの一族ならではの結束も固い。

黒槙は豪胆で、虎視《こし》眈々《たんたん》となにかをもくろんでいそうな気味悪さがあり、ときどき思いがけない行動に出ることもあるので、水ノ宮では変わり者と見なされていた。

妙な噂もある。神領の山際に人を集めて、池をつくったらしい。噂は「黒槙さまはとうとう水神になられた」と揶揄《やゆ》とともに伝わったが、所用の折りに池を見て、鈴生は驚いた。農地をふやすために造られたものだと、気づいたからだ。

ふしぎなことに、池を造ってからは神領の活気が増した。

工事には人の心を縒《よ》りあわせる力でもあるのか、人の目つきが変わっていた。

(変わり者、か。惹かれる者からすれば、天性の才の一種か。しかし)

鈴生は大きなため息をついた。

(お見かけした時、玉響さまたちは杜氏の神官の姿をされていた。つまり、玉響さまたちも奥ノ院に入ったのだ。いったい、なにをしに——)

奥ノ院は女神の居場所だ。ならば、女神に陳情にいったのか。

(なにをもくろんでおいでだ？　命を奪うと脅してまで)

水ノ宮の端に位置する倉に入ってすぐに、御調人《みつきびと》の部下がやってくる。

「こちらでしたか。本日の御饌《みけ》が揃いました。御検《おあらた》めを」

祭祀の宮、水ノ宮では、ほぼ毎日なにかしらの神事がおこなわれた。

神領諸氏《じんりようしよし》による神事が済んだばかりだが、十日後には、神王《くまみこ》による直会神事が控えている。

神事の御饌《みけ》の支度は御調人《みつきびと》の役目であり、大きな神事のための御饌はすべて、次官《すけ》の鈴生が見極めをおこなう決まりだった。

「ああ、いこう」

「このところ、ずっと倉にいらっしゃいますね」

若長を捜してやってきた部下は、興味深げに内部を見回している。

鈴生があぐらをかいた床の上には、古い木簡が積みあがっていた。

「冬の支度だ。計帳の手入れの年だからね」

「あぁ、なるほど。つねに先を見ておられて感服します。春になったばかりなのに」

部下は、名を珠輪《たまわ》という。

珠輪は称《たた》えたが、鈴生は苦笑した。いまのは、言い訳だったからだ。

近ごろ倉に籠《こも》りがちなのは、収支の無駄を明らかにするためだった。

ふえた月料の行き先は、卜羽巳氏。もしくは、卜羽巳氏に従う一族だった。

昨年の民の暮らしは、十年前の飢渇の年よりも困窮《こんきゆう》している。

豊穣の風が吹いたが、国土にはまだ稲魂《いなだま》が宿りきっていない。

つぎの飢渇の年には、さらなる凶作に見舞われるかもしれない。

そうなれば、恐ろしい悲劇が起きる——。

（飢えてまず命を落とすのは子どもだ。子どもが大勢死んでしまえば、国の力が落ちる。人の心も荒《すさ》む。すべてが悪い方向へ進む。神ノ原に人の悪しきものが蔓延《まんえん》していたのも、その兆《きざ》しでは——考え過ぎだろうか）

今日この倉にやってきたのには、またべつの理由もあった。

ざっと土を踏む音がきこえて顔をあげると、開けっ放しの戸口の向こう側に人が通ったところだ。水干姿の長身の男で、隙のない立ち姿や厚みのある肩が、武家だと物語る。神兵だ。

目が合うことはなかったが、邸に届いた手紙の通りなのだろう。

——おまえを見張っている。

神兵が通り過ぎるのを待って、珠輪が神妙な顔をする。

「お耳に入れたいことが」

珠輪は足の踏み場もないほど木簡が積みあがった倉の床を慎重に歩んで、鈴生のそばへ寄ると、外を気にした。

「神軍に、妙な動きが。神兵をよく見かけるのです。神領諸氏に仕えている方々です」

神兵とは、兵寮《へいのつかさ》で武官をつとめる者のことだ。軍務の面から杜ノ国を支える役目を負い、幼いころから兵術陣法を学ぶ武家の一族が就く。

神軍には派閥があり、それぞれの武家には主に仕える先があった。

神軍はもともと神領諸氏《じんりようしよし》のもとで生まれた。神領諸氏は武運長久《ちようきゆう》の神事も多くおこなっており、いまでも武家の信仰を集めていた。

水ノ宮をつかさどる卜羽巳氏も、表向きには神領諸氏と仲良くやっているが、警戒している。恐れた卜羽巳氏は、自分の息がかかった武家を近くに置くようになった。卜羽巳氏に忠誠を誓う武家を「帯刀衛士《たいとうえじ》」と呼んで重用し、神軍に代わる存在として引き立てていた。宮中で帯刀を許される者も、帯刀衛士ばかりだ。

「特別変わったことをされているわけではないのですが、水ノ宮の周りでよくお姿を見かけます。先日の神事の際にも、黒槙さまの一行と一緒に四十人がおいででした」

「四十人か、多いな」

苦笑するふりをした。

鈴生も同じものを見たが、たしかに多かった。敵地にいくような警戒ぶりだった。いまもだ。命を奪うと脅して口を封じようとしたり、一時たりとも忘れるなとばかりに見張りの兵に添わせるなど、常軌《じようき》を逸《いつ》している。

「祟りに怯えておられるのでしょうか。昨年、地窪の湿三《しととみ》さまが女神の罰で逝去《せいきよ》されましたので」

「女神の罰？」

そうではないと、鈴生は首を横に振るのをこらえた。

(あれは、多々良《たたら》どのが手を下したのだ。神宮守《じんぐうもり》に命令されて、罰を与えた)

鈴生ははっと息をのんだ。

(黒槙さまは、もしや)

湿三が亡くなった件を、黒槙は、祟りではなく神宮守が起こした事件だと見抜いたのではないのか。そうであれば、狙いは報復か？

「なにかの前触れでしょうか。多々良さまにお伝えしたほうがよいでしょうか」

多々良は、御狩人《みかりびと》という一族の若長だ。

神に逆らった者が食らう刃と恐れられる武具、骨刃刀《こつはとう》の当代きっての使い手で、寡黙《かもく》な豪傑《ごうけつ》だが、心の穢れを嫌う好い男だ。

あの男が目を光らせたら、神軍がひそかに動いている理由を探り当てるだろう。

企みに気づいたなら、神宮守を守ろうと懸命に働き、玉響や千紗杜の若長が神ノ原にいることも、黒槙に不穏な動きがあることも、神宮守に伝えてしまうだろう。

そうあっては、ほしくない——。

鈴生は、背にじっとりと汗をかいた。

「多々良どのの手をわずらわせてはいけない。しばらく様子を見よう」

鈴生は、自分で自分に驚いた。

（見ないふりをしようとしている。なにか起きると気づいていながら）

珠輪もいざこざを避けたいようで、ほっと肩で息をした。

「では、私はこれで。直会の宴の支度もございますので」

直会の宴は、十日後にひらかれる宴だ。水ノ宮でおこなわれる直会神事の後に、場を卜羽巳邸へ移して宴が催され、春《はる》ノ祭《まつり》から続く一連の神事の締めくくりにふさわしい、華やかな日を迎えるはずだ。

しかし、鈴生はその宴が気に食わなかった。

宴と名がつくだけあって、直会の宴では、集まった者たちが夜通し飲み明かす。酒も馳走もかなりの量を支度するが、飢渇の年が明けたばかりで冬の蓄えはすくなく、国にはろくに腹を満たせない者も多い。

「贅沢《ぜいたく》な宴は控えるべきと私は思うが。せめて、飢渇の年の苦しみが癒えるまでは」

「しかし、酒も馳走も、卜羽巳のほうでほとんどご用意なさいますし」

「饗宴をひらく余裕があるなら、困窮する民に配るべきだといいたいのだ。だいいち、卜羽巳に回る米が多いのは――」

ちらりと目が向いたのは、膝の先に積みあがった木簡だった。

その時だ。倉の戸口に人影が現れる。

「鈴生どのはおられるか」

倉の中へさしこむ明かりを遮《さえぎ》って立ったのは、背の高い青年だった。

烏帽子をかぶり、濃い藍色《あいいろ》の狩衣に身を包んでいる。神宮守《じんぐうもり》の息子で、名は緑螂《ろくろう》。神宮守のもとで次官《すけ》をつとめ、神宮守を継ぐ者として幼いころから勉学にはげむ貴公子で、血筋も身分も鈴生より数段上だった。

鈴生は平伏したが、胸の高鳴りがとまらなかった。

ちょうどいま、卜羽巳氏の没落を願ったところだったからだ。

没落とまではいかなくとも、卜羽巳氏が代々、私欲のために政治をおこなっているのではないかと疑い、いずれ権力を失うとしても、真偽《しんぎ》が糺《ただ》されるなら没落も仕方なしと願った。

(平静を保て。目に見えてまずいことはしていない)

倉に足を踏み入れた緑螂は、床のあちこちで積みあがる木簡の束を見やった。

「すごい量だな」

「はい。四百年の記録が残っております」

平伏しながら、鈴生の胸はさらに早鐘《はやがね》を打った。

周りで輪をつくる木簡は、卜羽巳氏に渡った月料について調べたものばかりだ。

木簡の面が緑螂の目に入れば、気づかれるかも――。

笑顔をとりつくろいつつ、鈴生は片づけをはじめた。

「散らかしておりもうしわけございません。緑螂さまがいらっしゃるとは思わず――」

「なにをいうのだ。俺が勝手に邪魔したのだ」

「じつは」と、緑螂は鈴生の前で膝をついて、目の高さを合わせた。

「神事の御贄《みにえ》のお下がりを譲ってもらえないかと、頼みにまいった。身重の妻に、女神の加護をいただきたいのだ」

緑螂の目を、鈴生はじっと見つめ返した。

いま緑螂の膝もとにある木簡にも、「卜羽巳」の文字が並んでいる。

目を逸らすな。緑螂に下を向かせるな。なにをしていたかを悟らせるな。

鈴生は笑顔を浮かべて、視線を合わせ続けた。

「もちろんです。邸に届けさせます」

緑螂の年は二十五で、文武両道、品行方正。感情を内に秘める性質で、父親の影響があるところでは暗い噂がないわけでもないが、表向きにはたいへん評判のよい若者だ。緑螂の貴公子ぶりに憧れる男も多い。

珠輪もうっとりと目を細めていた。

「では早速、祭壇からお預かりしてまいりますよ。若君が無事に誕生なさるように祈りを込めて」

「ありがとう。俺も浮き足立つ思いだ。父からはよく叱られるのだが」

緑螂は苦笑して、ため息をついた。

「神宮守《じんぐうもり》になるなら、己の平穏よりも国の平穏を保つにはいかにすればよいのかを考えよと、よくいわれる。己の子ではなく、神ノ原、杜ノ国全土で生まれる子らのことをまず考えるべきだと。頭ではわかるのだが、国の平穏のほうをつい忘れてしまう」

珠輪がぷっとふきだした。

「当然ですよ。はじめての御子です。それに、ご自分の奥方や御子に愛情を注ぐことができるお方も、この国を統《す》べる方としてふさわしいと、私は思いますよ。それすらわからない方は、民の心もわかり得ないでしょう」

緑螂ははにかみの笑みを浮かべて、腰をあげた。

「ありがとう、覚えておく」

「あの、緑螂さま」

立ちあがった緑螂を追って、鈴生も立った。

「お願いがございます。直会の宴のことなのですが」

月料やほかにも頭を悩ませていることは多々あるが、まずは急ぎの話を。

「食べ物が余れば、民へ渡してやっていただけませんか。飢渇が明けたばかりで、民は困窮しております」

　緑螂は眉を寄せ、うなずいた。

「その通りだ。分番の召使に土産《みやげ》をもたせるはずだが、多めに渡せるように父に話してみる」

　鈴生はほっと息をついた。

「ありがとうございます、緑螂さま」

「直会の宴は女神からの賜《たまわ》りものを分け合う場だ。神官ばかりが享受するのは意図に反するのではと、俺もつねづね思っていた」

　緑螂は慎重にいい、精悍《せいかん》な笑みを浮かべた。

「古くから伝わる物事には、いまでは意味をなさなくなったものも多いのだろう。ひとつひとつ調べなおして手を加えていかねばならないのだろうな。俺が父を継ぐ時がその機会になる。鈴生、おまえを頼りにしている。また教えてくれ」

「なんと、素晴らしいお心がけです」

　珠輪が、緑螂を惚れ惚れと見つめている。

　鈴生は珠輪ほど巧言《こうげん》を鵜呑《うの》みにするほうではなかったが、緑螂が父親と別の考え方をもつことは、よく知っていた。誠実な印象を与え、頼みごともしやすい相手だ。

（この方が神宮守《じんぐうもり》になったら、水ノ宮は変わるのだろうか）

「あの、緑蜘さま。最近変わったことはございませんでしたか」

「変わったこと？」

「奇妙な蛇を見かけたのです。よくないことが起きなければと」

珠輪が呆れる。

「鈴生さま、真剣な顔をして蛇の話ですか？」

たしかに妙なことをいった。

これでは伝わらないだろうが、伝える気もなかった。

ただ、黒槙がなにかをもくろんでいるなら、緑蜘には無事でいてほしかった。

緑蜘は真顔をして「蛇？」と反芻《はんすう》した。

「大きな蛇だったか？」

問われるが、実際に蛇を見たわけではない。蛇をかたどった紋に脅されただけだ。

「まあ、やや大きかったかもしれません」

それっぽく鈴生が虚言《そらごと》をいうと、緑蜘は神妙に黙り、遠くを見た。

「わが邸にも、恐ろしい蛇の話が伝わっているのだ。大蛇だ」

――崇《たた》り――


千紗杜《ちさと》の意向を問うために神領《じんりよう》を出た千鹿斗《ちかと》は、三日後に戻ってきた。

「古老《ころう》へは、どう伝えてくれたのだ」

千鹿斗と黒槙《くろまき》は、冗談の応酬のような言い合いをした。

「黒槙さまは理由なく敵に回さないほうがいい相手だ、と伝えました」

「それで、古老はなんと？」

「ならば、恩を売れ、と」

ははは、と黒槙が大笑いをする。

「ぜひとも大恩を売ってくれ」

ひとしきり笑った後で、黒槙は真顔で千鹿斗を見つめた。

「恩に着る」

三人だけになってから、真織《まおり》が尋ねた。

「古老たちは、黒槙さんを助けていいって？」

千鹿斗は苦笑してこたえた。

「流れにまかせてみようってことになった。まずいと思ったらいつでも手を引くってのには変わりないけどな。昂流《すばる》たちも見張りについた。——おれたちはいま、大きな流れの中にいるんだ。注意をおこたらずに流れを読むのがいまは役目、そう言ってた」

直会《なおらい》の宴がおこなわれる日の朝には、水《みず》ノ宮《みや》で直会神事がおこなわれたらしい。神王《くまみこ》となった御子《みこ》がはじめておこなうと、河鹿《かじか》が話していた神事だ。

「そもそも、直会ってなんだろう」

ふしぎがっていると、玉響《たまゆら》が教えてくれた。

「ごはんだよ。女神《めがみ》と一緒に御饌《みけ》を食べる」

女神の居所の奥《おく》ノ院《いん》に入って、同じごちそうを一緒に口にすることで「同じ釜の飯を食う仲」になる、という神事だそうだ。そうすることで、晴れて神王として認められるのだとか。

奥ノ院で、女神は神王と同じごちそうを召しあがるが、祭壇に用意された女神のための膳は、神王が女神との食事を終えた後も手がつかないまま残っているように見える。でも、実はすでに食べ終えられていて、祭壇に残った御饌は、神様から人へ与えられる賜《たまわ》りものだ。

祭壇から片づけられた後のお下がりは、卜羽巳《うらはみ》氏の邸に運ばれ、ほかの神官も一緒にいただく。それを祝ってひらかれるのが、直会の宴だという。

宴の日、卜羽巳氏の邸は宮殿のような賑わいをみせていた。

広大な敷地を囲む板壁のそばでは神官たちが立ち話をして、あはは、おほほと、そこかしこで笑いの花が咲いている。

黒槙は、卜羽巳氏の邸に近づくたびに不機嫌になった。

「もはや、直会の名を借りただけの低俗な宴だな。遊びにきているつもりなのか。けしからん」

黒槙がやってくると、居心地悪そうに会釈《えしゃく》をしてさっと引いていく人波があった。

注意の多い頑固者の上官——黒槙は、そういうタイプの偉い人なのかもしれない。

門をくぐって中に入ると、広い庭へ案内される。

神官たちは心なしか、水ノ宮で見かけた姿よりも装いが華やかだ。

奥方連れの人もいた。赤や藍色《あいいろ》、浅黄色《あさぎ》。身分の高い女性たちが身にまとう色とりどりの衣が、庭のあちこちにあった。

真織は、河鹿の侍女《じじょ》に化けることになった。

着たのは、現代のものと似た着物で、腰から褶《しびら》だつものというエプロンを巻き、短い髪は布で隠した。玉響と千鹿斗は黒槙の召使《めしつかい》に化けた。

庭の奥には、大きな建物が建っている。

神楽殿《かぐらでん》のような造りで、柱があるだけで壁がない。

この日は庭を眺める桟敷殿《さじきでん》として使われるようで、高くつくられた床の上には高坏《たかつき》や器が並べられ、優雅な恰好をした神官たちがすでに席についている。

黒槙がやってくると、神官たちは品よく会釈した。

さすがは身分社会。宴の場であろうと、上下関係は明確だ。

「あちらです」

先に着いていた部下が、黒槙を出迎える。

桟敷殿の奥に、畳が敷かれて一段高くなった席が設けられていた。

席に着くあいだのざわめきに乗じて、黒槙は真織たちをそばに呼び、念を押した。

「宴は、星への祈りを込めて夜明けまでおこなわれる。神宮守《じんぐうもり》からの振る舞いという位置づけの宴だから、連中は夜が深まれば宴の場を去る。寝床に入るころを見計らって奥へ——根古《ねこ》、手引きは任せたぞ」

根古も、玉響と同じく召使に化けてそばにいた。

黒槙から目配せを受けると「へい」とうなずいた。

真織は尋ねた。

「もしも神宮守が眠らなかったらどうするんですか？」

「朝まで粘ろう。おまえと玉響さまが戻るまで俺も居座る」

黒槙が、襟元《えりもと》に指先を添える。

襟には、蛇をかたどった組紐飾りがついている。杜氏《もり》の紋だ。

「息のかかった者を紛《まぎ》れこませている。寝殿《しんでん》のそばにも潜ませた。兵や召使に化けているが、この紋をつけた者は俺の部下だ。頼ってくれ」

日が暮れ、夕陽が、鬼灯《ほおずき》めいた赤い光の玉になったころ。

どんと太鼓の音が鳴る。地に響くような音にあわせて、笛の音も冴えた。

「はじまった」

庭の中央に、大きな木の囲いがあった。

焚火台《たきび》のようで、内側に大きな薪《まき》が山の形に盛られている。

太鼓や笛、銅拍子《どびょうし》を奏でる一団がその囲いのそばにいて、祭囃子《まつりばやし》にあわせて、布製の巨大な蛇が舞いはじめた。筒状の蛇体には、ひし形の鱗《うろこ》が花飾りに似せて縫《ぬ》いつけられ、蛇の顔にあたる部分には獣《けもの》の毛皮が垂れて、黒髪があるように見えている。

布の内側で人が操っているはずだが、頭部も長い身体も、血がかよった幻獣がそこにいるかのように波打った。

(生きているみたいだ)

真織はもちろん、千鹿斗も、はじめて見る舞だ。迫力と豪華絢爛《けんらん》さに目を奪われて、栈敷殿の端、高欄《こうらん》という手すりのそばまで寄って舞を眺めた。

夢中になる真織たちに、黒槙が教えた。

「卜羽巳氏の伝統舞『蛇脅《へびおど》し』だ」

大蛇を相手に舞う、若い男がいる。白い狩衣に袴、頭には烏帽子をかぶり、水ノ宮の神官の形《なり》をしていた。手に大きな鎌《かま》をふたつもち、軽快に跳ねながら、刃先で優雅に宙を切る。大蛇と神官による一騎打ち。そういう舞だった。

「舞手は、卜羽巳氏の嫡男《ちゃくなん》だ」

「卜羽巳氏——神宮守《じんぐうもり》の息子っていうことですか？」

「ああ。名は緑螂《ろくろう》。聡明で冷静沈着、舞もうまい。いい後継ぎだ。父親似で、腹の中は見せんがな」

「そんな人が、踊れるんだ」

つまり、杜《もり》ノ国《くに》で一番偉い政治家の息子だ。

緑螂という青年は足さばきが軽やかで、所作のひとつひとつにも品があった。すらりと背が高く、身体つきも綺麗《きれい》だ。

緑螂は顔立ちも端正だった。真顔を崩さずに堂々と舞う姿が、また凛々《りり》しい。

真織を見やって、黒槙が笑う。

「美丈夫《びじょうふ》だろう？　娘たちがよく噂している」

見惚《みと》れるのも無理はない、という顔をされたが、緑螂は女だけでなく男性も見惚れるだろう美男子だった。真織はうなずいた。

「卜羽巳氏ってかっこいいって、思っちゃいました」

千鹿斗からも黒槙からも卜羽巳氏のことはあまりいい話をきいてこなかったので、印象が急に変わったくらいだ。

「でも、『蛇脅し』って、怖い名前の舞ですね」

「蛇舞」とか「蛇踊り」とか、もっと和《なご》やかな名前もつけられそうなのに、どうしてわざわざ「脅し」という言葉を入れるのだろう？

その時だ。這《は》うような唸《うな》り声を感じる。

うわぁぁぁ、おおおおと喚《わめ》くような声がきこえた。

(あの声だ)

きっと、精霊の声だ。神領《じんりょう》や奥ノ院の神域で耳にする囁《ささや》き声と似ていた。

でも、いつもとすこし違う。風にのるのではなく、どこか奥まった場所で生まれた悲鳴が、地の底をつたって響いてくる。

(どこ？)

音の出所を追って耳を澄ました時、目に入ったのは「蛇脅し」という舞を披露する緑螂だった。声は緑螂の背後、邸の奥のほうからきこえる。

――穢《けが》れた舞をやめよ。

――戸を開けよ。出せ、出せ！

「精霊の声がした。きこえる？」

尋ねると、玉響は「ううん」と首を横に振った。

「でも、言葉が降ってきた」

「言葉が？」

「うん。『友垣《ともがき》は隈館《くまたち》にそぐわず』」

玉響は目をとじ、呪文めいた難しい言葉をつぶやいた。

「大切な友を出してあげてって、誰かが私に頼んでいったのだと思う」

「また、神託？」

杜氏の〈祈り石《いのいし》〉をもとの社に戻した時にも、玉響には似たことが起きていた。

玉響だけでは思いつくことが難しそうな難解な言葉を、いまも何者かが依《よ》った霊能者のようにつぶやいてみせる。

「出して、か。わたしがきいた声も『出せ』『戸を開けろ』っていっていた。きっと同じ意味だね。でも、聞こえ方が違うんだ」

真織も玉響もきっと、同じ異変を感じている。

でも、真織は囁き声をきき、玉響には神託というふしぎな言葉が降り続けている。

「きっと真織は、私が神王《くまみこ》だったころのように八百万《やおよろず》の御霊《みたま》の声をきいているよね。でも、私にはきこえなくなった。ううん、時々はきこえるけれど、遠くなった」

玉響はうつむき、じっと考えこんだ。

「でも、神託は降り続けている。神王だったころは言葉の意味を理解しないまま神宮《じんぐう》守《もり》に伝えていたけれど、いまは自分で意味を解くことができるし、必要としている人に伝えなければと思う」

「神王じゃなくて、神宮守っぽくなってきているっていうこと？」

神王に降りた神託を大勢に伝えたのが、神宮守だったという。

神王は神々から言葉を得るが、意味を理解しなかったから――神王は神様の言葉の受け皿であって、虚ろなものだったからだ。

玉響は渋い顔つきになって「わからない」といった。でも、笑った。

「もしかしたら、私と真織がふたり揃って一人前なのかもしれないね。考えれば、そうか。ふたりで命を分け合ってしまったから。そういうことにしよう。そのほうが楽しい」

ふと、明かりが増す。

丸太をそのままの太さで組みあげた巨大な焚火台に、神官が火種をかかげている。

焚火台の底に積まれた細い枝やしゅろに火がついて、太陽が沈んで暗くなりゆく庭に、火明かりが灯った。

「あの舞は、宴のはじまりなのだ。済めば緑螂も酒宴にまじり、奏《かな》で人《びと》が夜を徹して宴を彩る。まずは楽しもう。神宮守もまだ寝る時刻ではない」

黒槙は笑い、桟敷へ戻ろうとうながした。

「酒は飲めるか」

目配せを受けて千鹿斗がうなずき、玉響もうなずく。

真織は驚いた。

「玉響、お酒が飲めるの？」

「うん。神酒《みき》はよく飲んだ」

「そっか、お神酒……」

真織にとっての玉響は、ちょっと前まで子どもだった人だが、「飲酒は大人になってから」というのも、そういえば現代のルールだ。

席に戻って、お酒が入った壺を覗《のぞ》きこんでみるが、どろっとした日本酒だった。

酒の匂いを嗅いだだけで頭の中がぼんやりする。

最悪、一口で酔いつぶれて動けなくなるかもしれない。

「わたしは、やめておきます」

真織は席につこうと腰を下ろしかけたけれど、河鹿の姿がまだ高欄のそばにあるのに気づいて、一度曲がりかけた膝が戻っていく。

河鹿は席に戻らずに、庭の奥まった場所をじっと見つめていた。

河鹿の横顔が目に入ると、真織は目が逸らせなくなった。

(悲しそうだ。なにを見ているんだろう)

河鹿の物悲しい表情につられて視線の先を追うと、人の目から隠れるように建つ小さな館にいきついた。館の入り口には御簾《みす》が垂れ、周囲を守る兵がいる。黒槙たちがいる桟敷殿や、緑螂たち、卜羽巳氏の居場所よりも厳重に守られていた。

「黒槙さん、あの館は?」

「行宮《かりみや》だ。神王の御座所《ござしょ》だ」

「神王? じゃあ——」

「ああ。流天《るてん》さまがあの奥でご覧になられている。まもなく奥に去られるがな」

黒槙の虫の居所が悪くなる。

「直会の宴は、卜羽巳氏が神王に願い出てはじまったものだとかで、神王にも民の喜ぶ姿をご覧にいれるのだそうだ」

「流天さまって、あの子か」

春《はる》ノ祭《まつり》で、黒漆塗の御輿《みこし》に乗せられていた姿を思いだす。玉響のつぎに即位した新しい神王で、現代でいえば小学一年生か二年生くらいだった。

（一族の大切な御子が、気に食わない相手の都合で振り回されるのは、いい気がしないだろうなぁ。それに）

河鹿の目が向く先にあるのはその御座所だったけれど、河鹿が本当に見つめているのは、未来のわが子かもしれない。

河鹿の息子、霧土《きりと》が神王に即位したら、霧土も水ノ宮の奥で暮らすことになる。

今夜のように宴の場で会えたとしても、御簾越しにしか姿が見られなくなるのだ。

親子の縁も切れる。

この日、霧土は乳母《うば》に預けて邸に置いてきていたので、河鹿の手はからっぽだった。

でも、河鹿の手は、赤ん坊を探すように時おりぴくりと動いた。

（そういえば、あの子のお母さんも神領諸氏《じんりょうしょし》の人か。この宴にいるんだろうか）

流天のための不老不死の命は、まだ奥ノ院の神域に留まっていた。

神様の命をもらえた後は、神様の仲間入りができるはずだ。

それと引き換えに人だったころの記憶を忘れていき、親の顔も、家族がいたことも忘れていくが、きっとそれはまだ先のことだ。

（あの子も、御簾越しにお母さんや家族を探しているのかな。見つけても、会いにいけないけれど）

玉響の声が蘇る。

『神王《くまみこ》として暮らすなら、現人神《あらひとがみ》になったほうが楽だ。神々と友になれるのだから』

(玉響のいうとおりかもしれない。近づいても、会うことも顔を見ることもできないんだ。忘れてしまったほうが楽なのかな)

でも、ふっと思い返す光景がある。

(玉響に襲い掛かってくる精霊もいた。あれも『友達の神々』なのかな――)

ため息をついていると、黒槙に呼ばれる。

「真織、注いでくれ。おまえの手で注がれた酒が飲みたい」

黒槙は、千鹿斗と玉響と輪をつくって座っていた。

酒壺を渡されるので、三人が手にした盃《さかずき》にそうっと酒を注いでやる。

周囲を気遣って、黒槙は声をひそめた。

「では、飲もう。神の力を宿して、俺たちの代わりに女神の声にこたえてくださるあなた方に感謝する。それを許した千紗杜の若長にも」

輪をつくったそれぞれの顔を、黒槙は力強く見つめた。

「誓おう。千紗杜は守る。玉響さまも、真織も。謀《はかりごと》に気づかれたら、俺はこの場で宣戦布告する。あなた方の運命を変えるかもしれないのだ。のうのうと平穏には戻らん」

黒槙が盃をあおり、玉響と千鹿斗も盃をからにする。それを、真織は見つめた。

(やろう。終わらせて、帰るんだ)

でも、頭の奥がやたらと白《しら》んでいる。

栈敷殿に充満する酒の匂いに酔った？

(ぼんやりする──こんな時に)

◇◇

栈敷殿からは庭が一望できるので、頭がどこを向いているのかが目に入りやすい。

そのせいか、宴の場にいる女性の目がちらちらと緑螂を向くのがよくわかった。

緑螂はもてるのだと黒槙も話していたが、政敵も認めるイケメンというわけだ。

目立たぬようにと釘をさされていたので、宴席を抜けるのは用がある時だけだ。

高欄に近づいて庭が目に入るたびに、つい真織も緑螂の姿を目で追った。

緑螂のそばには娘がいた。緋色《ひいろ》の袿《うちぎ》を身にまとった女性で、笑顔が愛らしい。

卜羽巳氏が集まる敷物の上にいて、緑螂の盃に酒を足して給仕をしていたが、その娘を見る時には、遠目から見ても緑螂の目がやさしくなる。べたべたとくっつくわけでもなく時々目が合うだけなのに、幸せそうだ。

「奥さまがいるのか。そうだよねぇ」

席に戻ると、玉響が拗《す》ねた。

「真織はあの男が好きなのか」

「そんなんじゃないよ。奥さまもいるのに。ただ、かっこいい人だなあって」

これだけ大勢の客がいる中でつい目がいってしまうのだから、イケメンの影響力というのは凄《すさ》まじいなぁとも、しみじみ思った。

緑螂を見ている女性たちも、もしかしたら自分で気がついていないかもしれない。

「あっでも、玉響も神官っぽく集中している時はすごくかっこいいよ」

ふだんはアルカイックスマイルをたたえてノブレス・オブリージュに徹する無垢《むく》で無邪気な聖人だが、神官としてふるまう時の玉響は狂気すら漂わせるというか、人外《じんがい》の生き物じみた妖艶《ようえん》な雰囲気をまとう。

もともと玉響は、若い男にも少女にも見える中性的な顔立ちをしている。

ただ、現代なら美少年ともてはやされそうだが、残念ながら、杜ノ国で人気のあるタイプではなさそうだ。

この国でもてるのは、たぶん千鹿斗みたいな頼りがいのあるタイプだ。

二十二歳の男子にしては華奢《きゃしゃ》で色白の玉響と比べると、隣であぐらをかく千鹿斗は日に焼けていて、肩幅も胴回りも逞《たくま》しい。顔つきも精悍だ。

実際、千紗杜で暮らしはじめてからも玉響に浮いた噂はきかなかった。

真織としては、ちょっと頼りないけどすごくいい子なんですよと、周りに触れ回りたいところだ。

「いいんだよ、玉響はかわいいから」

素直に褒《ほ》めてみるが、玉響につんとそっぽを向かれた。

「嬉しくない」

「褒めたんだよ？」

「でも、嬉しくなかった」

千鹿斗が苦笑いを浮かべる。

「酷《こく》だよ、真織」

「酷？　だって、玉響はいまのままでいいと思って」

「いまのままでいいって、真織が甘やかすのがよくないかもよ？」

「甘やかしてなんかいないですよ。それに、玉響は玉響です。誰かべつの人と比べる必要がないじゃないですか」

「じゃあ、玉響がべつの男と比べられたがってるってことなんじゃないの？」

千鹿斗は訳知り顔でいったが、真織にはぴんとこない。

「どういうことですか？」

玉響も不服そうに睨《にら》んだ。

「やめてくれ。私のことを知ったふうに話されるのは好きじゃない」

玉響は、なぜか千鹿斗にだけはきつく当たる。

千鹿斗は子どもをあしらうように笑っていた。

「はいはい、すまんね」

視界の隅で人が動いた。卜羽巳氏が集う席のあたりだ。

ひときわ目を引く長身の青年が立ちあがっていた。

「あれっ、緑螂さんが……」

玉響がしかめっ面をする。

「また真織があの男を見ている」

「そんなことをいったって」

「気になる」というのは無意識下で起こるものなのか。

目で追ってから見ていることに気づくのだから、イケメンの吸引力は凄い。

千鹿斗が笑いをかみ殺している。

「真織、きみ——なんでもない」

「なんですか」

真織も腹が立った。

さっきの玉響と同じ気分だ。訳知り顔で笑われるのはいい気がしないものだ。

「見ちゃうのは仕方ないですよ。目立つ人なんだから。そもそも、神宮守《じんぐうもり》の息子さんなら、いまどうしているか見ておかなくちゃいけない人で——千鹿斗、見て。あの人たち、帰るみたいですよ？」

途中で声色が変わる。

目立たないように、隣に座る神官の烏帽子の隙間から庭を覗いてみる。

直会の宴という一大行事とはいえ、卜羽巳氏が私邸に客人を招いて労をねぎらう私的な集まりで、ほかの神事とは参加の心得が違うらしい。

夜が深まると帰宅した人もいるようで、庭からはすこしずつ人の姿が減っていた。

給仕をつとめていた召使の姿もまばらになっている。

祭囃子は続いていた。でも、いつからか太鼓のリズムがゆっくりになり、笛の音も深夜になじむ音色に変わっていた。

「もうまもなくだ。連中は宴を去る」

黒槙が盃を傾けつつ、卜羽巳氏の席のあたりを横目で見た。

「連中がいつも食らっている酒と馳走を、格下と見なす俺たちにふるまうことで力を誇示しようとはじまった宴だからだ。『さすがは卜羽巳氏』と感嘆する正直者が、ここにどれだけいるかは知らんがな。むりにつくられたものは、俗に落ちるのが早い」

黒槙は小ばかにしたが、ゆっくり立ちあがり庭側に一番近い高欄の際へと向かった。

卜羽巳氏がいた席のあたりでも、人が動きはじめていた。

帰り支度をする人々の中央で、神宮守《じんぐうもり》らしき男がすっくと立っている。

その男も黒槙を捜していたようで、黒槙と目が合うと、男は動きをとめた。

庭にいた神宮守と、桟敷殿の端に寄った黒槙が差し向かう。ふたりは会釈をして、無言の挨拶をした。

真織はうしろから覗いていたが、奇妙な気分だった。

（社交辞令っていうのかな。卜羽巳氏と杜氏は犬猿の仲のようだけど）

緑螂という卜羽巳氏の若君も、奥方をともなって宴の場を去ろうとしている。

庭のあちこちで揺れる火明かりを浴びて、奥方が身にまとう緋色の袿《うちぎ》がますます赤みを帯びるが、その腹は大きくふくらんでいた。

「妊婦さんだ」

「妊婦？」

「お腹の中に赤ちゃんがいるのよ」

「女神と同じ腹をしている」

「まあ、そうだね」

玉響が神王《くまみこ》だったころ、水ノ宮が祀《まつ》る女神は臨月のような腹をかかえていた。

女神から産まれたのは赤ちゃんではなく、豊穣の風だったけれど。

「大きなお腹だ。きっといつ産まれてもおかしくないね。赤ちゃんが産まれるんだよ」

「赤ちゃんって、霧士みたいな？」

「そうそう。緑螂さんと奥方は、お父さんとお母さんになるんだ。赤ちゃんが生まれたら、今日よりもっと賑やかにお祝いをするだろうね」

「ふうん――」

玉響はしばらく、去りゆく緑螂と奥方を見つめていた。


「そろそろ、いきましょうか」

桟敷殿の隅でくつろぐ真織たちのそばに、根古が寄った。

庭はすこし静かになったが、桟敷殿はまだ賑やかだ。

目の上のたんこぶが去ってせいせいしたとばかりで、神宮守の一族が去ると宴の雰囲気がすこし緩くなった。二次会というところか。桟敷殿そのものが、そういうメンバーが押しこめられた席なのかもしれないが。

酒の匂いは相変わらず満ちている。肴《さかな》の匂いとあわさって、さらにきつくなった。

「真織、平気？」

頭がぼうっとしていくのがいやで袖《そで》で鼻を庇《かば》っていると、玉響に心配される。

「おかしいなあ。雰囲気にやられたのかな」

酒の匂いで酔っぱらうなんて、あまりにもアルコールに弱すぎる。

「気合を入れないと。これからが本番なのに」

千鹿斗は別行動をすることになっていた。

「じゃあ、あとで」

何人も一緒に動くと目につきやすいので、すこし離れてから後を追ってくれることになっていた。

根古は、見聞売りだとか。現代でいえば情報屋だろうが、敵地へ潜入する役まで任されるなんて、もはや工作員だ。

「よろしくお願いします。卜羽巳氏の邸にも詳しいって、すごいですね」

「気をつけたほうがいいかもよ？　仲間と思ったらじつは敵って奴が、そこら中にいるかもしれねえから」

「怖いことをいわないでくださいよ。これからお世話になるっていうのに」

「たしかにそうだ。すまん」

根古はにっと笑って、「にゃあん」といった。とくに意味のない猫の鳴きまねだろうが、どういう意図？——と考えると、じわじわ怖い。

「いやね、大きな宴がある時には手伝いにきてるんだよ。顔なじみが多いんだ」

根古の態度は堂々としたものだった。卜羽巳邸で働く召使とすれ違っても、「やあ、忙しいにゃん」と会釈をしている。かえって目立ちそうなのだが。

「人徳《じんとく》だよ、人徳」

根古は片目をつむってみせるが、人徳と言いつつ騙《だま》しているのだから、ますます恐ろしい話だ。

真織たちも下働きに化けていたので、根古のうしろをついて歩けば、臨時に雇われた召使に見えるかもしれない。宴の場から離れて奥へ入っても、わりに馴染んだ。

夜が更けて、天から降る星明かりが冴《さ》えている。

行く手に寝殿らしき建物の影が近づいたところで、根古は歩調をゆっくりにした。

「この先はあの者が案内します。俺はここで千鹿斗を待ち、忍《しの》んで追います」

根古が「あの者」と指したところには、木の幹の陰に身を隠す女がいた。

根古に気づくと女はそうっと姿を現して、真織と玉響へ「こちらへ」と奥を指した。

挨拶を交わすまもなく、根古以上の速足《はやあし》で歩く女の後を追うことになる。

「あの、あなたのことはなんと呼べばいいですか?」

せめて名前くらいは——。

夜闇の隅を選んで進んでいく女を追いつつ尋ねると、女は振り返って小さく笑う。

「では、貉《むじな》と」

なんとなく、雰囲気が根古に似ている。呼び名も根古と貉——猫とムジナか。

黒槙は何人も潜入させていると話していたし、貉のほかにもいるのだろう。

「奥へ」

貉は見事に真織たちを案内した。

宴をひらくために造られたような庭と違って、神宮守《じんぐうもり》一族の生活空間に入りこんでいる。まだ宴が続いているだけあって召使の姿はちらほらあったが、数は減った。

(そうだよね。こんなところに入れる人は限られるよ。見つからないように)

人の目がない隙を狙って、素知らぬ顔で館と館のあいだを潜り抜けて奥を目指す。

暗いのでうっすらとしか見えないが、庭のそばを抜けることもあった。橋がかかった池もあった。でも、神領《じんりょう》のようには囁き声がしない。四方八方から圧してくる息苦しさもなかった。

(さっきは叫ぶような声をきいたのに)

蛇脅しという舞の最中には、精霊らしい声をきいた。

奥へ入れば囁き声をきくかも——そう思っていたのだが。

「こちらへ」

池を避《よ》けて木々や茂みのきわをいき、床の高い倉の下をくぐり、庭を越えて、さらに奥の建物へ。

倉の壁には紋章がついていた。杜氏の紋は蛇をかたどったものだったが、この邸の紋は鎌に見えた。二本の鎌が重なっている。

松明《たいまつ》をかかげた兵が、邸内のあちこちに立っていた。

とある大きな建物の裏へ回り込んだところで、狢は足をとめて声をひそめた。

「寝殿です。こちらでお眠りのはずです」

星明かりに青白く浮かびあがる狢の指先が、建物の内側を指している。

「ここが——」

建物の見かけや大きさは、黒槙の邸の寝殿と似ていた。

間取りも似ているなら、内部の部屋の壁はほとんどなく、布や御簾の間仕切りだけだ。内部に入りこんでしまえば、神宮守の寝床に辿り着けるはずだ。

(問題は、その後だけど)

ここまできたのは、女神がト羽巳氏に奪われたという石を探すためだ。

石の声がきこえるかどうかと、布で仕切られた小部屋をひとつひとつたしかめていくことになる。

ひそかに息をついていると、貉《むじな》が早口でいった。

「神宮守《じんぐうもり》の寝所は母屋《もや》に入って左手にございます。館の正面、階《きざはし》の左右に守りの兵がいますから、私が目を逸らします。その隙に」

心を見透かされたようだ。

驚いて貉と目を合わせると、貉は細い目をさらに細めて、唇の端をあげた。

「さきほどたしかめましたが、階の上の蔀戸《しとみど》は上がっているはずです」

「そんなことまで——。わたしたちがこれからなにをするかも、きいているんですか？」

「神宮守の寝床に忍びこみたい、という他は知りません。ご安心を。すぐに忘れます。あやふやな知恵は命とりになりますから」

「——ありがとう」

「根古に頼まれたから手伝っているだけです。お気遣いなく」

貉は小さく噴《ふ》きだし、興味がなさそうに庭の方角の暗がりを向いた。

「ここでお待ちください。通ってきた道を戻って回り道をしますから、しばし時がかかります。兵が目を離すのはわずかでしょう。機を逃さずお入りください。ご無事で」

貉が去っていき、玉響とふたりになると、玉響が耳打ちしてくる。

「ねえ真織。囁き声はきこえる？」

「ううん。舞がはじまった時にきこえてからは——」

「私もだ。神宮守がもっているっていう石の声は？」

「きこえないよ。女神さまの石も喋ってくれるといいね」

見つけなければいけない石がどんな石で、どこにあるかもわからないが、精霊や〈祈り石〉も喋るのだから、女神が探す石なら喋るだろう——そう高《たか》をくくっていたが、確証はないのだった。

「静かな石だったらどうしよう。忍びこんでも見つけられなかったら——」

「きっと見つけられるよ。〈祈り石〉も、帰りたいとずっと私に頼んでいた。心の動きに疎かった私は『そうなのか』としか思わなかったけれど——神王《くまみこ》は虚ろな『器《うつわ》』だから」

玉響は淡々といい、うなずいた。

「みんな帰りたいんだ。終わらせて、私たちも帰ろう。すこし近づこうか」

貉がいつ行動に出てもいいように、庭の様子が目に入るところに移動しておくことにした。腰をかがめて高欄の陰に隠れながら、庭へ向かって冷えた土を踏む。

寝殿の前には広い庭があって、篝火《かがりび》が揺れている。階の左右に兵がいると貉は話していたが、火はさらに広い範囲に灯っていた。庭の奥にも四人いて、館の正面を守る兵と合わせると、六人が警備にあたっているようだ。

「帯刀衛士《たいとうえじ》に気をつけろって、黒槙さんが話していたっけ」

神領諸氏《じんりようしよし》にかしずく一族が多い神軍に対抗して、卜羽巳氏は「帯刀衛士」という武家に身辺を守らせているとか。

しばらく経って、庭の向こう側から落ち葉を踏む音が近づいてくる。「もし」と兵を呼ぶ女の声もした。

「帯刀衛士さま。あちらで、お酔いになった方が暴れはじめて――」

貉《むじな》の声だ。真織たちが潜んだ場所とはちょうど真逆、宴の会場になった庭の方角から駆けこんできた。

「何事だ」と、火が揺れる。兵が持ち場を離れた。

（いまだ）

いこう――と、ふたりで館の陰から出る。

寝殿の正面に備わった階段を登る。貉が話していたとおり、階段の上の蔀戸だけは開け放たれて、出入りができるようになっていた。

蔀戸の代わりに垂れた御簾をくぐって、母屋の中へ。

階段の先にある出入り口のほかは、蔀戸が降りている。蔀戸は開閉ができる格子《こうし》状の壁のことだが、夜のあいだは閉ざされるのだ。

中は灯かりもなく、真っ暗だ。母屋の中に帯刀衛士がいたとしても、この闇の中で姿を見つけるのは難しいだろう。物音さえ立てなければ。

ただ、声を出せないのは、真織たちも困る。

真っ暗闇の中ではぐれないように、互いの背中に手を回して触れあうことにした。前に押せば「いこう」という合図になるし、胴を押さえれば「待って」と合図ができる。手の動きで会話をすることにした。

（石の声は）

耳を澄ましてみるが、静かだ。奥ノ院の神域で「帰りたい」と真織たちを呼び寄せた〈祈り石〉のように、声をきかせてくれればいいのだが――。

仕方ない。すこし歩いてみよう。

（神宮守《じんぐうもり》の寝所は、入って左側だって）

駱からの情報を頼りに進んでみるが、どこからか、子どもの泣き声がする。さめざめとすすりあげるような泣き方で、駱が神宮守の寝所だと話していた部屋よりも奥まった場所からきこえていた。

高い声の嗚咽《おえつ》もきこえる。

「母上……」

（きっと、神王《くまみこ》だ）

その子は今日、この邸に招かれていた。

宴の場からはすぐに去ったが、神宮守《じんぐうもり》の邸に泊まったのかもしれない。

真織の胴に回った玉響の手が、「いこう」と声がするほうへ押している。

泣き声を頼りに暗がりの中を進んで、声のする部屋を見つける。間仕切りの布の隙間から覗いてみると、真っ暗で影しか見えないが、御帳台《みちょうだい》という寝台が備わっていた。天蓋《てんがい》ベッドのような、カーテンで四方を隠した豪華な寝台だ。

子どもの泣き声は、御帳台の内側からきこえた。

「母上……母上」

（そうだよね。お母さんに会いたかったよね）

神王は民の喜ぶ姿をご覧になりにきたと黒槙は話していたが、神王になったばかりの子どもが見たかったのはそんなものではなく、母親や家族の姿だろう。

運よく姿を見ることができたとしても、これまでのようには二度と会えないのだと思い知っただろうし、人々が楽しむ姿を見ても、自分には二度と享受《きょうじゅ》できないものだと嚙《か》みしめるのも、つらかったろう。酷だろう。

（玉響がいったとおりだ。神宝の中の命が早く与えられて、お母さんのことも忘れられるといい。こんなふうに泣かなくて済む。でも、それでいいのかな――）

立ち去るに立ち去れないでいたが、物音がきこえて、はっと身をこわばらせる。

音は、御帳台の奥からきこえた。

（警護の兵がいるのかも）

神王の御身をそばで守る帯刀衛士《たいとうえじ》や従者が、寝ずの番をしていてもおかしくない。

玉響の手に胴を押される。「いこう」という合図だった。

きた方向に戻ると、暗がりの奥からいびきの音がきこえていた。

音から察するに、眠っているのは男のようだ。いびきの音は中央につくられた部屋
——貉《むじな》が話していた寝室からきこえた。

間仕切りの布の隙間から覗いてみると、床のあたりに、ほのかに輝くものが見える。

螺鈿《らでん》細工のような遊色《ゆうしょく》のある光で、明らかに普通の輝き方ではない。灯かりといえば火か星になる世界で、美しすぎる蛍光灯が光っているようなのだ。

その光は、いびきの音にあわせて上下した。

そこで眠っている男の胸の上にあるから？　そういう揺れ方をしている。

（きっと、あれだね）

互いの胴に回し合った手と手で合図をした、その時だ。精霊の声がきこえた。

小声だが、うわぁぁぁ、おおおおおと喚くようだ。

緑螂が「蛇脅し」を披露した時に感じたのと同じ、恨みがこもった唸り声だった。

——それだ！　早く！

——風！　風！　風！

声は寝殿の奥のほうから、地の底をつたって足もとから響いてくる。

その方角にいる誰かが「早く、いけ」とけしかけていた。

（わたしたちがここにいることを知ってる？　誰か、見てる？）

周りは真っ暗だ。誰もいない。

そう思っていたが、振り返ると、背後に光の筋ができていた。

ちょうど登ってきた階段の上あたりに、ぽつぽつと明かりが見える。

（トオチカ？——違う）

トオチカに似た青白い光も見えたけれど、黄色や赤など、光の色はさまざまだ。

夜の海に漂う海月《くらげ》のようにゆらゆら闇に浮いていて、手足がついて見える光もある。姿は、奥ノ院で見かけた精霊に似ていた。

びくっと身体をこわばらせたせいか、胴に回った玉響の腕の力が強くなる。

——平気？

真織も、玉響の脇腹のあたりをとんとんと軽く叩いて合図を送った。

——大丈夫。

耳元に唇が寄って、囁き声で問われる。

「声がきこえた？」

玉響の頭がそばにあるうちにうなずくと、もう一度耳元に玉響の口が寄る。

「私のところにも言葉が降りてきた。あれを取れって」

「でも、さっきみたいにそばで守る人がいたら――」

「でも、いけって。ここにいて」

玉響の温もりが、真織のそばから離れた。

黒い影になった玉響が、几帳《きちょう》や屏風《びょうぶ》の影をよけながら螺鈿色の光に向かっていく。

ぐう、があと、いびきの音がきこえている。

熟睡していたが、人がすぐそこにいる。

気づかれませんように。そばで守る誰かが潜んでいませんように――。

祈りながら、玉響の影を目で追った。

玉響の影が、いびきをかいて眠る男の胸元にこぼれていた青白い光を遮《さえぎ》る。

ぶつっと紐が切れる鈍い音がして、青白い光がふわりと浮いた。眠りこんだ神宮守《じんぐうもり》の胸の上にあった光のもとが、玉響の手にのった。

玉響の影が、ふたたび几帳や屏風の隙間を抜けて真織のもとへ戻ってくる。

（いこう）

螺鈿細工のような光はいま、玉響の手元にあった。

用事は済んだのだ。なら、ここから離れなくては。

寝室の外側、現代でいうとリビングにあたる御座《ござ》まで戻った。

蔀戸は閉じていたが、入り口に降ろされた御簾と蔀戸のあいだに細い隙間があって、庭の火明かりが漏れていた。

庭の様子を覗くと、階段の左右で篝火が揺らめいている。

庭の奥にも、篝火が四つ見えた。警備をつとめる帯刀衛士《たいとうえじ》が持ち場に戻っていた。

黒槙のところに戻らなくてはいけないが、いま出ていけば、つかまえてくれと頼むようなものだ。

貉《むじな》がまた騒ぎを起こしてくれれば脱出できるだろうが、連絡する手段はない。

「どうしよう。入ることばかり考えていて、出ることを考えていなかった」

小声でつぶやくと、玉響はふきだした。

「私もだ。でも、もしかしたら考える必要がなかったのかもしれないね」

「どういうこと？」

玉響が小声で「座ろうか」という。

「私が庭を見張るから、真織は寝室を見ていて。神宮守《じんぐうもり》が起きてきたら困るから」

「わかった」

ふたりで、蔀戸の陰に潜むことになった。蔀戸を背にしてふたりでしゃがんで、玉響は隙間から庭を、真織は神宮守の寝室の間仕切りの布に目を向ける。

「ゆっくり待とう。黒槙は朝まで宴にいるといっていたし、守りの兵の目もそのうち逸れるかもしれない」

根気強く待っていれば、そのうちまた誰かに呼ばれて持ち場を離れるかもしれない。その瞬間を待とうと、玉響はいった。

「気長だね」

でも、そうするしかできない。後を追っているはずの千鹿斗と根古も、手を貸す隙をうかがっているかもしれない。

玉響の指に、長い紐が引っかかっていた。指の隙間からは青白い光が漏れている。

「首飾り？」

真織が覗きこむと、玉響の指がほどけていく。

手の上に大事そうにのっていたのは、青白い光を放つ平たい石だった。

石というより、貝殻のほうが印象が近い。

よく見れば、ひし形をしている。爬虫類《はちゅうるい》の鱗だろうか？

「首にかかっていた。神域で、女神はこういっていたよね。神宮守の身から石を引き離してほしいって」

だ

「私たちの役目は、これを神宮守《じんぐうもり》の身体から離すところまでではないのかなって。だからきっと、帰り方を考えなかったのだ」

大きな声を出してはいけないと、顔を近づけあってようやくきこえるくらいの囁き声で話した。

静かすぎたせいか、玉響には、未来を知る霊能者が予言をする雰囲気があった。

「女神に渡しにいく必要がないんじゃないかな。ここで待てばいいんだ」

「ここで待つって、つまり……」

「くるよ。きっと。あんなにこの石を欲しがっていたんだ。女神だけじゃなくて、精霊たちも」

真織は、はっと顔をあげた。

「そういえば」

階段の上、蔀戸が開け放たれたあたりに、寝殿の内側へと吹きこむ風の路ができている。精霊の姿を見かけた場所だが、手足がついた星の光はいまもゆらりと漂っていた。いや――いまは十以上の光が揺らいでいる。

「ふえてる」

「そうだね、たしか」

まるで、真織たちを見張るようだ。

玉響の鼻先が真織の視線の先に向く。

「私には見えないけれど、精霊の気配を感じる。みんな、女神の石の行方を気にしているのだろうね」

「女神の石——そうか」

真織は頭が朦朧《もうろう》とした。やけに気持ちがぼんやりしている。

集まっている星の光は、奥ノ院の神域で会った精霊か、その仲間だ。ここにいるのは、真織たちが奪った女神の石が、女神のもとに戻るのを心待ちにしているから。

だからわざわざ、後を追ってついてきている。

考えればすぐにわかるのに、思いつかなかった。

どうして——。真織は愕然とした。

「玉響、わたしも玉響が神王《くまみこ》だった時みたいに、『そうなんだ』としか思えなくなっているかもしれない。玉響が教えてくれるから思いだすだけで、考えなくなっているかもしれない」

玉響は真織と目を合わせて、笑った。

「うん、そんな気がしていた。私も前とは感じ方が変わったから。でも、大丈夫。いまは、ふたりいるから」

その時だ。ごう、と風が吹く。

立派な寝殿とはいえ、隙間は多い。風が吹けば館中に吹きこんで、部屋の仕切りになった御簾や几帳をかたかた鳴らした。

階段の上にかかった御簾もめくれあがって、庭から中が丸見えになる。

「奥へ」

慌てて、蔀戸の陰で身体を小さくさせた。

風にあおられて、庭にともった篝火も大きく揺れている。

「なんだ?」

警備をする兵たちも訝《いぶか》しがりはじめた。

寝殿に続く階段の正面、闇の中に、人魂《ひとだま》めいてぼんやり輝く女の姿が現れていた。

真っ白な袴姿の女で、腰まで伸びた黒髪が風にあおられて揺れている。

帯刀衛士《たいとうえじ》は篝火の炎を気にしたが、女の姿に気づいた様子はなかった。

女は兵の前を素通りして、階段に足をかける。登りながら、白い顎をかたむける。

女が見上げたのは、蔀戸の端から様子をうかがう真織と玉響だった。

月光のように白い肌に、墨で描いたような美しい眉と目。真っ赤な唇の端が、にゃりとあがっている。寝殿の前庭に現れたのは、水ノ宮が祀る女神だった。

邸の奥からきこえる囁き声が、一気に喚いた。

――たすけて!　風を!

——早く！

つむじ風の中を、女神の足が一段ずつ登ってくる。

風でめくれあがった御簾の下を悠々とくぐって御座へ入り、真織と玉響のそばまでくると、女神は白い手をさしだした。

『ありがとう、人になりたがっている神王《くまみこ》。おまえが取り戻してくれたのか』

玉響の手から石を受け取ると、女神は離れ離れになっていたたいとしい家族を迎えるように頰ずりをした。

『よう戻った、わが荒魂《あらみたま》。これで旅に出られる』

玉響の隣で呆然とする真織にも、女神は笑いかけた。

『神王になりたがっている娘も、ありがとう。おまえに頼んでよかった』

女神の手の上で、螺鈿めいてきらめくひし形の石がむずむずと蠢《うごめ》きはじめた。胎動《たいどう》する小さな生き物のように揺れた後で、石は飴《あめ》細工のようにぐにゃりとのびた。

夜空へ向かう蛇のように縄状に細くなったところで、女神が赤い唇をあける。するると、光の端が女神の口を向き、喉の奥に吸いこまれていく。女神は、蛇を丸のみするように螺鈿の色をした光を食べてしまった。

食べた光と同じ色の光が、女神の頰や首、手の甲、身体の表面を覆いはじめた。ひし形の光が肌に浮かびあがり、女神の身体が、頭から足の先まで光の鱗で包まれていく。

呆然と見つめた真織たちを、女神は笑って見下ろした。

「どうだ、美しかろう」とばかりに、女神の笑顔は恐ろしいほど澄んでいた。

囁き声がわんと唸る。地の底でなにかが蠢き、無数の声が熱狂の塊をつくった。

――母神が荒魂《あらみたま》を取り戻した！

――殺せ。あの男に祟《たた》りを！

「音が痛い」

怒りが充ちている。恨《うら》みの棘《とげ》で全身が刺される気分だ。

目まいがして、ふらついて寄りかかった真織の肩を、玉響がかかえた。

「私にも言葉が降りた。『隈館《くまたち》の咎過《とがあやま》ちを祓《はら》え』。卜羽巳氏の邸の奥に、精霊が捕らわれた館があるらしい。戸を開けて、精霊を解き放てって」

「精霊が捕らわれた？　戸を開けて？」

反芻した真織にはこたえずに、玉響がはっと女神を凝視した。

真織も目を見張った。

「あっ」

光の鱗に覆われた女神の横顔が、弓矢に見えた一瞬があった。

狙いすますように見つめた先は、神宮守《じんぐうもり》の寝所だ。

玉響が真織の手首を引いて、御座の端に寄る。

「隠れて」

御座を囲む間仕切りの几帳の陰に、ふたりで身を隠した。

風が吹き荒れていて、御簾も間仕切りの壁代《かべしろ》もばさばさと波打っている。

几帳の布もはためくので、布の陰に隠れたものの、布の端を握りしめることになった。不自然で、上手に隠れたわけではなかったが、隠れないよりはましだった。

人がくる。

神宮守の寝所から「ぎゃああ」と悲鳴がきこえた。

「どうなさいました」

帯刀衛士《たいとうえじ》の足音が階段を駆けのぼってくる。

男の影が、四つん這いになって寝所から出てきた。

「女神だ、絶無《ぜつむ》だ、祟りだぁ」

怨霊に出くわしたように男は寝所から出ようとしたが、階段でバランスを崩して、夜の庭へころがり落ちた。

「神宮守さま」

兵たちが後を追っていくが、笑い声が神宮守の後をさらに追っている。螺鈿色の鱗に包まれた女神だった。

神宮守《じんぐうもり》が這った道筋をとおって、幼い子どもを追いかけるように庭へ降りてきた。

『待たぬか、逃げるな。かわいらしい』

神宮守は前庭で尻もちをつき、ひい――と喉が鳴るだけの悲鳴を漏らした。

帯刀衛士《たいとうえじ》には、女神の姿が見えていない。槍を構えて、虚空を威圧している。

「化け物か、どこだ」

でも、あさっての方角だ。女神は槍に目もくれずに、神宮守を追い詰めようと、一歩、また一歩と近づいていく。

女神の声が、空間に低く染みた。

『幽契《ゆうけい》どおりに、おまえを殺してやろう。さあて、どのように殺そうか。ゆっくり一晩締めつけて、骨を全部、砂になるまで砕いてやろうか。それとも、地の底へ連れていって腐らせてやろうか？』

ほっほっほと愉快そうに笑っていたが、訝しがる。笑い声がやんだ。

『――おまえではないのか？　おまえは古いほうの根だ。かつておまえと交わした幽契では、摘むのは新芽だった』

見逃すような素振りを見せたせいか、はあ、はあと、荒い息を吐く神宮守の顔に「助かった」と安堵が浮かんだ。

でもすぐに、息の音が小さくなった。神宮守は青い顔をして、自分を追い詰めた女神に懇願した。

「待ってくれ」

女神は、ペットにかまうのに飽きたようにそっぽを向いた。人魂めいた淡い光を放ち、女神を包む螺鈿色の光が色濃くなっていく。萌芽するように黒髪ごと頭が伸び、頭部が突起のように細くなり、真っ白な矢じりの形にかわっていく。

兵の目にも見えるようになったのか、虚空を威嚇《いかく》していた槍先が震えはじめた。

「化け物だ……おおぉ」

真織たちは几帳の布の陰から様子をうかがっていたが、玉響の手がぐいっと真織の腕をひいた。

「いまのうちだ。逃げよう」

玉響は、庭と逆の方角へ向かって駆けた。

「そっちにいっても出られないんじゃ――」

正面の一画のほかは、すべての蔀戸が閉じている。戸と戸の隙間から外を覗くことはできるが、閉じているかぎり出入りができない。

「蔀戸を開ければいいんだ」

「音が鳴るよ」

「いま庭に降りるよりはいい。早くしないと人も集まる。ここから出なきゃ」

横に長い御座を端まで走りきり、騒動から遠ざかるやいなや、玉響は手探りで蔀戸を開けた。重い戸だ。ガタガタと音が鳴るが、それ以上に背後が騒がしい。

「何事ですか」と駆けつける男の足音と、ふえていく絶叫と悲鳴。人が、夜の庭に続々と集まりはじめた。

「いこう、真織。出て」

玉響の手が蔀戸を押しあげて隙間をつくっている。

真織がすり抜けて縁側に出ると、玉響も抜け出て、手を離した。

ごんと音が鳴ってふたたび蔀戸が降り、母屋が閉ざされる。

「早く離れたほうがいい。急いで」

寝殿の母屋は縁側で囲まれていて、高欄という背の低い手すりがあるだけで壁がない。どこからでも降りていけた。

「でも」

真織は足をとめて、寝殿の柱の陰から庭を覗いた。

「なにが起きているんだろう——あっ」

星明かりが降る庭の様子が目に入るなり、真織は小さく悲鳴をあげた。

月の光の色をした大蛇が、寝殿の前庭でとぐろを巻いている。

女の姿をしていた女神が、蛇体に変わっていた。

（上にも、なにかある）

たくさんの目に見下ろされている気がして顎を傾けるが、言葉を失った。

庭の真上には、ぐるりと囲む精霊の壁ができていた。普段は姿が見えないものたちがぶあつい壁に見えるほどたくさん集まって、様子を見下ろしている。まるで、台風の目の中にいるようだ。

帯刀衛士《たいとうえじ》や召使が集まってくるたびに情けない悲鳴が響く中、女神の笑い声がした。

『安堵せよ。罰を与える相手はおまえではなかった。石を取り戻したのだから、おまえの新芽を摘むのはいつでもできる。まずはわが子を救いにまいろうか。おまえが、わが目をくらませるために閉じこめてしまった御霊たちを』

蛇の頭が天を仰ぐ。星の力を浴びるように動きをとめた後で、土を向いた。

とぷんと土が波打って、庭に波紋の輪っかができる。

尖った頭部が鋭利な矢じりのように勢いよく地の底へ潜りこんでいき、みるみるうちに尾まですべてが地中に潜った。

白い大蛇に姿を変えた女神は、前庭から姿を消した。

ぐいと手が引かれて、縁側の向こうへと飛び降りる。

「いかなきゃ、真織」

高欄を乗り越えて地面へ降り立つなり、真織と玉響は寝殿の裏手へ走った。

玉響の目は邸の奥を向いていた。いまにも泣きだしそうに眉が寄っていた。

「——平気？」

「悲しくて。女神が怒っているから」

玉響は、仲のいい友人を庇うように女神のことを話した。

「女神は荒っぽいところがあるが、いつも人の幸せを願っていた。人の祈りを叶えてやりたいと、会うたびに話していた。あんなふうに怒ることなどない、やさしい女だ」

「やさしいかどうかは——」

真織にとっての女神は、幽霊や化け物と紙一重だ。いまや女神は大蛇へと姿を変えていて、さらに人から遠ざかった。

見掛けで相手を判断してはいけない——とはいっても、神宮守《じんぐうもり》を殺そうとしたところを見れば、性根も恐ろしいと思うほかない。

「やさしさって、人と神様じゃ違うのかな。でも、さっきの姿を見てしまった人は、恐ろしい荒神《あらがみ》さまだと思ってしまうだろうね……」

もしもまた絵巻物が描かれるなら、祟り神として描かれてしまうかもしれない。

悪いのは神宮守で、女神は罰を与えただけだったとしても、描くのは人で、描かせるのも人だ。

「ねえ玉響。さっき女神さまは、『殺す相手はおまえではなかった』っていっていたよね。『摘むのは新芽』だって。絶無の祟りは神宮守に罰を与えることだっていっていたけど、殺すっていう意味だったんだ……。でも、誰を」

女神の大切な石を騙しとった犯人は、昔の人のはずだ。いまの神宮守の祖先にあたる男だろうが、とっくに亡くなって、何度も代替わりをしている。

「神宮守よりも若い人っていったら、緑螂さん？」

でも、神宮守の後継ぎの緑螂は、父親のように憎まれてはいない人だ。

「ううん、神宮守だって、直接あの石を奪ってはいないんだよね」

地面が揺れる。なにかが地中を這っていて、土が波打った。

揺れは後方、庭の方角からやってきて、勢いよく真織たちを追い越していく。

土があちこちで盛りあがり、蚯蚓《みみず》や蛇や、細長い巨大な生き物が地下を通ったような痕が、行く手に向かってぐんぐん伸びていく。

——大蛇だ。きっと、さっきの。

足がとられて、つんのめりそうになる。

いくら不死身でも、こういう場合は無力だ。

転ばないようにバランスをとりながら、スピードが桁違いだった。地面に豪快な痕を残して進んでいく大蛇を追いかけるが、スピードが桁違いだった。

大蛇の先頭部分は、すでに遥か先にあった。

「どこへ向かっているんだろう」

「奥だよ。過《あやま》ちが詰まった館があるらしい」

玉響は神託が降りたといっていた。

『隈館《くまたち》の咎《とが》過ちを祓え』

真織も、行く手から拍手喝采を感じていた。

──こちらだ。早く！

──殺せ、祟りを。

女神の到着を、囁く声は熱狂して待っていた。

「わたしも声を感じる。こっちだ」

ちちち、ちちち、ちちち──うしろから音が追いかけてくる。

甲高い笑い声が、宙を回転するようにして近づいてきた。

『ははは、はっは、はははは！』

「トオチカ？」

振り向くと、青白い光が闇夜を飛び回っている。動きが素早すぎて、ストロボライトか瞬間移動をしているように見えたが、見覚えのある星の精だ。

『やった、やった、やった。女神が荒魂《あらみたま》を取り戻した。ざまあみろ！　新しい神王《くまみこ》、よくやった。出来損ないのほうの神王も見直した。埋めちまわなくてよかった』

相変わらずトオチカは玉響を悪くいうが、放っておくことにした。

庭には長い溝ができ、陥没して穴があいている。よそ見をする余裕がなかった。

でも、玉響が気にする。

「真織、トオチカはなんていっている？」

「――喜んでる。女神が荒魂を取り戻せたって」

走りながら、玉響はすこし黙った。

「どうしてトオチカは私に怒っているんだろう」

「どうして？　どうしてだろうね」

「きっと私になにかを頼んでいたんだよ。精霊たちも。でも私は、気に留めることができなかった。ねえ真織、トオチカに訊いてくれないか。いまならわかるはずだから」

「ええ？」

気乗りはしなかったけれど、玉響が熱心に頼むので仕方なく通訳をした。

すると、トオチカはさらに怒った。

『はあ？　またかよ。そいつには何度もいったよ。何度も何度も頼んだ！』

「じゃあ、わたしに教えて。わたしはまだ頼まれていないよ。神王《くまみこ》に頼みたいことがあるんでしょう？　やってあげるから。玉響とふたりで！」

トオチカは渋々と、怒鳴り散らすように喚いた。

『こんな悲しいこと、何度もいわせるなってんだ！　俺の兄弟を助けてくれ。神宮守《じんぐうもり》のやつに、ちっこい館に閉じこめられちまったんだ。俺の兄弟だけじゃない。たくさんの精霊がつかまって何百年も出られないでいるんだ。あいつら、俺らをただの風かなにかだと思ってる。あの館の戸を開けてくれ！』


地中を進む女神は、川があろうが塀があろうが構わず進んでいったようで、土手が崩れた川や、歪んで傾いた塀をいくつも見ることになった。

巨大な蚯蚓が這ったような溝は林へ向かって続いていた。卜羽巳邸の敷地の奥に、こんもりとした黒い陰をつくる林だ。

林の中には細い道があるが、女神もその道を進んでいったようで、道幅の端から端までが掘り起こされて土の匂いが漂っている。

でこぼこになった土の上を駆けていくと、道の果てに板垣があった。門があったが、壊れている。扉の上に造られた屋根も、無残に傾いていた。みし、ごご……と石と石が擦れあう音が、板垣の内側からきこえている。生ぬるい湿気が立ちこめて、ムスクに似た甘い香りが、強くなったり弱くなったりしながら漂っていた。

傾いた戸を押し開けて中に入ると、石積みの小さな館があって、苔生《こけむ》した草屋根がのっている。

そこに、白い大蛇が獲物をとらえるように巻きつき、ちろりと夜闇を舐めていた。ぎり、みし、と館は軋《きし》んだが、壊れなかった。四畳半か、それくらいの広さしかない小さな館で、真織を呼び寄せた囁き声は、館の内側からきこえた。

――たすけて！　ここだ！

――早く風を！

(精霊だ)

やっぱり声は、地の底をつたって響いてくる。

「ねえトオチカ。あなたがいっていた小さな館って」

『そうだ！　さっさと戸を開けてやってくれ』

真織たちが近づいていくと、館に巻きついていた大蛇の顔があがる。絡みついていた身体もゆるんだ。

生温かい湿り気が漂う夜闇に、聞き覚えのある低い声が染みた。

『この戸を開けよ』

その大蛇は女神の化身だ。女神はその館を壊そうとしていた。

女神の狙いも、トオチカと同じだ。捕われたという精霊を解き放とうとしている。

玉響の足がふらりと動き、近づいていく。真織も後を追った。

「待って」

ふう、すうと、大蛇が呼吸をするたびに甘い風が揺れる。

間近で見ると、館の戸は、いつ、誰がつくったのかも想像がつかない形をしていた。

小さな板と枝が百も二百も組み合わさっていて、取っ手がなく、引き戸なのか、押戸なのか、引きあげるのか、開けるための仕組みもわからない。

下から上まで、いたるところに卜羽巳氏の紋章の焼き印がある。

刃を重ねた双《ふた》つ鎌の紋で、隙間から侵入するなにかを怖がるようだ。

玉響の手がガタガタと戸を揺らす。でも、びくともしなかった。

「どうやって開けるんだろう」

その時、背後から叫ぶ声があった。

「なにをしている。何事だ！」

背の高い男が、息を切らして駆けてくる。神宮守《じんぐうもり》の息子、緑螂だった。

「蛇脅し」を舞ってみせた時の優美な恰好ではなく、白い着物に肩掛けをひっかけただけの寝間着姿に代わっていて、肩掛けには卜羽巳氏の紋が縫いこまれていた。

やってきたものの緑螂の目は、館に巻きついた白い大蛇に釘付けになっている。青ざめて、顔をひきつらせた。

「黎明舎《れいめいしゃ》に入ろうとする、大蛇——」

大蛇は、緑螂が身にまとう双つ鎌の紋を憎らしそうに見やった。

『捜しにいく手間がはぶけた』

館を締めつけていた長い身体がするりとほどけて、波打つ。

『おまえの血を持つ中で、もっとも若い芽を摘む約束だ。おまえを殺す。よくも、わが荒魂《あらみたま》をくすねてくれたな』

大蛇はあっと息をつくまもなく真織と玉響のそばをすり抜け、緑螂に襲いかかった。

大蛇の巨体とくらべてしまえば、緑螂の身体はあまりに小さい。

人が虫を指で潰すように大蛇は緑螂に絡みついて、締めあげた。

「あ、あ——」

緑螂は悲鳴をあげたが、体鱗の奥に顔が埋もれて声は一瞬で消え入る。

ご、ぽきと、鈍い音が鳴った。骨が軋む音だ。

真織は呆然としたが、そのあいだにも、目の前では緑螂が潰れていく。あと一度息をしたら、あと一度瞬きをしたら、その人はもう息をしなくなるかもしれない――。

ひきつけを起こしたように、真織の喉の奥が震えた。

「お母さん――」

真織が母を天国へ見送ったのは、ついこの前の秋だった。

もう助からないことは、命日となった日の何日も前から覚悟していたけれど、大切な人が動かなくなっていく一部始終や、だんだん冷たくなっていく身体――悲しいことを目《ま》の当たりにしているあいだは、自分までが強靱《きょうじん》な拳で殴り殺されていくようだった。

母を看取った病室で呆然とする自分をふいに思いだして、真織は悲鳴をあげた。

「やめて!」

でも、報復を喜ぶ歓声のほうが、ここには圧倒的に多かった。

館の内側から地をつたってきこえる声がせせら笑っている。

――殺せ、祟りを。

でも、大蛇は怪訝《けげん》そうに顔を傾けて、力を抜いていく。

『まだだ。この男でもなかった』
緑螂を絞めつけていた身体がほどかれていき、緑螂の胴がぐらりと傾く。
緑螂は音を立てて地面に倒れて、動かなくなった。
『悪かったな。摘むのはおまえではなかった』
大蛇は詫びたが、ぞっとするくらい軽い言い方だった。
大蛇の姿に変わった女神は、頭をもたげると林の木の高さに達するほどだった。
夜闇の翳《かげ》で林の向こう側を見つめるふたつの目が、水晶のように硬く輝いていた。
『新しい芽がもうひとつあるのか。一番若いおまえは、あちらか』
「えっ？」
緑螂には子どもがいる。正しくは、まだ生まれていない。
地面に伏していた緑螂がはっと目をあけ、肘《ひじ》をついて起きあがろうとした。
「やめろ。やめてくれ。妻と子には手を出すな」
そのうちにも、蛇の頭が天を向く。星の光を浴びて、力を溜めるような仕草だった。
ついさっき、似た光景を見た。また土に潜るつもりなのか。つぎは、どこへ——。
「待って」
真織は駆けだして、飛びついた。大蛇の白い尾にしがみつき、湿った体鱗に触れるなり、奥ノ院の洞窟の奥で嗅いだ甘い香りが鼻腔に触れる。

女神さまの匂いだったんだ——思ったのは、一瞬だった。

大蛇の尾が真織を振り払い、腹に尾が叩きつけられて、身体が吹っ飛んだ。

強烈な打ち身の場合は、痛さよりも苦しさが先にくるらしい。

緑螂が倒れた隣あたりの地面に真織も放り投げられることになり、息がつまった。

引きずられた皮膚が剝《む》け、血がにじんだ。

着物も泥で汚れて、裂けたところもあった。

『おっと、すまぬ、つい』

「真織！」

玉響が駆けてくる。

でも、女神の尾のほうが早かった。鞭を打つように尾が地面をはたいて、土の上に倒れた真織の身体をむりやり跳ねあげ、宙に放った。

上に飛んだなら、当然落ちていく。

ビタン！　音が鳴り、真織はまた真上から地面へと叩きつけられた。息がつまる。

『すまぬすまぬ。この身は久しぶりで、思ったようにまだ動けぬ』

大蛇は詫びたが、あまりにも言い方が軽い。

「痛い——」

肌が擦れたところが夜風に晒《さら》されるたびに、じりじり沁《し》みた。

かすり傷はきっとたいしたことがないが、思い切り身体を打ちつけた。

――けがは、いまどうなってる？

真織は上半身を起こして血がにじんだ腕を見下ろしたが、息をのむ。

じっと見つめた先では傷口にかさぶたがはり、傷が癒えていく。あっというまに治癒がはじまって、骨に感じていた痛みも、あっさり消えていった。

「――なんで、治るの」

治ってくれるのはありがたいが、腹立たしかった。

痛かったし、苦しかったし、怖かったし、なぜこんな目にあうのだと、悔しかった。

見ろ、酷いけがだと見せつけてやりたいのに、もう身体は元通りになった。悔しさだけが残った。

地べたから睨む真織を見下ろして、大蛇はガラス珠《だま》に似た目を細めた。

『怒るな。すまぬと言ったろう？　つい遊んでしまった』

「遊ぶ？　いまのが？」

『尾が思ったよりもよく動くもので、つい。そうか、つぎはこの姿でも遊べるのだな。つぎの冬はなにをして遊ぼうか』

女神との会話は、うまくかみ合わなかった。

痛い目にあったことへの怒りは落ちついた。百歩譲って、自分の不注意のせいだ。大蛇に飛びつくなどという無謀な真似をしたからで、大蛇の言い分をきけば、やさしく器用にはねのけろと怒るのも違う気がした。

不老不死の神様に「痛み」を訴えるのも、難しすぎて気が遠くなる。

でも、真織にはひたひたと怒りが満ちた。玉響のことが頭をよぎったからだ。

「いまのが、遊び？　こんなのは遊びじゃない。あなたはわたしをいじめただけです」

玉響も、女神とは狩りの真似事をして遊んだのだと話していた。

でも玉響は、矢で一方的に狙われるだけだったという。もはや遊びではなくて陰湿ないじめだと、その話をきいた時からずっと真織は女神のことが苦手だった。

『たまたま力が入っただけだ。いつもは当たらないようにつとめている』

「当たらなかったらいい？　わたしは痛かったし、腹が立ちました。それに、神王《くまみこ》はあなたのおもちゃじゃないです」

『面白いことをいう』

く、く、と女の低い笑い声が闇を揺らした。

『遊ぶほかに、どんな世話ができるというのだ？　神王は「器」だ。笑い、喋るが、からっぽで、なにもしないものだ』

　嘲笑して、大蛇はふいっと顔を横に向けた。

『おまえはそばに侍らずともよい。どうせ神王はすぐに去り、すぐにくる』

「わたしは、わたしにされたことを怒ってるんじゃないんです。そうじゃなくて！」

「真織、けがは」

　白い尾をよけながら、玉響が真織のもとまでたどり着く。

　泥まみれになった腕を見下ろして、玉響は「よかった」と肩で息をした。

　傷は癒えて跡形もなかったが、真織は「よくない」と吐いた。

　真織の中では、なにも癒えていなかった。

「わたしの傷なんかどうでもいいの。これが、女神さまの遊び？　玉響もこんな目にあっていたの？」

「ううん、尾を使う遊びはしたことがない……」

「そういう話じゃない。女神さまにとっての神王って、なんなの？『器』？　こんなのは友達でもないし、親子でもない！　玉響が庇う必要なんか――」

　玉響は唇をとじてすこし黙ってから、首を横に振った。

「女神はやさしい女だ。そんなふうにいわないで」

「まだそんなことをいうの？　緑螂さんだって――どうしよう、このままじゃ、奥さまも赤ちゃんも潰されてしまう」

　大きなお腹をした奥方に巻きついていく大蛇の姿が目に浮かんで、血の気が引いた。

　まずい――。真織は、女神の姿を捜した。

「とめなきゃ」

　大蛇のもとへと立ちあがりかけた真織の肩を、玉響の手のひらが包んだ。

「私が話してくるよ」

　玉響が、すっくと立ちあがった。

　玉響は星明かりが落ちた土を一歩ずつ踏んで、大蛇の正面へと歩いていく。そこで静かに立ち、いかせまいと大蛇を見上げた。

　玉響の横顔と、大蛇の鼻先が、低いところと高いところで向きあう。

　しばらくして、玉響の澄んだ声が夜のしじまに響いた。

「女神。すこし話しませんか。冬に、ともに岩室《いわむろ》で過ごした時のように」

『つぎの冬にしよう。私にはせねばならんことがある』

「いまにしましょう。つぎの冬に岩室に向かうのは、私ではありませんから」

　大蛇と対峙する玉響の声は、すこしかすれていた。

　真織ははっとして膝を立てた。玉響のほうこそ、女神に複雑な思いをかかえている。

奥ノ院の神域で出会った後にも、玉響は様子がおかしくなったのだった。

当然だ――。この大蛇は、玉響が母親のように慕っていた相手だ。真織よりもずっと、思うことがあるに決まっている。

真織も立ちあがって、そばに寄ろうとした。

「玉響、わたしも――」

でも、足がとまる。真織からはうしろ姿しか見えなかったけれど、玉響は大蛇に向かって毅然と顔をあげていた。

玉響はたぶん、前のようには真織の手を必要としていなかった。

「この者はもう十分な罰を受けました。許してあげてください。あなたはやさしくて、人が喜ぶ姿を見るのが好きな方だ。人が笑う顔を見るのは楽しいことだと、私に教えてくれたのは、あなただった」

大蛇が玉響を無視して土に潜ることはなかったが、うなずくこともなかった。

様子をうかがうように、ちろりと舌を出している。

『だが、私は幽契をかわした。この男の血が私を陥《おとしい》れた。穢れを祓わねばならないが、私がこの男の血を許すためには、もっとも若い命を奪うと誓った。この先、いま以上に芽を伸ばせぬように』

玉響は頭上高いところを仰いで、懇願《こんがん》を続けた。

「いいえ。人は神々とは違うのです。人はすぐ死に、すぐに生まれます。たとえあなたを陥れた男と同じ血をもっていても、あなたが若い芽と呼ぶ子も、いまあなたが罰を与えた者も、みんな別々の生き物です。別の者を罰することになってしまいます」

大蛇は首をかしげて見下ろしている。

矢の先のように尖った白い頭が、玉響の様子をうかがってまとわりついた。

『なぜ、そのように私を見つめる。おまえはよい遊び仲間だ。長年の友だ。よく遊んだではないか。そこの娘のように私に逆らうことなど、一度もなかった』

「はい。私にとっても、あなたは大切な友でした。でも、あなたが思っている長年の友と私は、きっと別の生き物です。神王《くまみこ》もすぐ死に、すぐにつぎの者へと代わります。私は、あなたが友だと思っている大勢の神王のうちのひとりです」

女神は唯一の友で、母親の代わりだったのだと、玉響は話していた。

でもいま、玉響は自分で否定した。

玉響は大蛇を見上げて、無垢な目で丁寧《ていねい》に見つめた。

「あなたのことが好きです。だからこそ、あなたのことが正しく人に伝わるようにしたいと思うのです。これ以上はいけません。この者を許してやってください」

『私は、誰――』

きっと玉響は、その答えにたどりついたのだ。

(その通りだ。女神さまは、玉響の母親でも友達でもない。でも)

なら、正しい答えはさらに悲しい。

玉響は——神王になった少年は、誰にもなれない。

神々と人のあいだに立つ偉大な神官だが、人の世から切り離され、神様の仲間になれるわけでもない。

人からは現人神と崇められるが、それは祭祀をおこなう動く神像として。

つまり、「器」だ。

大蛇の目元が寂しげに寄って、玉響の顔を覗きこんだ。

『なぜそんな顔をする。悲しくなる。もっと笑ってくれ。私もおまえが好きだ』

「笑っています。ただ、いろいろわかっていくと、前と同じ笑い方ができなくなったのかもしれません。でも、気持ちは変わっていません」

玉響の髪にも衣にも、白い星影が降りている。

口調は静かなままだったが、玉響の声は熱を帯びていった。

「あなたのことが好きです。これまでも、これからもずっと変わりなく好きだから、あなたの名が穢されぬように守りたいのです」

玉響の背中を見つめながら、真織はすこし悔しかった。

(どうして、そこまでして女神さまを庇うの)

水ノ宮が祀る豊穣の女神とはいえ、相手は人ではない。

いまは異形の大蛇の姿をしていて、人に似た姿でもなくなった。

女神にとっての玉響も、豊穣の風を吹かせるための生贄《いけにえ》の少年だったはずだ。

玉響が女神のもとで十年という歳月を過ごしたのも、いずれ射抜かれるためだ。

(玉響を遠ざけたのは女神さまのほうだったじゃない。母親っていうのは、もっと)

ふつう母親というのは、子どもに際限なく愛情を注いで育ててくれる人だ。霧士を抱いていた河鹿のような——。

そこで、目の前が暗くなった。

(玉響には、いなかったんだ。神王《くまみこ》になる前のことは、なにもかも忘れてしまったから。玉響には、女神さましか)

大蛇が、いまいましげに緑螂を見下ろした。

『しかし、その男は私にたいへんな無礼を働いた。その男だけではない。ちかごろの人は無礼だ。与えても与えても、当たり前だという顔をする。私は怒りを覚えた』

玉響も緑螂を一瞥《いちべつ》して、大蛇を見上げた。

「怒りについて、私も考えました。怒りとは、誇りを貫く方法のひとつです。あなたがやさしいのも、非礼に対して罰を与えるまでのあいだが長いということ。ゆっくり時をかけて溜まるぶん、怒りは大きいでしょう。でも、どうか。怒りこそ清らかでなければいけません。怒りが濁れば魔の気配を帯び、あらたな怒りや恨みを生みましょう。それらがあなたを穢せば、あなたの神威までが弱まってしまいます」

『――いったいどうした？　おまえは、私が見たことのない顔をしている』

「痛さを知ったからでしょうか。身の守り方をすこし覚えたのかも――いえ」

玉響は凜と顔をあげていった。

「あなたのそばで神々に触れたおかげです。水ノ宮を離れて人に触れ、端と端から見ることで、それまで見えなかったものが見えるようになったのでしょう」

青年の姿に成長したとはいえ、大蛇とくらべてしまえば玉響の身体は小さかった。低い場所から純朴に見上げる玉響に、大蛇は、やれやれと息をつくような仕草で頭を動かした。

『おまえの目に見られていると、よくわかった。たしかに、怒りが濁っていたかもしれん。つまり、おまえは私を清めたのだ。私の世話をしたのだ。おまえはよい神王だ。礼をしたい。望みをいえ』

玉響は笑った。

「怒りを鎮めてくださるだけで十分です。あなたを信じていますから」

『信じる？　口にせぬおまえの望みをくみとり、叶《かな》えろというのか？　わかった』

反《そ》りあがっていた大蛇の頭が、地上近い場所へとゆっくり降りてくる。

生ぬるい風を起こしながら迫りくる大蛇の頭を、緑螂は唖然と見あげていた。

緑螂は眉間にしわをよせ、何度も瞬きをした。

「なぜだ。天女の姿がかさなって見える。あなたは——？」

大蛇は緑螂から目をそむけ、低い声を闇に響かせた。

『この子を見た後におまえの顔を見ると、なんと目が痛むこと——。この子たっての願いだ。おまえの若い芽は摘まずにおいてやる。だが代わりに、わが子も救え。かつてのおまえがあの館に閉じこめたわが子を、解き放て』

白い大蛇の目が向いた先にあったのは、苔生した古い館だった。

『あの館の戸を開けよ。おまえがわが子を解き放つ手助けをするなら、私はおまえに礼をしなければならん。小さなおまえは残してやる。あの館か、小さなおまえか、どちらが欲しいか。選べ』

緑螂は土に肘をつき、大蛇の視線の先を追うが、声を震えさせた。

「わが子……？　黎明舎——」

緑螂の息が早くなる。はっはっと浅く吐かれる息が、大蛇のぬるい息と合わさった。

「あの館の中には悪《あ》しき霊がいる。解き放つなど、そんなまねはできません」

『悪しき霊ではない。なんの罪もなくとらわれている哀れな精霊だ。おまえの目はそんなことすらわからんのか？』

「哀れな精霊？　しかし、獣のように叫び、人を憎み、恨み言を漏らす。あの館から解き放てば、世に悪しきものが――」

『あの子らは私の子だ。あの子らがもとの場所に帰れば、土は喜び、すこし豊かにもなろう。あの子らが憎むのはおまえの血だけだ。おまえたちが、長いあいだあの子らを閉じこめているから。穢れた血め』

「あなたの子？　閉じこめて――？」

緑螂の表情が歪む。

大蛇の目が、緑螂の目と鼻の先へと近づいていく。巨大な蛇の顔が眼前に迫り、緑螂はのけぞった。

『早く選べ。おまえが私を助けないなら、祟りを起こせと叫ぶわが子らの望みを叶える』

「しかし、黎明舎がなくなれば、知恵が途切れる」

『早く選べ。これ以上は待てん』

緑螂は青ざめ、息をのんだ。でも、振り切るように頭を振った。

「守るのは子だ。妻だ」

緑螂はよろよろと膝を立てた。動かない身体を動かそうと息を荒く吐きながら、亡霊のような足取りで危なっかしく戸口へ歩いた。

緑螂は身体中を締めつけられ、酷いけがを負ったはずだ。

真織も、地面に叩きつけられた直後は起きあがるだけでも苦しかった。

「あの、手をかします」

真織は追いかけようとしたが、玉響の手につかまれてとめられる。

振り返ると、星明かりのもとで、玉響は色白の肌をいっそう澄まして立っていた。

「見守ろう。私たちには、それしかできないよ」

「でも」

「ううん、いけない。あの男に関わるこれからが決まってしまう」

さっきから、玉響は様子がおかしかった。

人でも神王《くまみこ》でもなく、べつの誰かになっているようにも見えた。

いまも、神妙な面持ちをして静かに立っている。物憂げにうつむき、まつ毛に隠れた瞳は、ここではないどこかをじっと見つめていた。

「あの男は、一族が長いあいだ守ってきたものと引き換えにしても、自分を継いでいく子を守りたいと願ったのだ。あの男にしか決められないことで、あの男がすべて自分でやらなくてはだめだ」

そこまでいうと、玉響は「あっ」と虚空を見つめた。

玉響はそのまま、物に変わったように動かなくなった。

「私も同じだ。神王も、同じなのだ――」

緑螂が倒れていた場所から黎明舎までは、数歩でたどり着ける距離だった。

緑螂は、足を引きずりながら一歩ずつ進んだ。双つ鎌の紋で封じられた戸に辿り着き、倒れこむようによりかかると、手のひらを添えて唱える。

「卜羽巳の血をもって解除《はらえ》」

戸は呆気なく動いた。戸口に隙間ができるやいなや、拍手喝采《かっさい》が漏れてくる。

――封が解けた。

――いまだ。風穴をあけて！

『善《よ》きかな』

歓声にこたえて、蛇体の女神がぱっと宙に跳ねた。

大蛇が石積みの壁に絡みついてしばらく締めあげると、今度は簡単に壊れた。石壁がぼろぼろ崩れて、覆い屋が傾く。

双つ鎌の紋章に覆われた戸にもひびが入り、裂けたところからさらに亀裂《きれつ》が入り、木《こ》っ端《ぱ》みじんに砕け散って、土の上に散らばった。

瓦礫《がれき》に姿を変えた小さな館から、ひとつ、ふたつと精霊が飛びだしてくる。

——外だ、風だ！

——ははは、ててて！

蛇体の女神の目も、館から飛びだしていく精霊を見送って館と夜空を行き来した。

『さあ、遊んでおいで』

青白い光や緑の光、風にしか見えない精霊といえども、数が集まると蝙蝠《こうもり》の群れのように夜闇に筋をつくる靄《もや》になる。

真織たちの背後にいたトオチカも、飛びだしていった。

『兄ちゃんたちだ！　ありがとう、新しい神王《くまみこ》と、出来損ないの神王！　最後は役に立ったから、出来損ないじゃなかったのかな？　まあいいや、ありがとう』

ちちち、ちちち、ちちち——と彼岸花のような火花をまといながら、トオチカの青白い光が闇の中を跳ねまわっている。あっというまに遠ざかっていくので、別れ際までトオチカらしいと、真織は息をついた。

「空気を読まない子だ。でも、よかった。——よかった？」

いろんなことがつぎからつぎへと起こって目まぐるしいが、胸はほっとしている。

泣きじゃくるようだったトオチカが、いまは喜んで跳ねまわっているのだ。

「これでよかったんだよね、玉響。——玉響？」

トオチカの光が頬のそばをすり抜けても、玉響はぼんやりしていた。

精霊の靄はしばらく煙のように噴きだしていたが、しだいにおさまっていく。最後のひとつも出ていった。

『これで懸念が晴れた。助けてくれと叫ぶ子らの声に苦しまずに済む』

白い大蛇が虚空へ舞いあがり、真織と玉響を見下ろして、にやっと目を細めた。

『人になりたがっている神王と、新しい神王。礼をいう。この姿も懐かしい。また会おう、しばし子らを追って旅に出る』

大蛇の顔は爽《さわ》やかだった。真織とはさっき言い合いをしたはずだが、とうに忘れたとばかりに大蛇は笑っていた。

ただ、鵜《う》呑《の》みにできない言葉もある。

「新しい神王って、わたし？　そんなんじゃ――」

真織ははっと上を向いたが、べつの問題があることに気づいた。

本物の新しい神王は、すでに水ノ宮の奥、内《うち》ノ院《いん》という館で暮らしている。

轟《とどろき》氏の御子で、流天という。

「旅に出るって――会えるのはいつですか？　水ノ宮にはいつ帰ってくるんですか」

『案ずるな。風が欲しいのだろう？　神王は、豊穣の風を私に吹かせるために侍るのだ。わが子らの悲しみが増す前に戻る』

いうが早いか、白い大蛇が夜空へ泳ぎだしていく。自分の身体で星々を隠し、夜空にたなびく雲に姿を似せて、天を翔《か》けようとする。

「待ってください。あの子はどうなるんですか？　あの子に命をあげてからいってください！」

奥ノ院の神域にある神宝には、流天に与えられるはずの命が入ったままだった。

流天に神様の命を与えて、現人神に仕上げることができるのは女神だけだ。

その女神が旅に出て、つぎに豊穣の風を吹かせる年まで戻らなかったら？

あの子は、普通の少年のままで過ごさなければいけないことになる。

『命？　神の清杯《さやつき》たる証のことなら、おまえたちはすでに持っているだろう』

「本当の神王《くまみこ》が別にいるんです。水ノ宮の内ノ院で暮らしていて、女神さまにも挨拶をしにいったはずです。そうだ、たしか今朝、直会神事がおこなわれて――玉響」

横顔を覗くが、やっぱり玉響の様子がおかしい。

玉響の顔からは血の気が引いて、色白の肌がいっそう青ざめている。

唇が震えていて、何度か歯もがちっと鳴った。

「玉響？　どうしたの……」

宙に浮く大蛇の細い胴が、所在なさげにくねった。首をかしげる仕草に見えた。

『本当の神王？　さあ、知らぬ』

「そんな」

玉響の様子も気になるが、いまは女神を引き留めなければ。真織は天を仰いだ。

「あなたと一緒に御饌《みけ》を食べたそうです。とにかく、わたしたちではない新しい神王がいるんです。命をあげてほしいのはその子のほうで――」

懸命に説得しようとするけれど、ややこしい話になっている。

真織も頭をかかえたくなった。どう説明すればいいのか――。

玉響は、夜空に浮かぶ白い大蛇をじっと見ていた。

震えはおさまったが、玉響はそのぶん苦しそうに目を細めた。

「――真織、もうやめよう」

「でも、女神さまがいってしまったら、流天が――」

玉響は星空のもとで青白い光を浴びていたが、一度、苦しそうに笑った。

こわばった白い頰が、いまにも涙がこぼれそうに震えた。

「できない、どうしても」

玉響は、小声でつぶやいた。

「――わかった。だから、私は人に近づこうとしたのだ。本当は現人神にならないで、ずっと人でいたかったから」

玉響は蛇体の女神を見上げて、いった。

「あなたのことが好きです。あなたと過ごせてよかった。でも、どうかもう、誰かに神々の命を与えないでください。むりに仲間になろうとしなくても、稽古をすればきっとあなたの声も精霊の声もきこえます。きっと虚ろにもなれます。方法が必要なら、私が見つけます」

ほほほっと笑って、白い大蛇の頭がふたたび天を向いた。

『おかしなことをいう。こんな話をする神王《くまみこ》ははじめてじゃ』

白い大蛇が、星空へ舞いあがっていく。

大蛇は白い尾を引いて遠ざかり、星々のあいだを横切る流れ星になった。

やがて、夜空にまぎれていく。

静けさにつつまれた林の中には、真織と玉響だけがぽつんと取り残された。

背後では、精霊の気配がなくなった小さな館が崩れ落ち、緑螂が気を失って倒れている。風が吹くたびに林の葉が揺すられて、秘密の会話じみたささやかな葉擦れの音や嵐のように烈しい音が、大きくなったり弱くなったりしながら通り抜けていった。

風の音を何度かきいた後で、玉響は「うっ」と肩を震わせた。

「とんでもないことをした……」

玉響の息が乱れる。乱れた息を整えようと、玉響は息までとめた。

「どうしよう。私が流天の運命を変えた。流天が神王になれないかもしれない」

玉響の頰は、いまにも砕けそうにぶるぶる震えていた。

暗がりに溶けゆきそうな青白い顔を見つめて、真織の頬も同じように震えた。

玉響は、ずっと流天を助けたがっていた。

それに玉響は、ひそかに悩み続けていた。

『神王とはなんだったのだろう』

『神王とはなにで、杜ノ国のなんなのか』

そんな問いの答えが、すぐに出るわけがない。

でもいま、どうしても答えなければいけない瞬間が訪れて、玉響は選んだのだ。

——神王は、悲しい。

——少年王を、人の世界から切り離さずにすむ方法を探すべきだ。

流天だけではなく、緑螂も、女神のことも、玉響は守ろうとして、たぶんいま、全員を守ってみせた。

誰のことも恨まず、怒りもしないで。

「そんな顔をしないで。玉響は——」

真織は懸命に見つめたけれど、玉響は黒髪を揺らして、吐くような咳をした。

「でも、どうしてもできなかった。あの子に現人神になってほしくなかったのだ」

「玉響はあの子を守ろうとした——ううん、守ったんじゃない」

神王《くまみこ》という制度には、たぶん厄介な問題があった。

代々の神王がいた中で、はじめて玉響がそれに気づくことになった。

べつの考えをもつ人から責められるかもしれないが、覚悟のうえで女神に願っただろう。

いま見過ごせば、流天やつぎに気づいた誰かが同じことで苦しむから。

真織の口から、唸るような声が出た。

ひたむきに他人を助けようとするのは、玉響のいいところだ。でも――。

この子がいまみたいな顔をするなら誰も助けられなくていいとすら真織は思った。

「玉響が苦しむことじゃないよ。玉響は、みんなを助けようとしたんだ」

会話になっているのか、いないのか。

ふたりで、独り言をいうだけのように言い合った。

「そんな大それたことをしてはいけないと思った。でも、私にしかとめられないと」

「話してくれたら――ううん、気づけなくてごめん。一緒にいたのに」

「とめるなら、私がすべきだと思った。いま女神を呼び戻して、あの子に命をあげてくれと頼んだら、すぐに流天を現人神にしてしまうと思ったから、そうはしたくなくて、とめたくて、いま、どうしても選ぶしかなくて――」

「わかるよ。玉響にしかできないことだった。でも――」

ふいに玉響が真織を向いた。

「真織にはわからない」

ふたりは林の中にいて、顔や姿を照らすものは天から降る星明かりだけだった。暗がりにいて、目が合っても表情まではわからない。

真織を責めたものの、玉響はすぐに気まずそうに首を横に振った。

「違う、そうではなくて」

「わかるよ。ううん」

真織は言い返した。これだけは絶対に伝えたいと、真正面から差し向かった。

「わからないかもしれないけれど、でも、玉響のことがわかりたくて、いまもここにいるから」

玉響の目が、逃げるように逸れる。それを、真織は追いかけた。

やっと目が合ったのだ。話をきいて。自分のことも助けてあげて、わかって――と、夢中で追いかけた。

「玉響ほど、神王のことを真剣に考えた人はいないよ。そうでしょう？　玉響を責められる人なんかいないよ。もしもいたなら、わたしが――」

玉響はそっぽを向いた。

「わかった。ありがとう。嬉しい。でも、私はもう真織に守ってほしくないのだ」

「えっ」

「違う」

玉響の手がさっと真織の胴にのびる。

そばに寄ったものの、手の力強さのわりに弱々しい声で、玉響はいった。

「そうじゃなくて——真織に頼るのが怖くなったのだ。私は真織と一緒にいるのが好きだ。でも、真織がそうじゃなかったら？　助けてもらうばかりで、役立たずだといわれたら、怖いから」

大きくなった肩を不器用にこわばらせて、玉響は「ごめんなさい」とうつむいた。

「真織が嘘をついていると思っているわけじゃないんだ。ただ、怖いものが前よりもふえたんだ。前のように真織と暮らすには怖がらなきゃいけないと——ちゃんと人らしくならないと真織といられないって、そう思うようになって」

しがみつくような玉響を抱き返すものの、真織は呆然とした。

はじめて会った人といる気にもなった。

(この子は、こんな言葉を口にする子だった？)

この子は、玉響だ。

玉響に違いないけれど、いまの玉響は、神領《じんりょう》にくる前とは別人のようだった。

千紗杜にいた時よりもずっと人らしいし、言動もかなり変わっている。

神領にくる前の玉響は、誰かが嘘をついているなどとは、絶対に疑わなかった。

思いだして、はっと息をのむ。そういえば玉響は、「人になりたがっている神王《くまみこ》」と女神から呼ばれていた。

玉響がそう望んだからだ。現人神にならないで、ずっと人でいたかったと思うようになったから。

（だから——）

流天へ与えられるはずの命をどうか与えないでくれ、流天を人でいさせてあげてくれと、女神に懇願するほどだ。

いつのまにか玉響自身も、人らしく変わっていたのだ。

人は、偽りをいうかもしれない生き物だ。

それを覚えた玉響は、疑うこともいつのまにか覚えていた。

「女神さまは、気づいていたんだ——」

そこで、はっとする。真織も女神から「神王になりたがっている娘」と呼ばれたのだった。変わっていたのは、玉響だけではなかった。

「わたしもだ。だから、玉響よりも神王らしくなってしまったんだ」

神王《くまみこ》になりたいと願ったことは、真織には一度もなかった。

興味があるとしたら、神王だったころの玉響のことだけだった。

真織は、玉響のことをもっと知りたかった。

どんな暮らしをしてきて、どんな世界を見ていたのか。

居心地がよければなおさらで、一緒に暮らす相手のことが気になった。

真織は、神王だったころの玉響の世界をずっと追いかけてきた。

「あっ」と、星明かりを浴びた玉響の青白い顔が凍りつく。

「人が、人ではないものに近づこうとするなんて。だめだ、そんなことをしてはいけない」

玉響は深刻な言い方をしたが、真織に聞き入れる気持ちは生まれなかった。

「わたしだって、前のままの玉響でよかったよ」

千紗杜の家に帰りたい。その望みが叶うならなんでもする。

そのつもりだったが、まさか身体や感覚が、いつのまにか変わってしまうとは。

真織は笑って見上げたけれど、玉響は何度も首を横に振った。

「真織は真織のままでいいんだ。どうしてそんな無茶をするの」

心配されるので、真織は苦笑した。

「玉響だって、玉響のままでよかったよ」

何度目かのため息の後で、玉響の顎が横を向いた。

「助けを呼ばないと」

崩れ落ちた黎明舎のあたり、粉々になった戸の瓦礫の上に緑螂が倒れていて、星の光を浴びていた。

「あの男を助けたい。あの男も、私と同じことをした。杜ノ国にとってよくないことをしたかもしれないが、正しかったのか、まずかったのかは、これからしかわからない」

玉響は暗い声でいい、「でも」と続けた。

「やらなければいけなかったことをやり遂げた――いまは、そう思いたい。流天のことだって、落ちこむ暇があったら、あの子が泣かなくて済む方法を考えたほうがいい。千鹿斗や黒槙なら、そういうよね」

風の音の向こうから、ひそかな呼び声がする。

「真織さん、玉響さま」

林の木々の隙間をつたってやってくる影もあった。

召使に化けた根古と、もうひとり、千鹿斗が後を追っていた。

林の中を貫く一本道は、端から端までが掘り返されてめちゃくちゃになっている。

「向こうで、白い大蛇が現れたってえらい騒ぎになってるんだよ。だよなあ、きみらが関わってるよなぁ。そんな気はしてたよ。そうに決まってるよな。なんてこった」

千鹿斗は投げやりにいって、手招きをした。

「さっさとずらかろう。祟りだって騒いでるから、祟りってことにしてもらおう。あっちも、その大蛇の仕業か？」

巨大な生き物が這った痕は、林の奥まで続いている。

小さな館の残骸が見えるが、囲いの板垣は壊れ、門も半壊。石積みの壁は崩れて瓦礫の山になり、覆い屋の屋根は大きく傾いて、片方が地面についている。

白い寝間着姿の男が倒れているのを見つけて、千鹿斗が息をのんだ。

「緑螂さまか？　あんなところに倒れて、まさか、死ん――」

「ううん、急いで助けを呼ばなきゃ」

「生きてるのか？」

「ひどいけがだけど、見逃してくれたはず。大蛇に絞め殺されそうになって――」

「大蛇に絞め殺……まごうことなき祟りじゃねえか」

千鹿斗の顔が蒼白《そうはく》になる。

「しっ――隠れて。人がくる」

根古の手が、矢継ぎ早に真織たちを引っ張った。

木々の陰に身を隠させて耳を澄ますと、近づいてきたのは、女の泣き声だった。

「緑螂さま！」

大きくふくらんだ腹を庇いながら、掘り起こされて足場が悪くなった土の上を懸命にやってくる女がいる。

「返事をなさってください、緑螂さま！」

緑螂の奥方だ。従者がついているようで、話し声もきこえた。

「灯梨《あかり》さま、足元にお気をつけください。大事なお身体です」

「でも——」

「なにが起きたのだ。異様な。私が見てまいります。灯梨さま、ここにいてくださ い」

「でも……」

「ここにいてください。いいですね！」

力強い足音と荒い息が、「緑螂さま！」と声を出しながら林の奥へ駆けていく。

女が立ちどまったあたりからは、「ご無事で、どうか」と、すすり泣きがきこえた。

幹の陰で、「いこう」と千鹿斗の手が真織と玉響の背を押した。

「あの人が助けてくれるよ」

真織もうなずいた。緑螂のことなら、その人たちが手を尽くして助けるはずだ。

ここにいても出る幕はない。

根古はよく夜目がきいて、「こっちです」と誘導した。

林が後方に遠ざかる一方で、「早く」「急げ」と人の足音が林へ向かって駆けていく。

寝殿のほうも大騒ぎだ。女神の姿を見たり声をきいたりできるのは稽古をつんだ神官にかぎられるようだが、大蛇になった姿は大勢が目にしたらしい。

寝殿に白い大蛇が現れた。神宮守《じんぐうもり》に襲いかかった。地中に飛びこんで北に向かった。黎明舎という禁秘の館が壊され、緑螂が大けがを負った――。いたるところで噂が囁かれて、たたき起こされた神官や帯刀衛士《たいとうえじ》が寝殿を囲んでいた。

「神王《くまみこ》、神宮守をお守りせよ。医師はまだか、緑螂さまの副屋《ふくや》へ急げ」

宴がひらかれていた庭も、大騒ぎになっている。

いったい奥でなにが起きたのだと、立ち見客が庭の端に群がっていた。

「こりゃ、庭には戻らないほうがいいな。下働き用の門から外に抜けちまいましょう」

「黒槙さんも、焦っているでしょうね」

何事か起きたなら、黒槙は、原因は自分が蒔《ま》いた種にあると察するだろう。

真織は黒槙を気にかけたが、千鹿斗は意地の悪い言い方をした。

「詳しく知らせないまま、おれたちを守ってくださるのかどうかを見物してみたい気もするけどねぇ。なあ根古、黒槙さまは本当におれたちを庇うおつもりかな?」

根古は苦笑して「時と場合によるのでは」と答えた。

「へまをしていなければ、庇ってくれるのでは」

「それだよ、そういうの。そういうところがあるから、お偉いさんは苦手なんだって」

「まあ、他人に期待し過ぎると、あとで面倒ってことで」

根古の軽口に、「たしかに」と千鹿斗も笑った。

「黒槙さまは、信じきれないくらいでちょうどいいんだろうな。信じてしまうと危ないお方な気がする」

「言いえて妙だ。勝負師なお方だからね」

根古も、くくっと笑った。

逃げるうちに、神宮守の邸に仕える召使が集まる一画に入った。

宴の支度をするために設けられた場所で、邸を囲む板垣の中にありながら市場めいた忙しなさがある。

夜通しの宴がひらかれているだけあって、仮眠をとる者もいたが、深夜のいまも慌ただしく働く人がちらほら見えた。

「おう、根古。久しぶりだな。おまえも駆りだされたのか」

竈《かまど》がいくつも並ぶ大きな炊事場があって、声をかけてくる男がいる。

根古は気さくに笑い、通り過ぎるあいまに世間話をした。

「まあな。おまえはどうだ」

「朝飯の支度をする役に当たったっちまってよ。貴族の皆様が朝飯を食うころにようやく寝かせてもらえるそうだ」

「そりゃあ、大はずれだな」

「ちょっとした祟りみたいなもんさ」

男は陽気に笑い、根古と歩く真織たちにも会釈をした。

「あぁ、仕事を頼めるか。うしろの人も手伝ってもらえるかい」

男は手招きをして、炊事場の隅に雑多に並んだ大甕《おおがめ》を指さした。

近づくだけで、つんとした香りが鼻を突く。

「からになった酒壺だ。朝になったら水ノ宮に返すんだ。板垣の向こうに集めているから、運んでやってくれないかい」

「お安い御用だ」

甕は大型で、子どもくらいの大きさがある。

まあいいか、俺も一緒にいって案内するよ」

甕を抱きかかえて顔まで隠しながら、男のうしろについて歩いた。

男は、下働きが出入りをする通用門へ案内した。

「門を出たら右だ。すこし先にいったら似た甕が並んでるから、すぐわかるさ。まあいいか、俺も一緒にいって案内するよ」

通用門にも番兵がいたが、卜羽巳氏の権威を背負ってしゃきんと背を伸ばしていた正門の番兵とは、すこし毛色が違った。

門柱に寄りかかって目をしょぼしょぼとさせる番兵の前を通り抜けて、甕を運ぶ。

板垣の向こう側へ抜け、いわれたとおりの場所に運んできた甕を置くと、根古は卜羽巳邸に背を向けて、闇の奥へ向かおうとした。

「さ、逃げましょう」

「なら根古、俺は庭にいって首尾をお知らせしてくる」

甕を運ぶように頼んだ男が、にやっと笑う。

襟には、蛇を模した組紐飾りがさがっていた。

― 天女《てんにょ》の花《はな》 ―

緑螂《ろくろう》は大けがを負ったが、大きな騒ぎにはならなかった。

祟りが絡んだからだ。卜羽巳《うらはみ》氏の嗣子《しし》が女神《めがみ》の化身に絞め殺されかけるなど、権威に関わる禍事《まがごと》。騒ぎは、内々で握りつぶされた。

去年の御種祭《みたねまつり》の騒動と同じことが、また起きた。

国全体に関わる大きなことでも、都合が悪ければ内密にされるのだ。

卜羽巳氏の邸でなにが起きたかは、黒槙《くろまき》にすべて話した。

隠したところで、真織《まおり》たちにはなんの得にもならないことだ。

黎明舎《れいめいしゃ》が壊れ、女神を幽契で縛りつけていた石が、卜羽巳氏のもとから女神の手に戻った。

女神を杜《もり》ノ国《くに》に籠《こ》めていた枷《かせ》も消えた。女神は喜び、力を増したように見えた。

でも、十年に一度吹いていた豊穣《ほうじよう》の風《かぜ》は、これまでどおりに吹かないかもしれない。

「かまわんさ」

黒槙は不敵に笑った。

「十年後に豊穣の風が吹かなければ、卜羽巳氏の力が疑われるだけだ。神への祈り方をあらためる時がくるのだ。奇跡のために祈るのではなく、日々に感謝する祈りに戻さなければいけない。人の技をもって豊穣を得る時代がくるのだ。その時に、ひとりでも多くの民を救えるよう、いまから動くまでだ。だから、頼む」

黒槙は、千鹿斗《ちかと》に向かって頭をさげた。

「千紗杜《ちさと》の匠《たくみ》の力をかしてくれ。神《かみ》ノ原《はら》にも、土木の技を根付かせたいのだ」

「いっておきますけど、難しいことをしようとされていますからね？」

千鹿斗は、やれやれと息をついた。

「仕組みがわかっていても、人はなかなか考え方を変えません。急がないと、十年後の飢渇《きかつ》に間に合いませんからね？」

「ああ、ぜひとも」

黒槙はうなずき、力強くいった。

「俺は、杜ノ国をもっと豊かにしたいのだ。神官への恭順ではなく、八百万《やおよろず》の神々への祈りにあふれた豊穣の国だ」

「それに」と、黒槙は己を戒《いまし》めた。

「十年後が昨年以上に凶作の年になったら、罪は俺にある。ここに誓う。我を通したからには、人は飢えさせせん」

千紗杜に戻るものの、真織たちはまた旅立たなければいけなかった。

〈祈《いの》り石《いし》〉を水《みず》ノ宮《みや》から持ち帰ったので、それぞれの郷《さと》の一之宮《いちのみや》をめぐって、新旧の御神体《ごしんたい》を取り替えに向かうことになった。

でも、古老《ころう》は「急がなくてもよかろう」と微笑した。

「まもなく北部《ほくぶ》七郷《しちごう》の長が集まる寄合がありますので、その時に話してみましょう。神々は気長ですから、許してくださいますよ。留守を預かる鏡の皆様も、いまなお懸命に土地を守っておられますし」

いま御神体として祀《まつ》っている鏡は水ノ宮からの借り物ということだが、古老は鏡にも敬意を払った。

それも正しい。もちろん、異論はなかった。

「ではまず、千紗杜から」と、〈祈り石〉を戻す祭りがおこなわれた。

長きに亘って失われていた宝が戻るなど、一生に一度あるかないかの祝い事だ。

神社には人が集まり、参道から社殿までが人で埋まった。

玉響《たまゆら》は〈祈り石〉をかかげて神事をおこなったが、〈祈り石〉が社殿に近づくごとに、杜《もり》ノ宮《みや》で起きたのと同じふしぎが起きた。

山から、川から、精霊たちが懐かしい相手に挨拶をと集まってくる。

——おかえりなさい。

——あら、あらあら！　おかえりなさい……！

精霊の声がきこえる人は稀《まれ》だが、千紗杜の郷中がやさしい靄《もや》に包まれた。

春の日差しが降りそそぎ、やわらかな風が吹き、小鳥が祝いの歌をさえずった。

心なしか、土は黒々と輝き、草木の色が鮮やかになった。

せっかく大勢がつどう祭りだ。厳《おご》かな神事が終わった後は、お囃子《はやし》がはじまる。

太鼓が鳴り、笛の音が冴え、歌声が重なった。

暮らしはつらかろ。生きるも命がけ。

天、土、山、水。五穀《ごこく》豊穣、お恵みあれ！

舞台は、人々がつくった輪っかの内側だ。太鼓の音に合わせて地面を力強く踏んで、脚を跳ねあげ、男も女も子どもも老人も、入れ替わり立ち替わり、みんなが舞った。

盆踊り大会のようで、見ているだけでわくわくする。

「賑やかだね」と、真織と玉響はすこし離れたところから眺めたが、ふたりが観覧席に選んだのは、隅に立つ大木のもとだ。

「お邪魔します」と声をかけて、幹に背中を預けた。

囁く神は、水や土、木や花、さまざまなものに宿る精霊だ。それに気づいてしまったいまは、木陰で休むのも、友人の家の軒先を借りる気分になった。

「みんな喜んでいる。神事が無事に済んでよかった」

民の幸せが自分の幸せという、玉響のノブレス・オブリージュぶりは相変わらずだ。

でも、神領《じんりょう》から戻った後の玉響はすこし顔つきが変わった。

なんというか、すこし大人びた。二十二歳という年相応になった。

そういえば、背も――。

「玉響、また背が伸びた？」

「そうかな」

「そうだよ。身体も大きくなった」

玉響は顎をひいて、しげしげと自分の身体を見下ろした。

腕に、腹に、あぐらをかいた脚。見慣れたせいか、草の糸で織られた素朴な服が、前よりずっとなじんでいた。

「衣が小さくなった感じはしないけどなあ。袴も破れていない」

はじめに会った時の玉響は、十二歳の姿だった。一気に身体が大きくなるたびに大騒ぎになったが、普通の人はそこまでの急成長をしないものだ。

「普通は、袴が破れるくらい急には大きくならないんだよ。ゆっくり大きくなるの。普通は、か」

真織は息をついた。

「それはそうと、どうやったら普通の人に戻れるんだろうね。神王《くまみこ》っぽくなるのは構わないけれど、不死身なのはちょっと問題だな」

無茶をすれば血が出るし、痛い。痛みがあるおかげで怖さもあるし、前のように感情を失っていないのは救いだが、中途半端な不老不死になっているのはたしかだ。

「便利なこともあるけれど、普通の人に戻れたらいいのになぁ」

「私は、あと十年はいまのままでいいと思っている」

「十年？　どうして」

「つぎの御種祭《みたねまつり》にも虚ろが必要だったら、私がなれるから。そうしたら、ほかの誰かが虚ろにならなくてはいけない時まで二十年ある。それまでに黒槙か千鹿斗かが、誰も捧げなくてもいい、新しい豊穣を見つけてくれればいい」

語り口が流暢《りゅうちょう》だ。真織は呆れた。

「そんなことをひとりで考えていたの？　ずっと？」

神領《じんりょう》から戻ってからの玉響は、真面目な顔をして黙っている時間がふえていた。

静かにしていると思っていたら——。

玉響は、居心地悪そうに目を逸らした。

「だって、とんでもないことをしてしまったから」

「そんなふうに悩むタイプじゃなかったじゃない。人っぽくなるのはともかく、悩んでばかりだといまに禿《は》げちゃうよ？」

玉響は「だって」とまだ真顔をしている。真織は苦笑した。

「なら、わたしはまた心配になって、あなたと一緒に女神さまの矢に貫かれることになっちゃうね」

「——そんな」

玉響の両眉の端が、これでもかと下がった。唇もねじれて、パグやチャウチャウや、いわゆるブサカワ系のワンコみたいな困り顔になった。

真織はふきだした。

表情が豊かになるのはいいことだが、アルカイックスマイルとの差が大きすぎる。

「違うよ、悲しい話じゃなくて」

そういえば真織は、いつからか母の言葉を思いださなくなっていた。

——自分を好きでいるって？

——わからないよ、お母さん。でも。

——嫌いにならないようにがんばってる。そこからでも、いいかな。

自分のことを「ましだ」と思える理由を探していた時期があった。

けれどいまは、自分が好きとか嫌いとかが気にならない。なぜそんなことを悩んでいたのかも、忘れていた。

（いまは「家」があるからかな）

「玉響と一緒に暮らすのが楽しいっていう意味だよ。おまけみたいに、自然とそう思うだけなんだ」

賑やかな祭囃子の中、真織たちを捜す声が近づいてくる。

振り向くと、狩人《かりゅうど》の恰好をした青年が立っている。根古《ねこ》だった。

「いやあ、いい時にきた。祭りですか、賑やかだ」

「根古さん、どうしたんですか」

「いえね、黒槙さまから——」

「千鹿斗に用事ですか？　千鹿斗はいま、ちょっと立てこんでいて」

じつは、神領《じんりょう》からの帰り際に、千鹿斗と黒槙のあいだでひと悶着《もんちゃく》があった。

黒槙が千鹿斗を気に入ったそうで、神領に住め、側仕《そばづか》えをしろと勧誘されたのだ。

「いずれ千紗杜の長になるなら、俺のもとで学べばよいのだし――」

「いやです」

千鹿斗は即座に拒んだので、黒槙は意固地《いこじ》になって引き留めようとした。

「なんだと？　残れ。おまえが残れば、玉響さまと真織もここで暮らしやすい」

「玉響と真織まで手元に置くつもりですか？　なおさらいやです」

黒槙は権力者らしく欲望に素直というか、遠慮や気遣いが苦手な人だった。

今度こそ脱出を試みなければ、帰してもらえないのでは――。頭を悩ませる中、河鹿や従者が懸命の説得をして、穏便に解放されることになったのだった。

「千鹿斗といい、真織といい、玉響さまの供はつれない奴らばかりだ。だが、それがいい。そのうちまた本音でやりあおう」

見送りに門前に立った黒槙は豪快に笑っていたが、背後で苦笑する河鹿たちを見ると、苦労が多そうだなぁと同情もした。

それだけ、多くの人が支えたいと思う男なのかもしれないけれど。

千鹿斗は、黒槙のことをこう評していた。

「頭がかたくて胡散《うさん》臭いところもあるが、義理堅くて面倒見はいいし、根はいい人だから、うまく話せばどうにかなる。とりあえず、理由なく敵に回さないほうがいい相手」

千鹿斗は、千紗杜の郷守《さとのかみ》一族の末裔で、若者世代のリーダーだ。

黒槙からも好かれたが、千紗杜でも老若男女に愛される人気者で、祭りともなると支度に駆りだされ、舞がはじまれば踊れとせがまれ、あっちからもこっちからも引っ張りだこになる。いまも、人の輪の中でもみくちゃにされていた。

「見えますか？　あっ、また見えなくなった。呼んできましょうか？　呼んでも放してもらえないかもしれないけど」

真織は千鹿斗の姿を捜したが、根古は首を横に振った。

「いや、用があるのは、どちらかといえば玉響さまと真織さんなので。これを届けろと言いつかりまして」

根古がふところから注意深くさしだした布包みは、しっとり濡れていた。

わざわざ水浸しにした布で運んでいるようで、綿毛でもくるんでいるのか、ふんわり膨《ふく》らんでいる。

花びらをめくるような手つきで布の重なった部分がめくれていくと、愛らしい赤い花が現れた。緑の葉がついたまま、ちょこんと布の上にのっていた。

「杜ノ宮の山桃《やまもも》の木が、花をつけたんだそうです」

「あの、花をつけないっていう神木《しんぼく》ですか？」

杜ノ宮には、〈祈り石〉の帰還を待ちわびる山桃の神木があった。

生き別れた夫を迎えるように、神木は社に戻った石を見つめていた。

「神領《じんりょう》の土が力を取り戻したから花をつけたのだと、黒槙さまがたいへんお喜びで、あなた方にどうしてもお見せしたいって。しおれてしまっては大変だと、急いでやってきたんです」

「へい」

「うわぁ、ありがとうございます」

嬉しい知らせだ。

早速手にとらせてもらうと、甘酸《あまず》っぱい香りがふわんと漂った。

「いい匂い。花が幸せそうです。あの石に会いたがっていたものね。――そうだ、急がなきゃ」

真織は玉響を振り仰いで、笑った。

「家に帰ろう、玉響。花瓶になるものを探して、早く水につけてあげなくちゃ」

玉響が目をまるくした。

「真織の笑う顔も、花みたいだ」

「うん？」

「真織が笑うと気持ちがいいのだ。嬉しさが楽しい」

祭囃子と人のさざめき、風の音や葉擦れの音。

自然のノイズが混じりあう神社の、薫風《くんぷう》が吹き抜ける木陰。

爽やかな木漏れ日や、そばを通り過ぎていく人の笑い声。

玉響は目に入るもの、そばにあるもののすべてがいとおしいとばかりに微笑んだ。

「やっぱり私は人に憧れる。私は、ここに帰りたい」

本書は書下ろしです。

|著者|円堂豆子　第4回カクヨムWeb小説コンテストキャラクター文芸部門特別賞を『雲神様の箱』にて受賞しデビュー。本書は『杜ノ国の神隠し』（講談社文庫）の続編。他の著書に『雲神様の箱　名もなき王の進軍』『雲神様の箱　花の窟と双子の媛』『鳳凰京の呪禁師』（いずれも角川文庫）がある。滋賀県在住。

杜《もり》ノ国《くに》の囁《ささや》く神《かみ》

円堂豆子《えんどうまめこ》

講談社文庫
定価はカバーに
表示してあります

2023年11月15日第1刷発行

KODANSHA

発行者――髙橋明男
発行所――株式会社　講談社
東京都文京区音羽2-12-21　〒112-8001
電話　出版（03）5395-3510
　　　販売（03）5395-5817
　　　業務（03）5395-3615

デザイン―菊地信義
本文データ制作―講談社デジタル製作
印刷―――株式会社KPSプロダクツ
製本―――株式会社国宝社

Printed in Japan

ISBN978-4-06-533410-2

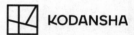

講談社文庫刊行の辞

二十一世紀の到来を目睫に望みながら、われわれはいま、人類史上かつて例を見ない巨大な転換期をむかえようとしている。

世界も、日本も、激動の予兆に対する期待とおののきを内に蔵して、未知の時代に歩み入ろうとしている。このときにあたり、創業の人野間清治の「ナショナル・エデュケイター」への志を現代に甦らせようと意図して、われわれはここに古今の文芸作品はいうまでもなく、ひろく人文・社会・自然の諸科学から東西の名著を網羅する、新しい綜合文庫の発刊を決意した。

激動の転換期はまた断絶の時代である。われわれは戦後二十五年間の出版文化のありかたへの深い反省をこめて、この断絶の時代にあえて人間的な持続を求めようとする。いたずらに浮薄な商業主義のあだ花を追い求めることなく、長期にわたって良書に生命をあたえようとつとめるところにしか、今後の出版文化の真の繁栄はあり得ないと信じるからである。

同時にわれわれはこの綜合文庫の刊行を通じて、人文・社会・自然の諸科学が、結局人間の学にほかならないことを立証しようと願っている。かつて知識とは、「汝自身を知る」ことにつきていた。現代社会の瑣末な情報の氾濫のなかから、力強い知識の源泉を掘り起し、技術文明のただなかに、生きた人間の姿を復活させること。それこそわれわれの切なる希求である。

われわれは権威に盲従せず、俗流に媚びることなく、渾然一体となって日本の「草の根」をかたちづくる若く新しい世代の人々に、心をこめてこの新しい綜合文庫をおくり届けたい。それは知識の泉であるとともに感受性のふるさとであり、もっとも有機的に組織され、社会に開かれた万人のための大学をめざしている。大方の支援と協力を衷心より切望してやまない。

一九七一年七月

野間省一

講談社文庫 最新刊

相沢沙呼
invert《インヴァート》
城塚翡翠《じょうづかひすい》倒叙集
城塚翡翠から読者に贈る挑戦状！ あなたは探偵の推理を推理することができますか？

神永学
心霊探偵八雲 INITIAL FILE
〈魂の素数〉
累計750万部突破シリーズ、心霊探偵八雲。数学×心霊、頭脳を揺るがす最強バディ誕生！

桃戸ハル 編・著
5分後に意外な結末
〈ベスト・セレクション 金の巻〉
読み切りショート・ショート20話＋全編イラストつき「5秒後に意外な結末」19話を収録！

麻見和史
賢者の棘《とげ》
〈警視庁殺人分析班〉
命をもてあそぶ残虐なゲームに新人刑事・如月塔子《きさらぎとうこ》が挑む。脅迫状の謎がいま明らかに！

似鳥鶏
推理大戦
各国の異能の名探偵たちが北海道に集結した。「推理ゲーム」の世界大会を目撃せよ！

松本清張
ガラスの城
〈新装版〉
エリート課長が社員旅行先の修善寺で死体に。二人の女性社員の手記が真相を追いつめる。

西尾維新
悲録伝
四国《しこく》ゲームの真の目的が明かされる——。『究極魔法』は誰の手に!? 四国編、堂々完結！